맹수주의보 1

이하린 장편소설

단글

맹수주의보 1

초판 1쇄 인쇄 2015년 11월 4일
초판 1쇄 발행 2015년 11월 11일

지은이 이하린
발행인 오영배
기획 박성인
책임편집 김보나
표지 일러스트 권정아
제작 조하늬

펴낸곳 (주)삼양출판사 · 단글
주소 서울시 강북구 도봉로 173
대표 전화 02-980-2112 **팩스** / 02-983-0660
출판등록 1999년 3월 11일 제9-00046호

ISBN 979-11-313-0420-4 (04810) / 979-11-313-0419-8 (세트)

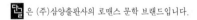 은 (주)삼양출판사의 로맨스 문학 브랜드입니다.

맹수주의보

이하린 장편소설

1

단글

| 차 례 |

1.
비 오는 날,
그녀가 주운 것

쏴아아—

하늘에 구멍이라도 뚫린 것처럼 비가 쏟아졌다. 이미 해가 진지 한참이 지난 어두운 골목에 빗소리만이 가득했다.

그 인적 없는 거리를 오늘만큼은 세상에서 자신이 제일 불행하다고 믿어 의심치 않는 그녀, 서다래가 걷고 있었다.

서다래는 무서운 기세로 우산을 두드리는 빗줄기를 힐끔 쳐다보며 중얼거렸다.

"오늘같이 우울한 날, 비까지 올 건 또 뭐야."

그녀에게 오늘은 우울하다는 한마디로는 다 표현하지 못할 정도로 불행한 날이었다.

넉넉하지 못한 가정 형편이지만 대학에 가고 싶었던 그녀는 고등학교를 졸업하자마자 밤낮으로 알바를 두 탕씩 뛰어댔다. 그렇게 돈을 모아 간신히 입학은 했지만, 학기마다 등록금을 내려면 장학금이 필요했다.

각오는 했지만 학업과 아르바이트를 병행하는 건 그리 쉬운 일이 아니었다. 언제나 아슬아슬한 성적으로 장학금을 타면서 언젠가는 일이 터지지 싶었는데 결국 오늘, 간발의 차로 장학금을 놓치고 말았다.

오늘 확인해본 성적표 결과로는 성적장학금을 받을 수 없었다.

'어쩔 수 없이 휴학을 해야 하나?'

아무리 머리를 싸매고 고민을 해 봐도 부족한 돈을 메울 수가 없었다.

마음 같아선 집에다 전화해서 손을 벌리고 싶지만, 자취방의 월세를 내주는 것만으로도 빠듯할 거란 걸 잘 알기에 그럴 염치가 없었다.

서다래의 입에서 무거운 한숨 소리가 새어 나왔다.

"하아."

눈앞이 캄캄하다는 말이 어떤 건지 몸소 느끼면서 걷고 있을 때였다.

참방.

무심코 골목 한가운데 생긴 물웅덩이를 밟았는데, 바닥에 고인 빗물이 붉은 핏빛이었다.

"뭐, 뭐야?"

어두워서 잘못 본 게 아닌가 싶어 다시 쳐다봤지만, 바닥에 흐르는 저것은 분명 붉은 핏물이었다. 깜짝 놀라 뒤로 한발자국 물러선 서다래의 시선이 자연스럽게 흘러내리는 핏물을 거꾸로 쫓아갔다.

핏물의 근원지는 한 마리의 커다란 개였다.

이미 죽었는지 꼼짝도 않고 누워 있는 개한테서 엄청난 양의 피가 흘러나왔다.

후두둑후두둑.

서다래는 우산을 쓴 채로 쓰러져 있는 개를 향해 조심스럽게 다가갔다.

가까이에서 보니 생각보다 덩치가 훨씬 컸다. 등에서 꼬리까지는 짙은 회색에 배와 나머지 부분은 흰색인 개는, 날렵한 인상이 어딘가 늑대를 연상시키는 구석이 있었다. 문득 TV에서 이런 개를 본 기억이 났다.

시베리안 허스키.

어렸을 때 북극에서 썰매를 끄는 개에 대한 프로그램을 봤는데, 하얀 설원을 달리는 개가 그렇게 멋있어 보일 수가 없었다.

그때 봤던 것과 똑같은 개가 비에 흠뻑 젖어서 피를 흘리고 쓰러져 있는 모습이 측은하게 느껴졌다.

'벌써 죽은 걸까……?'

서다래가 안쓰러운 눈으로 쓰러진 개를 쳐다보고 있을 때였다.

움찔.

쓰러져 있던 개의 눈가가 꿈틀거렸다.

이미 죽어버렸을지도 모른다고 생각했던 개가 실제로 움직이자 서다래는 소스라치게 놀랐다.

"사, 살아 있는 거야?"

저도 모르게 외친 서다래의 목소리를 들었는지 개가 희미하게 눈을 떠 그녀를 쳐다봤다.

태어나서 난생처음 보는 눈동자였다.

마치 밤하늘에 떠 있는 별을 빼다 박은 듯한 눈동자. 가느다랗게 뜬 오렌지색의 신비한 눈동자가 서다래를 똑바로 쳐다보고 있었다.

서다래는 홀린 듯 그 눈동자를 바라보았다.

사실 그녀도 반려견을 기르고 싶은 마음은 있었다.

아무도 없는 텅 빈 차가운 자취방에 들어설 때마다 '이럴 때 나를 맞아줄 개 한 마리만 있어도 참 좋을 텐데.'라는 생각이 종종 들었기 때문이다.

하지만 애완동물을 키우려면 돈이 필요하다.

자기 앞가림하기도 벅찬 지금 그녀의 형편으로는 무리였다.

서다래는 애써 그 시선을 외면하며, 자신의 말을 알아듣지도 못할 개를 향해 변명이라도 하듯이 말했다.

"……미안하지만 난 너를 도와줄 수 없어."

단호한 말과 함께 그녀는 개에게 등을 돌리고 성큼성큼 발걸음을 옮겼다.

타닥타닥.

우뚝.

하지만 굳게 먹은 마음가짐과 달리, 서다래는 몇 걸음 가지 않아 자신도 모르게 다시 쓰러진 개를 돌아봤다.

길바닥에 쓰러진 채로 소리도 내지 못한 채 힘겹게 앞발을 움직이는 모습이 마치 도움을 요청하는 것 같았다.

어떻게든 혼자서 해 보려고 열심히 발버둥 치지만 아무런 가망이 없는 상태.

누군가에게 도움을 받고 싶어도 아무 데도 도움을 요청할 데가 없었다.

쓰러진 개와 자신의 모습이 겹쳐 보여서 서다래는 인생에서 가장 최악인 오늘, 죽어 가는 개 앞에서 문득 울고 싶어졌다.

어느새 서다래는 다시 쓰러진 개 앞으로 돌아와 있었다.

금방이라도 감길 것 같은 오렌지색 눈동자를 들여다보며 서다래가 말했다.

"나라도 괜찮다면, 나랑 같이 갈래?"

*   *   *

"하아, 하아."

숨이 턱 끝까지 차올랐다.

덩치가 크다고 생각은 했지만 막상 집까지 옮기려고 들어 보니 맙소사, 무게가 상상 초월이었다.

쌀 10kg 정도는 혼자서도 가뿐히 옮기는 서다래였지만, 이 개는 체감상 40kg도 넘는 것 같았다.

간신히 도착한 그녀의 집은 거실 겸 부엌에 조그만 방이 하나 따로 달린 작은 원룸이었다.

콰앙!

현관문을 거칠게 닫으며 서다래는 끌어안다시피 데리고 온 개를 거실 바닥에 내려놓았다.

"하아. 너 운이 좋은 줄 알아. 너를 발견한 곳이 우리 집에서 조금만 더 멀었어도 중간에 포기했을 거야."

처음 개를 안아 올리고 몇 걸음 떼지도 않아서 들고 있던 우산을 버렸다. 도무지 우산까지 같이 들 수 있는 무게가 아니었기 때문이다.

애초에 이렇게 쏟아지는 장대비 속에서는 쓰나 마나 한 우산이었지만, 그런 우산이라도 버리고 나니 그야말로 완전히 물에 빠진 생쥐 꼴이 되어 버렸다.

서다래는 머리카락에서 떨어지는 물기를 한 손으로 급하게 훔치고는 재빨리 방 안으로 들어갔다.

"내가 구급상자를 어디 뒀더라?"

혼자 살면서 가장 서러울 때가 아플 때다.

뭐든 절약해야 하는 형편이면서도 구급약만큼은 늘 착실하게 준비를 해놓았는데 그게 이럴 때 도움이 될 줄은 몰랐다.

"아! 여기 있네!"

서다래는 서둘러 구급상자를 들고 개에게 달려갔지만 막상 구급상자를 열어 보니 살짝 난감해지기 시작했다.

"사람한테 쓰는 약을 동물한테 써도 상관없으려나?"

괜찮을 것 같지만 확신할 수도 없었다. 그렇다고 이 체감 무게 40kg 이상의 대형견을 안고 다시 빗속을 뚫으면서 동물병원에 간다는 건 체력적으로도 금전적으로도 무리였다.

제 딴에는 큰마음 먹고 도와주려 데리고 왔지만, 변변히 해 줄 수 있는 게 없는 현실이 씁쓸하게 느껴졌다.

서다래는 멈칫했던 손길을 다시 움직여 구급상자 안에 있는 소독약을 들어 올렸다. 지금은 정신을 잃었는지 다시 두 눈을 감고 있는 개를 향해 중얼거리듯 말했다.

"난 분명히 처음부터 경고했어. 이런 나라도 괜찮다면 같이 가자고 말이야. 미안하지만 내가 해 줄 수 있는 건 이런 것뿐이야."

도대체 어떻게 이런 상처가 생겼는지 몰라도 자세히 들여다보니 개는 날카로운 것에 깊게 베인 듯했다. 보기에도 아플 지경이었지만 전문적으로 꿰매줄 수도 없는 노릇이라 우선 손에 든 소독약을 바르기 시작했다.

소독약이 들어가자 개도 괴로운지 신음 소리를 냈다.

"끄으으."

개는 분명히 아파서 내는 소리였지만 그 소리를 듣자 아직 죽지 않았다는 생각에 서다래는 오히려 안심이 됐다.

소독약과 연고를 꼼꼼히 발라주고 붕대로 칭칭 감쌌다. 지금 서다래가 해 줄 수 있는 건 이 정도뿐이었다.

스으윽.

서다래는 누워 있는 개의 머리를 조심스럽게 쓰다듬었다.

손가락 안으로 짧은 털이 부드럽게 감기면서 따뜻함이 느껴졌다. 희미하게나마 숨을 쉬는 기색이 느껴져서 서다래는 자신도 모르게 미소를 지었다.

"말했다시피 난 너한테 아무것도 해 줄 게 없는 사람이야. 설령 네 상처가 다 아문다고 해도 널 키워줄 수도 없어. 하지만 그래도 네가 살았으면 좋겠다. 네가 건강해지면 유기견 센터를 알아봐서 좋은 주인을 만날 수 있게 도와…… 엣취!"

갑자기 터져 나오는 기침에 서다래는 새삼스레 자신이 지금 축축하게 젖어 있다는 사실을 깨달았다.

온몸이 땀과 빗물로 흠뻑 젖었을 뿐만 아니라 다친 개한테서 흐르던 핏물까지 옷에 묻어서 꼴이 말이 아니었다.

"내 정신 좀 봐."

개한테만 신경을 쓰느라 젖은 옷을 갈아입어야 한다는 사실을 까맣게 잊고 있었다. 서다래는 서둘러 진득하게 젖은 옷을 벗으며 샤워를 하러 들어갔다.

잘 지워지지 않는 피까지 깨끗하게 닦아 낸 그녀는 머리에 수건 한 장을 두른 채로 화장실에서 걸어 나왔다. 원래부터 깨끗한 피부가 샤워를 해서인지 유독 더 하얗게 보였다.

수건으로 가볍게 머리를 털던 그녀의 시선이 쌕쌕거리는 숨소리가 들려오는 방향으로 향했다. 집에 데리고 들어올 때까지만 해도 다 죽어 가는 모습이었던 개는 한결 편안해진 얼굴로 깊은 잠에 빠져 있었다.

어설프게 붕대로 감긴 상처들을 보고 있자니 아팠겠다는 생각이 들었다.

손가락 한 마디 이상 깊게 파인 상처.

서다래는 자신의 말을 알아들을 리가 없음에도 불구하고 커다란 개를 향해 중얼거렸다.

"나만 오늘이 최악인 줄 알았는데…… 너도 오늘 최악이었던 것 같네. 그치?"

개는 잠시 귀를 쫑긋거리는 듯하더니 이내 다시금 쌔근거리기 시작했다.

서다래는 대충 머리의 물기만 털어 낸 채 침대에 걸터앉았다. 멍하니 개를 바라보던 그녀는 이내 천천히 눈을 깜박거렸다.

하루 종일 알바에 시달리고, 비까지 맞았다. 그 상태로 무거운 개까지 옮긴 탓에 피곤함이 밀려들었다.

'아, 자면 안 되는데. 부족한 학비를 마련하려면 야간 알바도 알아봐야 하는데…….'

그런 생각과는 달리 피곤한 서다래의 눈꺼풀이 천천히 닫혔다.

"으음."

몰려오는 피곤함에 베개에 더 고개를 파묻던 서다래가 갑자기 눈을 번쩍 떴다. 창문 바깥에는 어제 내리던 비가 그쳤는지 따스한 햇살이 스며들어오고 있었다.

서다래는 서둘러 정신을 차리고 자리에서 벌떡 일어났다. 지금 이렇게 한가롭게 누워 있을 때가 아니었다.

놀라서 휴대폰을 확인하니, 시간은 오전 여덟 시 삼십 분을 갓 넘어서고 있었다.

오늘은 강의가 없는 날이라 아직 아르바이트를 가는 데까지는 여유가 있었지만, 문제는 어제 해야 할 일을 하지 못했다는 거다.

다음 학기 등록금을 마련하려면 당장 새로운 아르바이트를 찾아야 했다. 주간은 물론이고 야간까지 아르바이트를 뛴다고 해도 과연 등록금을 온전히 벌 수 있을지는 장담할 수 없었다. 그래도 집안 형편이 어떤지 뻔히 아는 그녀로서는 할 수 있는 데까지는 스스로 해야 했다.

서다래는 부스스한 머리를 한 번 쓸어 넘기며 머리맡에 놓여 있던 다이어리를 꺼내 들었다. 달력을 보면서 진지한 표정으로 날짜를 계산하던 그녀가 깊은 한숨을 내쉬었다.

"만약 운이 좋아서 이번 학기 등록금은 어떻게 마련한다고 해도 이렇게 알바를 늘려버리면 다음 학기 장학금 받는 게 또 힘들어질 텐데……."

악순환이었다.

"그럴 바엔 차라리 휴학하는 게 더 낫지 않을까?"

고등학교를 졸업한 뒤 바로 취업하길 원하는 부모님을 설득하고 또 설득해서 겨우 들어온 대학교다. 자취방의 월세만으로도 벅차실 텐데 거기다 대고 돈을 더 보태달라고 말하기는 정말 힘들었다.

심각하게 고민하던 서다래가 문득 자신에게 향하는 시선을 느끼고는 고개를 돌렸다.

그곳에는 어제 주워 온 개가 가느다랗게 눈을 뜬 채로 자신을 바라보고 있었다.

어제보다 한결 나아진 모습에 서다래는 방금까지의 고민은 잠시 접어 두고 미소 지었다.

"이제 좀 괜찮아졌나 보네?"

상처에 비해 가벼운 응급처치밖에 해 주지 못한 게 못내 마음에 걸렸는데, 하루가 지났을 뿐인데도 개는 어제보다 확연히 상태가 좋아 보였다.

자세히 상태도 확인해 볼 겸 커다란 개를 향해 다가가던 서다래는 잠시 멈칫했다.

어젯밤 반쯤 열어놓은 방문 사이로 쌔근쌔근 자고 있는 개를 쳐다보다가 잠들었던 기억이 나는데 지금 방문은 활짝 열려 있었다.

'반 정도만 열어뒀던 것 같은데…… 아니었나?'

서다래는 대수롭지 않게 생각하며 커다란 개에게 다가가 머리를 쓰다듬었다.

개는 그녀의 손길을 피하려는 듯 이리저리 고개를 돌리다가 이내 두 눈을 질끈 감고 한 번 참아준다는 식으로 서다래에게 몸을 맡겼다.

그 행동이 마치 까탈스러운 고양이처럼 귀엽게 느껴져서 서다래는 피식하고 웃음을 터뜨릴 수밖에 없었다.

"어쭈. 반항하는 거야?"

싫은 기색을 내비치는 개의 목과 머리를 마구 쓰다듬어대는데 갑자기 배에서 소리가 났다.

꼬르륵.

생각해 보니 어제는 입맛이 없어서 제대로 먹은 게 없었다. 출출한 배를 쓰다듬으며 허기를 느끼고 있자니 문득 눈앞에 있는 개에게 먹일 사료도 없다는 사실이 떠올랐다.

"그러고 보니 너도 배고프겠다."

얌전히 앉아 있는 개를 쳐다보며 밥을 어떻게 해야 하나 고민하던 중 문득 한 가지 방법이 떠올랐다.

별로 친분은 없지만 바로 윗집에 사는 아는 언니가 애완견을 키우고 있었다. 부탁하면 사료 정도는 조금 나눠줄지도 모른다.

"어제 장학금만 안 놓쳤어도 네 사료 정도는 내가 사주는 건데."

서다래는 씁쓸하게 웃으며 다시금 개의 머리를 쓰다듬고는 자리에서 일어섰다.

"멍멍아, 잠깐 기다리고 있어. 얼른 가서 네가 먹을 거부터 구해올게."

먹이라는 말을 알아듣기라도 한 건지 개가 숙이고 있던 고개를 번쩍 들고 서다래를 올려다보았다. 하지만 조금도 반가워하는 기색 없이 오히려 복잡한 눈동자로 서다래를 바라보고 있었다.

서다래는 그것을 눈치채지 못한 채 그저 자신을 빤히 쳐다보는 개를 향해 한 번 방긋 웃어주고는 서둘러 윗집으로 향했다.

띵동.

벨을 누른 지 얼마 지나지 않아 현관문 안에서 가느다란 목소리가 들려왔다.

"누구세요?"

"혜선 언니, 저예요. 다래."

덜컹.

현관문이 열리며 일어난 지 얼마 되지 않아 보이는 장혜선이 모습을 드러냈다.

안면이 있는 사이긴 했지만 서로 워낙 왕래가 없던 사이였기에 서다래가 찾아온 것이 어리둥절한 모양이었다.

"다래? 하암. 이렇게 일찍부터 무슨 일이야?"

"멍멍!"

장혜선의 발아래로 하얀색 털의 작은 강아지가 고개를 빼꼼 내밀고 서다래를 쳐다보았다. 집에 들어올 때 이따금씩 개를 데리고 산책하는 장혜선과 마주친 적이 있었기 때문에 이미 몇 차례 본 적이 있었다.

"아침부터 찾아와서 죄송해요. 다른 게 아니라 개 사료를 조금만 얻을 수 있을까 해서요."

"사료? 사료는 갑자기 왜? 다래, 너 개 키워?"

서다래는 구구절절 설명하기가 힘들어 대충 둘러댔다.

"제가 며칠 개를 맡게 됐는데 사료가 없어서요. 마침 언니 생각이 나서 부탁 좀 드리려고 왔어요."

"그래? 알았어, 뭐 어려운 부탁도 아닌데. 잠깐만 기다려 봐."

장혜선은 흔쾌히 안으로 들어가서 비닐봉지에 사료를 한 움큼 넣어서 가지고 나왔다. 가지고 나온 비닐봉지를 서다래에게 건네던 그녀가 마침 생각났다는 듯이 말했다.

"참 다래야, 기회가 없어서 말을 못 했는데 너 소개팅 한 번 할래? 내가 아는 사람 중에 너한테 관심 있는 애가 있는데 혹시 생각 있어?"

서다래 본인은 관심이 없어서 몰랐지만 대학교 내에서 그녀는 꽤 유명했다. 항상 화장기 없는 얼굴로 잘 꾸미지 않은 채 다녔지만 유난히 흰 피부에 또렷한 이목구비를 지닌 서다래는 선배들에게 인기가 많았다.

흔쾌히 부탁을 들어준 장혜선에게 고마운 마음이 들었지만 지금은 대학교를 다니는 것만으로도 벅찼기에 서다래는 연애를 생각할 여유가 없었다.

"저는 아직 연애는 생각이 없어서요. 어쨌든 언니, 사료 너무 고마워요. 제가 나중에 밥이라도 한 끼 대접할게요."

장혜선이 아쉬운 듯 입맛을 다셨지만 어쩔 수 없다는 듯 말했다.

　"밥은 무슨, 됐어. 나도 그냥 말해본 거니까 부담 갖지 말고, 가까이에 사는데 앞으로 종종 얼굴 보자."

　"네, 그래요. 고마워요, 언니."

　그렇게 짧은 대화를 마치고 장혜선은 다시 안으로 들어갔고 서다래는 사료를 들고 아래층의 집으로 내려왔다.

　덜컹.

　현관문을 열고 들어서자 아까와 똑같은 자리에 앉아 있던 개가 기다렸다는 듯 서다래를 물끄러미 바라봤다.

　서다래는 손에 든 봉지를 흔들며 개를 향해 말했다.

　"조금만 기다려. 금방 줄게."

　평소 동물을 그리 좋아하는 편이 아닌데도 불구하고 서다래는 이상하리만치 어제 주워 온 개에게 마음이 갔다.

　가장 최악의 날이라 해도 부족함이 없는 날, 자신과 마찬가지로 좋지 않을 하루를 보냈을 개에게서 우습게도 동병상련을 느끼는 걸지도 모르겠다.

　서다래는 큰 그릇에다가 얻어온 사료를 가득 담아 앉아 있는 커다란 개 앞에 놓아주었다.

　"배고프지? 어서 먹어."

　"……."

　개는 물끄러미 서다래를 올려다볼 뿐이었다.

그리고 보니 커다란 덩치에 비해 활동량도 너무 적었고, 짓지도 않는 게 아직까지 몸이 좋지 않아 보였다. 서다래는 걱정스러운 표정으로 사료를 담은 그릇을 개에게 밀어주며 다시 말했다.

"먹어. 먹고 얼른 기운 차려야지."

개는 멀뚱멀뚱 자신의 밥그릇을 쳐다만 볼 뿐 도무지 먹을 생각이 없었다.

그 후로도 서다래가 몇 번 더 권했지만 개는 꿈쩍도 하지 않았다. 혹시 아직 자신이 어색해서 그러는 건가 생각이 든 서다래는 사료를 그 자리에 두고 일어났다.

"내가 씻고 나올 때까지는 다 먹어야 한다? 뭐라도 먹고 배를 채워야 빨리 낫지."

서다래는 여전히 걱정스러운 눈길로 개를 쳐다보며 중얼거렸다.

"이렇게 계속 아무것도 못 먹으면 정말 동물병원에라도 데려가야 하나? 동물병원은 얼마 정도 하려나."

우선 동물병원을 가든 알바를 구하든 집에서 나가 봐야 했기에 서다래는 화장실 안으로 들어갔다.

달칵.

문을 닫았는데도 꼭 닫히지 않은 채 화장실 문이 다시 살짝 열렸다.

며칠 전부터 고장이 났는지 자꾸 이렇게 문틈새가 열렸다. 하지만 어차피 집에 누군가를 데려올 일도 없었기 때문에, 딱히 고칠 필요를 못 느껴 그대로 방치하는 중이었다.

서다래는 아무렇지 않게 칫솔에 치약을 짜면서 슬쩍 바깥을 바라봤다. 열린 문틈새로 미동도 하지 않는 개의 모습이 들어왔다.

다른 방법을 강구해야 하나 고민하며 칫솔을 입 안에 밀어 넣는 순간, 개가 슬며시 자리에서 일어나 밥그릇을 향해 다가갔다.

'역시 낯설어서 제대로 식사를 못 했던 모양이네.'

자신의 생각이 맞다 지레짐작하며 웃는 얼굴로 밥그릇으로 다가간 개를 바라볼 때였다.

앞발을 내밀어 밥그릇에 가져다 댄 개가 갑자기 슬며시 몸을 일으켜 세운다는 느낌이 들었다.

그리고 그 순간 서다래는 자신의 눈을 의심할 수밖에 없었다.

뻗은 손이 점점 사람의 것처럼 새하얗게 변했다.

변한 건 손뿐만이 아니었다. 기지개를 펴듯 일어나는 개의 몸 또한 사람의 형상으로 변하기 시작했다. 새까맣고 윤기 있는 머리카락, 아무것도 걸치지 않은 탓에 선명하게 드러나는 가슴과 배 근육.

길고 쭉 뻗은 손과 다리와 깨끗한 피부까지.

각도상 전체적인 얼굴 윤곽은 보이지 않았지만 흡사 조각상을 연상케 할 정도로 잘빠진 몸매와 갸름해 보이는 턱 선이 눈에 들어와 박혔다.

남자는 사료가 든 밥그릇을 번쩍 들어서는 옆에 있는 쓰레기 봉지 안으로 툭툭 털어 넣었다.

믿을 수 없는 광경을 눈으로 목격한 서다래는 충격으로 인해 손에 들고 있던 칫솔을 떨어뜨렸다.

툭.

그 순간이었다.

소리를 들은 인간으로 변한 그 남자의 고개가 휙 하니 돌아갔다. 그리고 벌어진 화장실 문틈 사이로 서다래와 그 정체불명 남자의 시선이 정확하게 마주쳤다.

개였을 때와 마찬가지로 오렌지색 빛을 머금은 눈동자를 지닌 그 남자는 예상대로 엄청난 미남이었다. 높게 솟아오른 콧날은 당장 종이라도 벨 것 같았고, 쌍꺼풀이 없는 눈은 길게 뻗어 있었다.

조각상 같은 그 남자가 입을 열었다.

"다 본 거야?"

양치질을 하려고 입 안에 물고 있던 거품이 바보같이 흐르는지도 모른 채 서다래는 너무 놀라서 굳어버렸다. 마치 어렸을 때 얼음 땡 놀이를 하는 것처럼 꼼짝없이 얼어버린 서다래를 두고 먼저 움직인 것은 변해 버린 남자였다.

"하아."

상처 때문에 감각이 무뎌져서 의도치 않게 정체를 들켰지만 남자는 크게 당황하지 않았다. 그는 이 상황이 썩 마음에 들지 않는 듯 한쪽 미간을 찌푸리다가 자연스러운 움직임으로 거실에 놓여 있던 담요로 자신의 하체를 가렸다.

그리고 서다래가 있는 화장실 쪽으로 빠른 속도로 걸어오기 시작했다. 다가오는 그를 보며 순간 정신을 차린 서다래가 문을 닫으려 했지만 그보다 남자의 손이 더 빨랐다.

벌컥.

서다래는 놀라 뒷걸음질 치려 했고, 그 순간 남자가 손을 뻗어 그녀의 팔목을 움켜잡았다.

"이 좁은 곳에서 어디로 숨으려고? 내가 물었잖아. 다 봤지?"

서다래는 너무 놀라면 오히려 비명을 못 지른다는 말을 몸소 체험하고 있었다. 그 말은 틀림없는 사실이었다.

그녀는 입술만 달싹거리며 눈앞의 남자를 쳐다봤다.

영화에서나 봤을 법한 식스팩과 함께 그 남자의 전신에서 야성미가 물씬 풍겨져 나왔다. 잠시 이 상황이 꿈이 아닐까 생각하던 서다래였지만, 그녀는 자신의 팔목을 통해 느껴지는 남자의 체온에 황급히 정신을 차렸다.

놀란 그녀가 뒷걸음질 치다 미끄러졌다.

"으, 으앗!"

서다래의 몸이 바닥에 닿으려는 순간 팔목을 감싸 쥐고 있던 남자의 손이 그녀를 강하게 끌어당겼다.

덕분에 가까스로 넘어지는 걸 면했지만 서다래는 정체불명 남자의 숨이 느껴질 정도로 밀착해 버렸다.

서다래는 코앞까지 다가온 남자를 보며 믿을 수 없다는 듯이 중얼거렸다.

"개, 개가 사람으로 변하다니……."

더듬거리는 서다래의 말을 듣고 남자의 미간이 인정사정없이 구겨졌다. 남자가 진심으로 기분이 나쁘다는 듯이 말했다.

"누굴 보고 감히 개라는 거야?"

"······?"

"난 개 따위가 아니야. 훨씬 월등한 존재라고. 바보같이 개로 착각해서 데려온 것 같다고 예상은 했지만 정말 어처구니가 없군."

"개가 아니면 그럼 뭐라는 거예요?"

"수인족이라고…… 하아, 그런 게 있어. 어찌 됐든 날 한낱 개 따위와 비교하지 마."

수인족.

동물에서 인간으로 변신하는 종족을 수인족이라고 불렀다. 그의 외향이 커다란 개와 비슷할지도 모르겠으나 남자의 말처럼 수인족은 한낱 동물과 비교할 수 없을 만큼 엄청난 차이가 있었다.

"수, 수인족?"

서다래는 남자의 말에 황당하다는 표정으로 그를 올려다보았다.

수인족이 뭔지는 모르겠지만, 지금 중요한 건 개인 줄만 알았던 그가 사람으로 변했다는 사실이었다.

남자는 잔뜩 긴장한 채로 자신을 바라보고 있는 서다래의 모습을 보며 가볍게 한숨을 내쉬었다. 그러고는 이내 나지막한 목소리로 말했다.

"안 잡아먹으니까 우선 입에 묻은 거나 닦고 나와."

달칵.

남자는 그 말을 남긴 채 서다래가 있는 화장실 문을 닫았다.

서다래는 남자가 나가고서도 한참 동안이나 꿈쩍도 하지 못했다. 멍한 눈으로 서 있던 그녀는 뭐에 홀린 듯이 천천히 세면대로 다가가 입을 헹구고는 찬물을 얼굴에 들이부었다. 차가운 물이 얼굴에 닿자 정신이 번쩍 들었다.

꿈이라면 이쯤에서 깰 법도 한데…….

거울이 있는 정면으로 향한 시선에는 너무나 놀라 하얗게 질려버린 자신의 얼굴이 있었다. 꿈이겠지 하는 자신의 생각을 비웃기라도 하는 듯이 물은 차가웠고, 정신은 더욱 멀쩡해졌다.

'지금 이거 꿈 아니지?'

뱀파이어나 구미호같이 인간이 아닌 존재들에 대한 영화나 소설은 많다. 서다래도 다른 사람들처럼 그런 내용의 작품을 읽기도 했고, 한때는 즐기기도 했다.

그런 존재들이 정말로 세상에 있다면 재밌겠다고 생각했던 적도 있었다.

하지만 실제로 눈앞에 나타나는 것과 상상을 하는 것은 하늘과 땅 차이였다.

찰싹.

서다래는 거울을 바라보며 가볍게 뺨을 두드렸다.

놀란 마음이 진정되니 조금씩 침착해지기 시작했다.

그녀는 스스로에게 주문을 걸었다.

'그래, 뱀파이어든 구미호든 그게 무슨 상관이야? 서다래, 정신 차리자. 여긴 내 집이야.'

벌컥.

서다래는 당당하게 화장실 문을 열고 나왔다.

거실에는 애써 긴장을 감춘 서다래와는 달리, 태평하다 못해 거만한 자세로 긴 다리를 꼰 채 앉아 있는 남자가 있었다.

혹시라도 자신에게 위해를 가하지 않을까 위축되긴 했지만 서다래는 머릿속에 정리했던 말을 재빨리 입 밖으로 내뱉었다.

"당장 내 집에서 나가요!"

"동물로 있을 때는 꽤나 잘해 줄 것처럼 굴더니 사람으로 변했다고 이렇게 달라지기야?"

대수롭지 않다는 듯 능청스럽게 말하는 남자를 향해 서다래는 기가 찬다는 듯이 받아쳤다.

"이렇게 인간으로 변할 줄 알았으면 구하지도 않았어요. 난 그쪽이 그냥 다친 개인 줄 알고…….."

"도대체 내 어디가 한낱 개와 닮았다는 거야?"

개와 닮았다는 사실이 기분 나쁜 듯 인상을 쓰는 남자를 향해 서다래는 '지금 그게 중요한 게 아니잖아!'라고 외치고 싶었다.

상식적으로 서울 도시 한복판에 동물에서 인간으로 변하는 사람이 피를 흘리며 쓰러져 있다는 게 말이 되는가. 그 누가 발견했다고 해도 당연히 개라고 생각할 것이다.

그리고 그의 모습은 어딜 봐도 시베리안 허스키와 똑같았다.

하지만 지금 쓸데없는 논쟁을 하기엔 이 상황을 이해하는 것만으로도 머리가 터져 버릴 것 같이 복잡했다.

서다래는 터져 나오려는 말을 꾹 누른 채 다시 입을 열었다.

"알았어요. 그쪽이 개든 아니든 어차피 그건 중요하지 않으니까, 그만 내 집에서 나가라고요. 이제 상처도 거의 다 나은 것 아니에요?"

"아, 상처? 지금에서야 말하는 거지만 소독약에 연고로 끝이라니 치료라기엔 너무 부족하지 않아? 만약 내가 진짜 개였다면 지금쯤 이미 죽어 있었을 거야."

남은 기껏 큰 결심을 하고 구해 줬는데 그 정도밖에 안 되냐고 따지는 것 같이 들려서 서다래가 발끈했다.

"그게 당시에 내가 할 수 있는 최선이었어요. 비 오는 날, 길바닥에서 죽게 놔두느니 어떻게든 살리려는 시도는 해 본 거라고요. 그쪽한테는 별거 아닌지 몰라도 말이에요."

서다래는 붉어진 얼굴로 씩씩거리며 남자를 바라봤다. 그렇지만 이내 그 오렌지색 눈동자가 자신을 지그시 응시하자, 치밀었던 화로 인해 잠시나마 풀어졌던 긴장감이 다시금 돌았다.

지금은 인간의 모습이지만 실제로는 말도 안 되는 존재라는 걸 본 상황이었다.

인간이 아닌 존재. 그런 존재를 향해 지금 서다래가 이렇게 바락바락 대들고 있었다.

천천히 입을 여는 남자를 보며 서다래가 움찔할 때였다.

"별거 아니라고…… 생각하지 않아. 그 덕분에 내가 살 수 있었으니까. 날 구해 준 건 무척이나 고맙게 생각하고 있어."

남자의 말에 서다래는 잔뜩 올라왔던 긴장이 거짓말처럼 풀리는 걸 느꼈다. 그의 건방진 태도에 밀려들었던 불쾌감도 고맙다는 말에 다소 누그러들긴 했지만 그뿐이었다.

그렇다고 해서 이 정체를 알 수 없는 존재를 집에 두는 건 너무 위험해 보였으니까.

"알겠어요. 고맙다는 말은 받아둘게요. 그러니 더 이상 생명의 은인인 저한테 폐 끼치지 말고 그만 나가주세요."

차분하게 말하는 서다래를 남자는 신기한 동물 쳐다보듯이 바라보았다. 그 시선에 내심 울컥하는 마음이 들었다. 지금 신기한 쪽이 대체 누군데!

"너, 내가 무섭지 않아? 이런 상황이라면 보통은 더 격한 반응이 나와야 정상 아닌가?"

"지금 이게 저한텐 충분히 격한 반응이에요. 대체 어떤 반응을 원하는 거예요?"

"글쎄, 예를 들어 도망을 친다든가?"

"다른 장소였으면 그랬을지 모르지만 여긴 내 집이라고요. 그리고 당신이 이렇게 떡하니 입구를 막고 있는데 어디로 어떻게 도망을 치라는 거죠?"

"그런가?"

남자가 처음으로 흰 이를 드러내며 씩 웃었다.

두근.

서다래는 순간 심장이 쿵하고 바닥으로 떨어졌다가 다시 올라오는 느낌을 받았다.

처음에 보았을 때 너무 놀라서 미처 깨닫지 못했지만 눈앞의 이 남자, 너무 잘생겼다. 누군가가 조각이라도 한 듯이 완벽한 얼굴에 우유같이 매끈한 하얀 피부라든가. 몸에 붙어 있는 근육도 너무 탄탄하고 알맞게…….

'내가 지금 무슨 생각을 하는 거야?'

머리를 살짝 흔들며 정신을 추스른 서다래는 하반신에 담요만 한 장 두른 채 앉아 있는 남자를 향해 소리쳤다.

"그러고 보니까 왜 벗고 있어요? 옷이라도 입으라고요! 변태예요?"

"입을 옷이 없어."

"이 사람이 정말!"

서다래는 씩씩거리며 방 안에서 박스티와 통이 큰 트레이닝복 바지를 가지고 와서 남자를 향해 던졌다.

남자는 그녀가 던진 옷을 더러운 거라도 만지듯이 집게손가락으로 집어 들며 불만스럽다는 듯 물었다.

"이것밖에 없어?"

"그게 남의 옷 얻어 입는 사람이 할 말인가요?"

"쳇, 할 수 없군."

정말 기가 막힐 노릇이었다.

이거야 원 누가 집주인인지 모르겠다고 생각하며 서다래가 다시 단호하게 입을 열었다.

"분명히 말하지만 그 옷 입고 당장 나가주……."

"알아. 아까 몇 번이나 들어서 알아들었어. 여기서 나가달라는 거지? 그런데 이를 어쩌나? 난 지금 나갈 생각이 없는데."

"뭐, 뭐라고요?"

너무나도 뻔뻔하게 말하는 남자를 바라보며 서다래는 정말로 황당해졌다. 그녀가 다시 입을 열려는 찰나 남자가 한발 먼저 말을 꺼냈다.

"나랑 거래해."

"그건 또 무슨 소리예요?"

"며칠간만 여기서 지내게 해 줘. 때가 되면 알아서 나가줄게. 공짜로 재워달라는 것도 아냐."

"우리 집이 무슨 여관인 줄 알아요?"

"누가 여기가 여관이라고 했나? 거래라고 했잖아. 나도 원해서 엿들은 건 아니지만, 상황이 상황이니 만큼 돌려 말하지 않지. 너, 장학금을 못 받아서 등록금이 필요한 거 아니야?"

들키고 싶지 않은 치부를 억지로 남에게 보인 것 같아서 서다래의 얼굴이 순식간에 새빨개졌다. 그래서 그녀는 자신도 모르게 더 큰 목소리로 말했다.

"필요해요. 그래서 뭐요? 그쪽이 내 등록금을 내줄 것도 아닌데 여기서 그 말이 왜 나와요?"

"응. 그러니까 내가 그 돈 내주겠다고. 단, 며칠간만 날 재워주면 말이지. 나쁜 조건은 아니잖아."

솔깃할 만한 제안이었다.

현실은 드라마나 영화와는 차원이 달랐다.

이야기 속의 주인공들은 돈 몇 푼에 자존심을 팔 수 없다고 하지만, 서다래는 그까짓 거 다 내주더라도 대학교를 다니고 싶었다.

자존심은 이 시궁창을 벗어나고 난 다음에 챙겨도 늦지 않았다.

하지만 그 감정도 순식간에 사그라졌다. 서다래는 두 눈을 가늘게 뜨고 눈앞에 거만하게 앉아 있는 남자를 쳐다보며 말했다.

"뭘 보고 내가 그쪽 말을 믿어요? 입을 옷도 없어서 내 옷까지 빌려갔는데 그런 큰돈이 어디 있는 줄 알고? 상식적으로 그런 돈이 있으면 호텔에 가서 묵지 왜 좁아터진 이 집에 있겠어요?"

"동물이 사람으로 변하는 건 상식적으로 맞는 말이고? 솔직히 네 말대로 지금 내 신분을 증명할 만한 건 아무것도 없어. 하지만 나도 내 목숨을 구해 준 너한테 사기 칠 생각은 없으니 속는 셈 치고 믿어봐. 절대 후회 안 하게 해 줄 테니까."

순간 서다래는 할 말을 잃었다.

객관적으로 생각하면 거절하는 게 당연했다. 보통 인간도 아닌 데다가 수상한 거래를 제안하고 나서는 남자.

그런 정체가 의심스럽다 못해, 위험해 보이기까지 하는 이 남자를 어찌 믿을 수 있을까?

그런데 왜일까.

남자의 오렌지색 눈동자를 보는 순간 서다래의 가슴이 심하게 요동쳤다. 자신만만함이 가득한 그 눈동자에서 스스로에 대한 자부심이 느껴졌다.

'이 남자는 진심이야.'

문득 그런 생각이 들면서 서다래의 머리는 복잡해졌다.

사실 이 남자는 그럴 마음만 먹으면 힘으로 자신을 제압할 수도 있을 것이다. 아무리 부상을 입었다지만 사지 멀쩡하고 체격도 좋은 성인 남자니까. 게다가 개로 변할 수 있는 미지의 능력도 있다. 그런데도 불구하고 이렇게 부탁을 한다는 점에서 왠지 모르게 그의 말이 거짓말은 아닐 거라는 생각이 들었다.

그리고 실제로 이런 말도 안 되는 조건에 마음이 흔들릴 정도로 그녀에게는 돈이 절실했다.

서다래는 뭐든 시기와 때가 있다고 믿었다.

지금 한 학기 등록금을 마련하지 못해서 잠시 쉬었다가 영영 복학하지 못하고 포기하게 되는 건 아닐까?

장학금도 날아가고 막막한 그녀의 마음을 남자의 달콤한 유혹이 뒤흔들었다.

서다래는 두 눈을 질끈 감았다가 떴다.

"……정말 며칠만 묵게 해 주면 되는 거죠?"

"난 내가 한 말은 지켜. 상처만 다 나으면 나갈게."

워낙 멀쩡해 보여서 막연히 거의 다 나았을 거라고 생각했는데 그건 아닌 모양이었다.

서다래는 막상 거래를 수락하기는 했지만 이게 정말 옳은 선택인지 확신이 들지 않았다. 생판 모르는 남자, 그것도 동물로 변하는 사람을 집에 들이는 게 과연 잘하는 짓일까?

남자는 마치 그런 서다래의 마음을 알아채기라도 한 듯이 나지막한 목소리로 말했다.

"너, 나를 만난 날이 최악이라고 했지? 이제 너한텐 그날이 최고의 날이 될 테니 두고 봐."

너무나도 자신만만한 말투에 서다래는 방금 전의 두근거림이 재발한 듯 다시금 심장이 뛰었지만, 이내 어처구니가 없어서 헛웃음을 지었다. 그리고 다시 눈에 들어오는 그 남자의 알몸에 서다래는 다급하게 말했다.

"알았으니 일단 옷이나 입으라고요."

"그런데 정말 이 옷밖에 없는 거야?"

그의 말에 서다래가 아무 말도 없이 쳐다보자 남자는 가볍게 한숨을 내쉬며 고개를 끄덕였다.

"알았어, 알았다고."

스윽.

남자가 옷을 입기 위해 자리에서 일어서려고 하자 서다래가 서둘러 몸을 돌렸다.

"그쪽이 그렇게 갑자기 일어서면……."

"윤성, 차윤성이다."

"뭐, 뭐라고요?"

"내 이름."

차윤성.

순백의 눈처럼 하얀 피부를 지니고 있음에도 야성적인 매력을 지닌 이 남자에게 너무나도 잘 어울리는 이름이라고 서다래는 생각했다.

부스럭거리는 옷 갈아입는 소리가 끊어지자 서다래는 다시 고개를 돌려 차윤성을 쳐다봤다.

목이 늘어난 후줄근한 박스티, 바지는 기장이 짧아서 발목이 훤히 드러났지만 그것조차도 근사하게 잘 어울렸다. 이렇게 입고 있음에도 전혀 볼품없이 느껴지지 않는 걸 보면 확실히 옷걸이가 좋긴 좋았다.

"……내 이름은 서다래예요."

"알아."

"어떻게 알아요?"

"그것보다 밥은 안 줘?"

밥이라는 말에 서다래의 배에서 다시 꼬르륵 하고 소리가 났다. 워낙 놀란 마음에 잠시 잊고 있던 공복감이 다시 살아나는 듯했다.

"밥도 내가 해야 해요?"

"그럼 내가 해? 재료가 뭐 있는데?"

"재료라고 할 만한 건 딱히 없고 먹을 수 있는 건 라면 정도네요."

"라면은 한 번도 먹어 본 적 없어서 할 줄 몰라."

"세상에 라면을 한 번도 안 끓여본 사람이 있어요?"

"나?"

뻔뻔할 정도로 당연하다는 듯이 말하는 차윤성을 보며 서다래는 자신도 모르게 고개를 절레절레 저었다.

"일단 알았으니 앉아 있어요."

서다래는 냄비에 물을 안치고 가스레인지를 켰다.

순식간에 라면 두 개를 끓여서 냄비째 식탁 위에 올려놓자 그것을 본 차윤성의 표정이 어두워졌다.

"그새 잊으셨나 본데, 나 아직 환자야. 보니까 국물에 가루밖에 안 넣던데 이 화학조미료투성이인 음식을 나보고 먹으라고?"

"먹기 싫으면 말아요."

서다래가 젓가락으로 한가득 면을 집어서 자신의 그릇으로 가져갔다. 후후— 바람을 불며 뜨거운 면을 식히고 입에 넣고 있자 가만히 바라보고 있던 차윤성도 라면을 자신의 그릇에 담았다.

배고팠기에 어쩔 수 없이 먹는다는 듯이 라면을 입에 가져가더니 깜짝 놀란 표정을 지었다.

"뭐야? 생각보다 맛있는데?"

"정말 라면을 처음 먹어 봐요?"

"그런 걸로 거짓말을 왜 해."

"신기해서요. 곱게 자랐나 보네요."

"……금전적인 부분을 이야기한다면 그 말이 맞겠지."

어쩐지 씁쓸해 보이는 그의 표정에 서다래는 의문을 느꼈지만 그 이상 캐묻진 않았다.

그렇게 라면은 순식간에 두 사람의 뱃속으로 사라졌고, 서다래는 서둘러 외출 준비를 마쳤다.

"전 나갔다가 저녁에 들어올 거예요."

막 밖으로 나가기 위해 신발을 신는 서다래를 물끄러미 바라보다가 차윤성이 나지막한 목소리로 말했다.

"나를 만났다는 건 아무한테도 말해선 안 돼."

진지한 차윤성의 목소리에 서다래가 신발을 신다가 고개를 들어 올려 그를 쳐다봤다. 심각한 그의 눈을 바라보던 서다래가 너무나도 당연하다는 듯이 말했다.

"동물로 변하는 사람을 봤다고 말하지 말라는 거예요? 내가 말한다고 그 말을 믿을 사람도 없으니 그런 걱정은 하지 말아요. 이 나이에 하얀집 들어가고 싶지는 않으니까. 아 참, 요리는 제가 했으니 설거지는 그쪽이 해요. 그럼 갔다 올게요."

서다래는 그렇게 자신이 할 말만 남긴 채 재빨리 현관문을 열고 나갔다.

콰앙.

굳게 닫힌 현관문을 바라보며 차윤성은 웃음을 터뜨릴 수밖에 없었다.

"큭큭."

서다래라는 여자는 특이했다. 정말로.

차윤성은 이따금씩 자신의 정체를 누군가에게 들키게 되면 상대방이 어떤 반응을 보일까 상상을 하곤 했었다. 그런데 이렇게 무덤덤한 반응이라니.

덜덜 떨며 놀란 지 얼마나 됐다고 알바를 하겠다고 후다닥 튀어 나가는 모습이 재미있기 그지없다.

원래 일족 외의 인간에게 정체를 들키면 그 인간을 죽이는 게 그들의 규율이다. 하지만 차윤성에겐 생명의 은인이기도 한 서다래를 죽일 생각이 없었다.

그의 정체를 알았음에도 불구하고 너무나도 당당하게 '당장 내 집에서 나가요!'라고 말하는 여자.

서다래는 정말 특이했다.

만약 모든 인간들이 이렇게 무덤덤할 수 있다면 그런 규율은 없어져야 마땅할 만큼 말이다.

"……잘 때는 좀 더 귀여웠던 것 같은데."

새벽녘에 차윤성이 정신을 차렸을 때 서다래는 잠을 자고 있었다. 침대에 몸을 웅크리고 자고 있는 서다래를 보자마자 비 오는 거리에서 그와 마주쳤던 여자라는 것을 알아차렸다.

더럽게도 많이 쏟아지던 빗줄기 속에서 그와 마주친 맑은 눈동자가 이상하게도 또렷이 기억에 남았기 때문이다.

사실 서다래가 잘 때 다이어리를 보고 이미 그녀가 다니는 대학교와 이름은 알아 둔 상태였다. 나중에 이곳을 나가면 그때 보답을 하기 위해 알아 둔 것이었는데, 어쩌다 보니 이렇게 정체를 들키고 거래까지 하게 되었다.

차윤성은 서다래를 떠올리며 자신도 모르게 입가에 진한 미소를 그렸다.

태어났을 때부터 지금까지.

차윤성은 수도 없이 많은 순간들마다 누군가의 도움을 절실히 필요로 했다. 하지만 나이를 먹을수록 그는 알았다.

그 누구도 자신을 도울 수 없다는 것을.

그리고 그것이 자신의 숙명이라 생각하며 담담하게 받아들이는 정도가 된 지금, 우습게도 처음으로 자신의 손을 잡아준 이가 생긴 것이다.

그 서다래라 불리는 인간 여자가.

마음을 말로 제대로 표현하지 못했을 뿐, 진심으로 고맙게 생각하고 있다.

아무리 신체 능력이 뛰어난 수인족이라 하더라도 그대로 뒀다면 죽었을 것이다. 군이 상처와 비 때문에 떨어지는 체온이 아니더라도 자신을 쫓던 이들에게 위치가 들통 나 살해당했을 테니 말이다.

차윤성은 언제 웃었냐는 듯이 떠올리기 싫은 기억에 고운 미간을 찌푸리곤 긴 팔을 위로 쭉 뻗으며 기지개를 켰다.

"몸이 다 나으면 사냥을 시작해야겠군."

2.

그 날의 따뜻했던 온도

　하루 일과를 마치고 집으로 향하는 서다래의 발걸음은 무거
웠다.

　등록금을 내주겠다는 말에 순간적으로 혹해서 그가 제시한
거래를 받아들이기는 했지만 여자 혼자 사는 집에 남자, 그것도
동물에서 인간으로 변하는 수상한 남자를 들였다는 사실이 아
무래도 신경이 쓰였다.

　차윤성을 생각하면서 길을 걷는데 이상하게도 몸이 으슬으슬
하게 추워서 서다래는 어깨를 움츠렸다.

　'설마 나 개도 안 걸린다는 여름 감기에 걸린 건가?'

　짚이는 구석이 전혀 없지는 않았다. 어젯밤 차윤성을 구하기
위해 비를 쫄딱 맞으면서 집으로 돌아왔고, 그 후에도 치료를 한

다고 젖은 채로 돌아다녔다.

종합감기약을 사뒀던가 고민하며 걷는데 어느새 집 앞에 도착했다. 바깥에서 집을 바라보니 창문을 통해 불이 환하게 켜져 있는 게 눈에 들어왔다. 항상 어두컴컴하던 때와는 달랐다.

달칵.

현관문을 열자 지금까지와는 전혀 다른 광경이 눈앞에 펼쳐졌다.

차윤성이 긴 다리를 꼬고 앉은 거만한 자세로 거실에 앉아서 서다래에게 말을 건넸다.

"왔어?"

너무나도 간단한 한 마디였지만 항상 싸늘한 공기만이 존재했던 집에 누군가가 있다는 사실이 이질적으로 느껴졌다. 따뜻한 집 안의 공기가 어색해서 서다래는 그저 고개만 살짝 끄덕였다.

"원래 이렇게 귀가 시간이 늦어?"

"나 기다렸어요?"

"응. 배고파서."

"나 기다리지 말고 먼저 밥 먹어요."

"안 그래도 그럴까 생각했는데 냉장고에 아무것도 없더라고. 넌 도대체 뭘 먹고 사는 거냐?"

차윤성의 핀잔에도 서다래는 딱히 어떠한 대답도 하지 않았다. 사실 하루하루 사느라 바빠서 뭔가를 해 먹는다는 건 그녀에게 힘든 일이었다.

아르바이트하는 곳에서 끼니를 해결하거나, 그것도 안 되면 집에서 라면 정도로 간단하게 식사를 마치는 것이 그녀의 평소 식습관이었으니까.

서다래가 들고 있던 가방을 구석에 내려놓으며 물었다.

"설거지는 해놨죠? 저녁은 컵라면 어때요?"

"라면은 낮에 먹지 않았나? 컵라면은 뭐가 달라?"

"엄청난 차이가 있죠. 훨씬 간편하거든요."

서다래는 일단 물을 올리기 위해 거실에 딸려 있는 작은 싱크대를 향해 다가갔다. 어차피 서다래도 저녁을 안 먹었기 때문에 출출했던 터라 일단 물을 올리고 옷을 갈아입어야겠다 싶어서였다.

서다래가 차윤성의 옆을 스쳐 지나갈 때였다.

덥석.

갑자기 차윤성이 그녀의 손목을 잡아챘다.

너무나도 순식간에 벌어진 일이었기에, 서다래는 깜짝 놀란 얼굴로 차윤성을 쳐다봤다. 그는 눈을 가늘게 뜨고 서다래의 상태를 살피며 말했다.

"너 열이 있는데?"

"그런 것도 알 수 있어요?"

"그게 중요해? 너 지금 아픈 거 아니야?"

"별거 아니에요. 그냥 감기에 걸린 것 같아요."

"감기?"

"아, 감기가 뭐냐 하면……."

"그 정도는 나도 알거든?"

차윤성이 인상을 팍 지으며 말했다.

비록 수인족이긴 하지만 인간 세상 속에서 감쪽같이 위장한 채 살아온 차윤성이다. 그런 그가 감기를 모를 리가 없었다.

다만 차윤성은 단 한 번도 감기에 걸려본 적이 없었다.

수인족은 보통 인간들과 비교할 수 없을 정도로 체온이 높다. 물론 자가 치유력 또한 높았기 때문에 감기같이 자잘한 질병에 걸릴 일은 없었다.

다만 차윤성이 감기라는 말에 놀란 기색을 보인 이유는 그 원인이 자신이라는 생각이 들었기 때문이다.

어제 자신을 데리고 이곳까지 오기 위해 비를 쫄딱 맞은 그녀다. 아마도 그 와중에 감기에 걸린 게 아닐까.

차윤성은 단호한 어조로 말했다.

"밥은 됐으니까 일단 방에 들어가서 쉬어."

"배고프다면서요. 라면 안 먹어요?"

"내가 바보냐? 라면이랑 컵라면이 무슨 큰 차이가 있다고 그걸 또 먹어. 그리고 아픈 사람이 그렇게 조미료투성이인 음식 먹는 거 아니야."

"그쪽도 환자라면서 낮에 먹었잖아요."

"넌…… 나랑 달라."

차윤성은 수인족인 자신에 비해 인간은 너무 약하다고 말하고 싶었지만 뒷말은 내뱉지 않은 채 입을 다물었다.

진지한 차윤성의 눈빛에 눌려서 서다래는 고개를 절레절레 흔들며 말했다.

"진짜 별거 아니에요."

"서다래, 넌 네가 지금 얼마나 열이 많이 나는 줄 알아? 자꾸 조잘거리지 말고 들어가서 쉬어. 난 내가 미안해질 일은 만들지 않는 주의야."

차윤성이 너무 강경하게 나오자 서다래는 하는 수 없이 등 떠밀리듯 방 안으로 들어갔다. 편한 잠옷으로 갈아입고 침대 위에 걸터앉으니 지금까지는 못 느꼈던 몽롱함이 밀려왔다.

그제야 새삼스럽게 '나 정말 아픈가?'라는 생각이 들었다.

낮에 알바할 때는 몰랐는데 이렇게 집에 들어와 편안한 자세로 있으니 확실히 몸에 기운이 없다는 게 느껴졌다.

왠지 알바를 할 때도 계속 몽롱하고 식은땀이 흘러대긴 했지만 그때는 감기라는 생각조차 하지 못했다. 그만큼 정신없는 하루였으니까.

배가 고프긴 해도 일찍 자는 게 더 낫겠다는 생각에 누우려고 할 때였다.

보글보글.

부엌에서 요리를 하는지 냄비 끓는 소리가 들려왔다. 의아한 마음에 방문을 열자 확하고 음식 냄새가 풍겨왔다.

"뭐해요?"

"보면 몰라?"

퉁명스러운 차윤성의 말에 가까이 다가가 보니 김치찌개를 끓이고 있었다.

"집에 아무것도 없을 텐데 어떻게 만들었어요?"

"아니까 다행이다. 냉장고 좀 채워놔. 정말 아무것도 없어서 김치만 넣고 끓인 거야. 내가 살면서 김치랑 계란으로만 요리를 하는 날이 올 줄은 몰랐다."

"한번 맛봐도 되죠?"

서다래는 신기한 마음에 숟가락으로 김치찌개를 한 입 먹어 봤다. 생각보다 너무 괜찮은 맛에 서다래가 눈을 동그랗게 뜨며 물었다.

"정말 김치만 넣고 끓인 거 맞아요?"

"다른 게 있어야 넣지. 분명히 말하지만 내 요리 솜씨는 이 정도가 아니라고."

"⋯⋯정말 뜻밖이네요."

자취 생활을 한다고 해도 요리를 하는 일이 거의 없었기 때문에 집에는 정말 오래전 엄마가 보내 준 쉰 김치와 라면 먹을 때 넣으려고 산 계란밖에 없었다. 그것을 누구보다 잘 알기 때문에 차윤성의 솜씨가 정말 대단하게만 느껴졌다.

"감탄은 그만하고 앉아 있어. 다 됐으니까."

분주하게 움직이는 차윤성에게 방해가 될까 봐 그의 말대로 얌전히 작은 식탁 앞에 앉아 있자니, 순식간에 그럴듯한 밥상이 펼쳐졌다. 김치찌개에 계란 프라이뿐이지만 이렇게 집에서 밥을 먹는 건 정말 오랜만이었다.

"이렇게 요리를 잘하면서 라면을 못 끓인다고 한 거예요?"

"말했잖아. 라면은 먹어본 적이 없다고."

"어찌 됐든 고마워요. 잘 먹을게요."

인스턴트 음식만 먹다가 집 밥을 먹으니 정말 맛있었다. 서다래는 한 공기를 뚝딱 비우고 언제 사뒀는지 모르는 종합감기약까지 찾아서 먹었다.

방금 먹은 약 기운이 바로 올라올 리가 없는데도 졸음에 눈이 감겨왔다.

"요리는 그쪽이 했으니까 설거지는 그냥 둬요. 내일 내가 일어나서 할게요."

"안 그래도 그러려던 참이니 염려 마."

"그럼 쉬어요."

달칵.

서나래는 바로 방으로 들어와서 짐대에 자석이라도 붙어 있는 것처럼 바로 몸을 눕혔다. 소화를 시켜야 한다는 생각조차 들지 않았다. 하물며 차윤성과 같은 지붕 아래 있다는 걸 알면서도 집에 오기 전까지 했던 걱정조차 떠오르지 않았다.

감기 기운에 포만감까지 더해지니, 서다래는 베개에 머리를 대자마자 순식간에 잠에 빠져들었다. 그렇게 한참 동안이나 정신없이 잠이 들었던 서다래가 갑자기 느껴지는 오한에 눈을 떴다.

"으음."

언제부터였는지 몰라도 온몸이 식은땀으로 젖어 있었다. 갑자기 밀려오는 추위에 이빨이 딱딱 부딪칠 정도였다.

희미한 정신으로 주위를 둘러보니 아직도 깜깜한 게 한밤중인 것만 같았다.

"……추워."

서다래는 여름에 덮는 얇은 이불을 온몸에 돌돌 말며 고개를 깊숙이 파묻었다. 그래도 전혀 가시지 않는 추위에 괴로워 몸서리 칠 때였다.

어느새 방 안으로 들어온 건지 낮은 차윤성의 음성이 들려왔다.

"괜찮아?"

서다래가 대답조차 하지 못한 채 베개에 파묻었던 고개를 슬쩍 들어 올려보니 어둠 속에 서 있는 사람의 형체만 눈에 들어왔다.

괜히 걱정 끼치는 게 싫어서 서다래는 최대한 아픈 내색을 감추며 띄엄띄엄 말했다.

"괜찮아요."

"말이라도 못 하면. 괜찮긴 뭐가 괜찮다는 거야."

차윤성은 뻔히 아픈 게 보이는데도 괜찮다고 대답하는 서다래가 답답했다. 이렇게 아픈 게 자신 때문이라는 걸 잘 알기에 미안한 마음도 들었다. 처음부터 이렇게 미안해질 일을 만들지 않으려고 손수 요리까지 만들었지만 결과는 변함없었다.

"보일러 틀었으니까 잠깐만 기다려 봐. 곧 따뜻해질 거야."

"고마워요."

서다래는 힘없는 목소리로 대답했고, 차윤성은 잠시 서서 그녀의 상태를 지켜봤다. 그렇게 몇 분이 흘렀지만 오래된 보일러로는 전혀 따뜻해질 기미가 보이지 않았다.

고민하던 차윤성이 어쩔 수 없다는 듯이 말했다.

"너 이렇게 있다가는 큰일 나겠어. 별다른 방법이 없으니 이 한 몸 희생하는 수밖에."

뜬금없이 무슨 소리인가 싶어서 서다래가 고개를 들어 보니, 어둠 속에 형태만 보였던 그가 보이지 않았다. 의아한 마음에 주변을 살피자 어느샌가 커다란 개 한 마리가 서 있었다.

기우뚱.

침대가 한쪽으로 기울더니 개로 변한 차윤성이 그녀에게 다가왔다.

그 모습에 서다래가 크게 당황하며 다급하게 말했다.

"지금 뭐하는 거예요?"

커다란 개의 형상인데도 불구하고 차윤성의 목소리가 어둠 속에서 들려왔다.

"나한테도 일말의 책임이 있으니 고맙다는 말은 됐어."

수인족이라는 사실을 알고 있었지만 이렇게 개로 변한 채 말을 하는 것을 보니 이 사람 정말 인간이 아니라는 사실을 새삼 실감했다.

"뭐, 뭐라고요?"

큰 소리를 치고 싶었지만 마음과 다르게 서다래의 목소리는 힘없기 그지없었다. 말을 하는 것조차 힘든 상황이라 차윤성이 하는 행동을 잠시 지켜보고 있자니 곧 그가 한 말의 의미를 알 수 있었다.

'따뜻하다.'

그저 개 한 마리가 옆에 누웠을 뿐인데도 전해져오는 열기가 엄청났다. 마치 난로를 피운 것처럼 순식간에 몸이 따뜻해졌다.

다른 사람이 본다면 단순히 애완동물과 같이 침대에서 자고 있다고 생각하겠지만, 현실은 생판 모르는 남자와 한 침대에 누워 있는 거나 다름없었다.

차윤성의 정체를 잘 아는 서다래로서는 그러한 사실이 마음에 걸렸는지 희미한 정신을 부여잡고 진지하게 물었다.

"나 하나만 물어볼게요. 그쪽은 동물이랑 결혼해요? 아니면 인간 여자랑 결혼해요?"

서다래의 질문에 차윤성은 피식하고 웃음을 터뜨릴 수밖에 없었다. 그녀가 하는 질문의 의미가 너무 뻔했기 때문이다.

"걱정할 필요 없어. 난 나를 원하지 않는 여자는 절대 건드리지 않으니까. 물론 그런 여자가 세상에 있을 거라고는 생각 안 하지만 말이야."

차윤성의 그 말을 마지막으로 서다래는 정신을 잃었다. 자는 동안 희미하게 기억이 나는 건 어두운 방 안에서 자신을 내려다보던 그의 눈동자였다.

이상하게도 어두컴컴한 방 안에서 그의 오렌지색 눈동자만이 빛나는 것 같았다.

처음 비 오는 거리에서 차윤성을 만났던 때가 떠올랐다. 그때도 그의 눈동자가 언젠가 보았던 밤하늘에 떠 있는 별빛 같다고 그렇게 생각했다.

하지만 서다래는 아무런 말도 못한 채 열에 취해 다시 정신을 잃었다. 차윤성에게서 전해져오는 따뜻한 열기가 그녀를 계속 잠에 취하게 했다.

그렇게 계속 밀려드는 잠에 몸을 뒤척거리던 서다래는 뭔가 이상함을 느끼고 다급하게 눈을 떴다.

번쩍.

순식간에 어젯밤 있었던 일들이 파노라마처럼 떠올랐다.

'설마?'

혹시나 하는 마음에 고개를 돌려보니 그녀를 똑바로 바라보는 시선이 있었다. 잠이 들었을 때와 마찬가지로 침대에 앉아 그녀를 쳐다보고 있는 차윤성이었다.

여전히 개의 모습인 채였지만 그가 인간 남자로 변할 수도 있다는 사실을 잘 알기에 서다래는 자신도 모르게 짧게 소리쳤다.

"으앗!"

만난 지 얼마 되지도 않은 남자, 그것도 수인족과 한 침대에 누워서 잠을 잤다는 사실에 정신이 혼미해졌다.

그런 서다래를 내려다보며 차윤성은 개의 모습인 채로 앞발을 들어 귀를 한 번 긁었다. 그리고는 이내 개의 모습으로 입을 열어 인간의 말을 내뱉었다.

"귀 아파. 그거 소음 공해야. 나를 볼 때마다 하루에 한 번씩 그렇게 소리를 지를 거야?"

"그, 그게 아니라 지금 상황이⋯⋯."

"몸은 어때?"

"몸은⋯⋯ 어라? 괜찮아졌어요."

저조차도 믿기지 않을 만큼 몸이 가벼워졌다. 이대로 죽을지도 모른다는 생각이 들 만큼 아팠던 지난밤과는 달리, 하루아침만에 몸이 완전히 나아버렸다.

"넌 무슨 여자애가 뭐든 괜찮다고만 해? 뭐, 그래도 이번엔 정말로 괜찮아 보이긴 하네."

"종합감기약이 엄청 효과가 좋았나 봐요. 그 약국 앞으로 자주 가야겠어요."

"보일러나 고쳐. 내가 없었으면 어쩔 뻔했어."

"원래 지어진 지 오래된 집이라 겨울에도 완전 냉방이에요. 그것보다 언제까지 그러고 있을 거예요?"

"계속 이렇게 있어 달라고 부탁해도 내려갈 생각이니 염려 마."

커다란 덩치와 다르게 가벼운 몸짓으로 침대에서 훌쩍 뛰어내리는 차윤성의 뒷모습을 보다가 서다래가 문득 생각이 난 듯 다급하게 외쳤다.

"여기서 다시 인간으로 변신하지 말아요. 전 그쪽 알몸 감상하는 취미 없다고요."

"여기서 변할 생각은 없었지만 그렇게 딱 꼬집어 말하니 오기가 생기는데? 남들은 돈 주고도 못 보는 내 알몸이 왜 보기 싫은데?"

너무나도 자신만만하게 말하는 차윤성을 보고 있자니 자신의 몸이 좋은 걸 알고는 있는 모양이었다.

"그, 그건……."

서다래가 막 입을 열려고 하자 차윤성이 피식 웃으며 그녀의 말을 가로막았다.

"농담이야. 뭘 또 변명하려고 해."

차윤성의 웃음기 가득한 말에 서다래는 왠지 자신의 속마음을 들킨 것 같아 부끄러움에 얼굴이 빨개졌다.

차윤성이 막 방 밖으로 나가려고 할 때였다. 서다래가 다급하게 그의 등 뒤에다 말을 했다.

"고, 고마워요. 밥 해 준 것도 그렇고…… 어젯밤도요."

서다래의 말을 들은 차윤성은 고개를 슬쩍 돌려 웃을 뿐이었다.

달칵.

차윤성이 조용히 나가자 서다래는 가만히 앉아서 잠시 그가 나간 빈자리를 바라봤다.

고맙다는 짧은 한마디로는 다 표현할 수 없을 만큼 서다래는 차윤성의 도움이 고마웠다. 만약 어젯밤 혼자였다면 정말 힘들었을 것이다.

생판 모르는, 그것도 인간이 아닌 사람을 집에 들였다는 걱정
이 무색할 정도였다. 아니, 오히려 그가 자신에게 해를 끼치지
않을 거라는 약간의 믿음조차 생겨버렸다.

서다래는 머리를 긁적거리다 습관적으로 머리맡에 두었던 휴
대폰 시간을 확인했다.

시간을 본 그녀는 경악할 수밖에 없었다.

잠을 자도 너무 많이 잤다. 시계는 벌써 점심시간을 가리키고
있었다.

"으아앗!"

또다시 울려오는 서다래의 비명 소리를 들으며 차윤성이 벌
써 익숙해진 듯 고개를 절레절레 저었다. 그리고 이내 재빠르게
옷을 갈아입은 그녀가 방 안에서 튀어 나왔다.

어느새 인간 모습으로 변한 차윤성은 바삐 움직이는 서다래
와는 달리 느긋한 자세로 앉아서 그녀를 무슨 일이냐는 듯 쳐다
보고 있었다.

그런 그를 향해 서다래가 불만스레 말했다.

"왜 지금까지 안 깨웠어요!"

"깨우라고 안 했잖아?"

그 한마디에 서다래는 일순 할 말을 잃었다. 차윤성의 말처럼
자신이 그런 부탁을 한 적은 없었으니까.

이 남자 참, 한 마디로 상대방 무안하게 만드는 데는 도가 튼
모양이다.

서다래는 더 말을 섞을 여유가 없었기에 우선은 화장실로 들어가 대충 씻고는 현관문을 향해 바로 달려갔다.

그런 그녀를 물끄러미 바라보고 있던 차윤성이 물었다.

"벌써 나가게?"

"늦었어요. 혹시 다음에 제가 이렇게 늦게까지 자면 꼭 깨워줘요."

"어제 그렇게 아팠는데 또 나가? 하루 쉬는 게 낫지 않나?"

상식적으로라면 차윤성의 말이 맞았다.

하지만 서다래는 그렇게 한가롭게 쉴 만큼 여유가 없었다. 하루라도 아르바이트를 쉬면 그만큼 월급이 깎인다. 먹고살려면 그렇게 내키는 대로 쉴 수 없었다.

"제 인생이 그렇게 여유롭지가 않아서요."

막 나가려던 서다래는 어젯밤 자신을 바라보고 있던 차윤성의 오렌지색 눈동자가 문득 떠올라서 그를 향해 다시 물었다.

"그런데 잠은 잔 거예요?"

"신경 쓰지 마. 나 어차피 불면증이라 잘 못 자."

매일 고단한 하루로 침대에 눕자마자 잠에 빠지는 서다래에게 불면증이란 단어는 생소했다.

서다래를 고개를 갸우뚱 기울이며 말했다.

"그렇게 불면증이 심해요? 그러면 저 없을 때 조금이라도 자둬요. 아무튼 저 가요."

"서다래, 올 때 반찬이나 좀 사와!"

쾅!

거칠게 닫히는 문을 보고 차윤성은 거실 창문을 향해 다가갔다. 창밖으로 서다래에게 반찬 좀 사오라고 다시 한 번 말할 생각이었다. 무슨 여자가 이렇게 대충 챙겨 먹고 사는지. 그러니까 그렇게 골골거리는 거 아니냐고 투덜거리며 창문을 열어 젖혔다.

드르륵.

마침 모습을 드러낸 서다래를 향해 차윤성이 소리치려고 할 때였다.

한껏 멋을 부린 어떤 아줌마가 그녀를 불러 세우는 게 보였다.

"다래 학생?"

"안녕하세요, 주인아주머니."

"안 그래도 찾아가려던 참이었는데 이렇게 만났네. 저번 달 월세 밀린 건 알고 있지?"

"아, 그래요? 제가 확인해 보고 입금해드릴게요."

"매번 이렇게 월세 밀리면 내가 곤란한 거 알지? 이런 말 하고 싶진 않지만 자꾸 이런 식이면 그냥 방 뺐으면 좋겠어."

"죄송해요. 앞으로는 밀리지 않도록 할게요."

이런 상황이 집 앞에서 펼쳐질 거라고는 생각 못 했던 터라 차윤성은 하려던 말을 삼킨 채 가만히 창가에 기대 서다래의 모습을 쳐다봤다.

할 말이 끝났는지 두 사람은 짧게 인사를 하고 헤어졌지만 차윤성의 미간은 펴질 줄을 몰랐다.

평소에는 하고 싶은 말을 잘만 내뱉는 서다래가 무슨 죽을죄를 진 것처럼 고개를 숙이는 모습이 마땅치 않았기 때문이다.

"서다래, 쟨 왜 이렇게 답답한 거야."

문득 어젯밤 곧 죽을 것 같이 아픈데도 괜찮다는 말을 하던 서다래가 떠올랐다.

차윤성은 뛰어가는 서다래의 뒷모습을 조용히 쳐다보다가 중얼거렸다.

"자꾸 신경 쓰이게……."

툭툭.

서다래는 강의 도중에 자신의 책상을 툭툭 치는 손길에 무심코 고개를 돌려 옆자리를 바라봤다. 옆자리에 앉은 사람은 과에서 워낙 유명한 남자 선배였기에 서다래도 익히 아는 얼굴이었다.

이름이 강민현이었던가?

훤칠한 키에 시글시글한 얼굴, 집안까지 빵빵했기 때문에 여자들 사이에서 워낙 인기가 많았다.

서다래도 길 가다가 몇 번 마주쳤을 뿐 이렇게 가까이에서 얼굴을 보는 건 처음이었다. 무슨 일인가 싶어서 강민현의 얼굴을 잠시 쳐다보고 있자니 그가 종이쪽지를 책상 위에 올려놨다.

툭.

고이 접힌 종이쪽지를 보고 다시 물끄러미 강민현을 쳐다보자 그가 턱짓으로 자신이 건넨 쪽지를 가리켰다.

서다래는 의아하게 생각하면서 일단 그 쪽지를 펴봤다. 그 안에는 이렇게 적혀 있었다.

내일 저녁 7시. 시간 괜찮으면 같이 영화 볼래?

내용을 확인한 순간 서다래는 당황했다. 이런 적이 처음이었기 때문이다.

사실 대학교 내에서 서다래에게 관심을 두는 남자들은 많았다. 하지만 워낙 술자리에 얼굴을 비추지도 않을 뿐만 아니라 강의가 끝나면 알바를 하기 위해서 바로 뛰어가 버리는 바람에 그녀와 친해지기가 힘들어서 말을 붙이지 못할 뿐이었다.

서다래 그녀도 자신에게 다가오는 남자가 없었기 때문에 이러한 사실을 전혀 알지 못했다.

서다래는 잠시 망설이다가 공책 한쪽을 쭉 찢어서 글자를 쓰기 시작했다.

그녀는 강민현이 했던 것과 똑같이 그의 책상 위에 자신이 쓴 종이쪽지를 접어서 올려 뒀다. 그 모습을 보고 강민현의 표정이 환해졌다.

하지만 밝아졌던 얼굴은 쪽지를 펴자마자 왈칵 구겨졌다.

선배님, 제가 그 시간은 알바를 가야 해서 어려울 것 같아요. 저 말고 다른 분이랑 보세요.

서다래는 있는 그대로의 내용을 적은 거지만 그 쪽지를 받은 강민현은 거절의 뜻이라 받아들이고 표정이 어두워졌다.

하지만 거절이란 말이 딱히 틀린 말은 아니었다.

서다래는 강민현이라는 선배 하나 때문에 알바 시간을 조금이라도 늦추거나 뺄 생각이 없었기 때문이다.

이런 식으로 단둘이 영화를 보자는 게 관심의 표현이라는 걸 서다래라고 해서 모를 리가 없다.

하나 여러 가지 돈 문제로 머리가 아픈 지금, 서다래에겐 연애를 할 여유 따위 없었다. 그리고 뭣보다도 강민현이라는 저 남자는 그녀의 취향도 아니었다.

서다래는 힐끗 강민현을 보며 생각했다.

'나는 선배보다 조금 더 키가 크고, 피부도 더 깨끗하고 하얀 편에 눈은 쌍꺼풀이 없는 사람이······.'

무심코 생각을 하던 서다래는 갑자기 화들짝 놀릴 수밖에 없었다.

자신이 생각하는 이상형의 이미지를 떠올리던 서다래의 머리에 문득 차윤성의 얼굴이 떠오른 탓이다. 차윤성이 쌍꺼풀 없이 쭉 찢어진 눈으로 자신을 강렬하게 쳐다보고 있던 게 떠올라서 서다래는 얼굴이 화끈 달아올랐다.

'뭐야. 여기서 왜 그 인간이 생각나는 거야.'

서다래는 고개를 절레절레 저으며 머릿속에 떠오른 차윤성의 얼굴을 지웠다. 그리고 다시 강의에 집중하기 위해서 시선을 칠판에 뒀다.

그때 서다래는 알아차리지 못했지만 그녀와 강민현이 쪽지를 주고받은 것을 뒤편에 앉은 여자들이 보고 수군거리기 시작했다.

"봤어? 지금 서다래랑 민현 선배랑 쪽지 주고받는 거."

"어머, 웬일이야. 민현 선배는 유리랑 사귀는 거 아니었어?"

＊　　　＊　　　＊

곤히 잠을 자던 차윤성은 깜짝 놀라서 눈을 떴다.

스스로도 자신이 잠에 빠졌다는 사실이 놀라워서 긴 손가락으로 머리를 한 번 쓸어 넘기고 낮게 웃음을 터뜨렸다.

"하."

지금 차윤성은 조그만 방 하나가 딸린 작은 원룸에 누워 있었다. 서다래의 자취방은 어디에서 바라봐도 전체가 한눈에 들어올 정도로 작았다. 이런 작은 방 안에서 안정감을 느끼다니.

그 사실이 기가 막히게 다가왔다.

극도의 스트레스와 긴장감 때문에 항상 잠을 자지 못해서 양복 주머니 안에 부적처럼 넣고 다니는 수면제가 있다.

굳이 복용을 하지 않더라도 그 수면제를 만지면 조금이나마 마음이 평온해졌는데 희한하게도 서다래를 만나고 난 후부터는 그것마저 필요 없어졌다.

처음에는 그저 다쳐서 체력이 떨어지는 바람에 기절한 것이라 여겼는데, 이렇게 딱딱한 거실 한가운데 누워서 깜빡 졸 정도라니 그동안 불면증 때문에 고생했던 게 우습게 느껴질 정도였다.

"설마 그동안 방 크기가 너무 커서 불면증이었다는 어처구니없는 전개는 아니겠지?"

스스로 입 밖으로 내뱉고도 우스워서 웃음이 튀어나왔다. 차윤성은 그대로 누워서 양손을 깍지 낀 채로 머리에 받치고 잠시 천장을 쳐다봤다.

사실 이 집 안에서 풍기는 서다래의 냄새가 이상하게도 차윤성에게 안정감을 주었다. 이유는 모르겠지만 이곳만큼은 안전하다는 그런 생각이 들었다.

왜?

머릿속에 의문이 떠올랐지만 그 해답은 차윤성도 알 수 없었다.

잠시 누워서 잠에서 막 깨어난 기분 좋은 몽롱함을 즐기고 있을 때 바깥에서 발걸음 소리가 들려왔다.

다다닥, 다다닥.

'서다래인가?'

차윤성은 귀를 쫑긋 세웠지만 그 발걸음 소리는 이 집을 지나쳐 위층으로 향했다.

이 집에 머물게 된 지난 며칠 동안 이런 적이 한두 번이 아니었다. 하루 종일 집에 혼자 있다 보면 알게 모르게 은연중에 서다래를 기다리게 되는 것이다.

차윤성은 살면서 누군가를 이렇게 기다려본 적이 있었나 되새겨봤지만 예전에는 결단코 단 한 번도 없었다.

하지만 이상하게 싫은 기분은 아니었다.

그렇게 몇 번의 발걸음 소리가 집 앞을 지나치고 난 다음에 어느샌가 끼이익하고 현관문이 열리는 소리가 들렸다.

그는 여전히 작은 거실 가운데 대자로 누워서 고개만 슬쩍 들었다. 막 집으로 들어오는 서다래와 시선이 마주치자 차윤성이 씨익 하고 웃었다.

"이제 오냐?"

서다래는 바닥에 누워 있는 차윤성을 발견하고 이상한 사람 보듯이 쳐다보며 말했다.

"그러고 있으면 춥지 않아요? 이불이라도 깔고 누워요. 바닥이 차가울 텐데."

"내가 체온이 얼마나 높은지 잘 알 텐데."

"그래도 딱딱하지 않아요?"

"그건 그래. 이렇게 잤더니 허리 아파."

차윤성은 정말로 허리가 욱신거리는지 한 손으로 허리를 짚으며 몸을 일으켰다. 그리고 서다래를 정면으로 바라보더니 미간을 잔뜩 찌푸렸다.

"너 왜 빈손이야?"

서다래가 신발을 벗으며 영문을 모르겠다는 표정으로 쳐다보자 차윤성이 또박또박 다시 물었다.

"손에 들고 있어야 할 반찬은 어디 가고 왜 빈손이냐고 묻잖아."

"집에 라면 남아 있지 않아요?"

"라면만 먹고 살아? 넌 라면이 주식이야?"

"주식이라면 주식이네요. 평소에 밥보다 라면을 더 많이 먹으니까."

너무나도 당당한 서다래의 대답에 차윤성이 기가 찬다는 듯이 손을 저었다.

"됐다. 너랑 무슨 말을 해."

"무슨 어린애처럼 반찬 투정을 하고 그래요."

"이게 반찬 투정으로 보이냐?"

"그럼 아니에요?"

"반찬이 있어야 투정을 하든 말든 하지."

서다래는 좁은 거실 중앙에 앉아서 툴툴거리는 차윤성을 시나쳐선 아무렇지 않게 냄비에 물을 받으며 물었다.

"라면 몇 개 끓여요?"

아무런 대답이 없자 무심코 고개를 돌리던 서다래는 깜짝 놀랄 수밖에 없었다.

어느새 다가왔는지 차윤성이 서다래의 뒤편에 서 있었기 때문이다. 차윤성은 그녀보다 훨씬 키가 컸기 때문에 서다래는 그의 가슴팍에 코가 부딪칠 뻔했다.

서다래는 갑자기 다가온 차윤성을 향해 중얼거렸다.

"……깜짝이야."

차윤성은 서다래가 들고 있던 냄비를 빼앗아 채워뒀던 물을 다시 싱크대에 버리며 말했다.

"난 라면은 질려서 더 못 먹어. 요리는 내가 할 테니까 넌 그냥 앉아 있어."

"집에 아무런 재료가 없을 텐데요?"

"그건 너보다 내가 더 잘 알아."

며칠 지냈을 뿐인데 집주인보다도 부엌 사정에 밝은 차윤성이 왠지 웃겨서 서다래는 자신도 모르게 피식 웃었다.

"저번에 보니까 요리 실력이 수준급인데 그럼 나야 좋죠."

"제대로 만들지도 못했는데 그 정도로 수준급이라니…… 내가 마음먹고 만들면 넌 까무러치겠다."

"그렇게 말하니까 갑자기 기대되는데요?"

"이 집에서 제대로 요리할 일은 없을 거야. 재료도 없고 조미료도 없는데 무슨 재주로 제대로 된 요리를 만들겠어."

"오늘은 뭐 만들 건데요?"

"그냥 주는 대로 먹어."

차윤성은 프라이팬에 기름을 살짝 붓고는 계란볶음밥을 만들기 시작했다.

서다래가 방에서 편한 옷으로 갈아입고 나왔을 때는 이미 볶음밥 위에 케첩까지 뿌려져서 군침이 돌 정도로 그럴듯했다.

이미 한 번 차윤성의 요리 실력을 봤음에도 불구하고 서다래
는 새삼스레 다시 놀랄 수밖에 없었다.

"와아."

"더럽게, 침 떨어지겠다. 앉아."

"잘 먹겠습니다."

평소라면 분명히 라면으로 대충 허기를 채웠을 텐데 이렇게
호강을 하는 건 정말 나쁘지 않았다. 서다래는 허겁지겁 밥을 먹
다가 문득 떠오른 생각에 차윤성을 쳐다봤다.

"그런데 왜 먼저 밥 안 먹고 또 기다렸어요?"

차윤성은 게걸스럽게 먹는 서다래를 무뚝뚝한 얼굴로 힐끔
쳐다보곤 무미건조하게 말했다.

"왜 기다렸을 것 같은데?"

"설마 혼자 먹는 밥이 외로워서?"

"그럴 리가. 네가 맛있는 걸 사올 거라고 믿어서겠지."

"풋. 그게 뭐예요."

"이 슬픈 얘기가 웃겨?"

서다래는 차윤성의 진지한 표정이 더 웃겨서 크게 웃음을 터
뜨렸다. 그렇게 식사를 하고 설거지까지 마친 다래가 뒤를 돌아
보니 여전히 거만한 자세로 앉아 있는 차윤성이 보였다.

문득 그녀가 집에 없을 때 그가 뭘 하면서 지내는지 궁금했다.

애완견을 키우는 사람들이 이따금씩 자신이 집에 없을 때 개
가 뭘 하고 있을지 궁금해 한다던데 그것과 비슷한 느낌이었다.

"나 없을 때 집에서 혼자 뭐해요?"

"내가 뭘 하든 그게 왜 궁금해?"

"그냥 갑자기 생각나서요. 집에서 딱히 할 것도 없고 심심할 것 같아요."

사실은 빈둥거리다가 서다래가 오는 시간을 기다리게 된다고 대답할 수가 없어서 차윤성은 그저 대답을 회피했다.

"알아서 뭐하게."

"하긴 뭘 해요. 알았어요. 저 지금 씻으려고요. 화장실 문이 자꾸 열리니까 잠깐 방 안에 들어가 있어요."

서다래의 말에 차윤성은 그저 고개를 끄덕일 뿐이었다. 이 집에서 하나밖에 없는 서다래의 방 안으로 들어서자 이것저것 어질러 놓은 게 눈에 들어왔다.

"좀 치워."

"엄마같이 잔소리하지 마요."

서다래가 수건 한 장을 목에 두르고 씻으려고 들어갈 때 차윤성이 그녀의 등 뒤에다 대고 말했다.

"나 앨범 봐도 돼?"

서다래는 잠시 멈칫했지만 이내 고개를 끄덕였다.

웬만한 사진은 전부 집에 있기 때문에 자취방에 남아 있는 건 어렸을 때 사진 몇 장뿐이었다.

"그래요. 심심하면 그거라도 보고 있어요. 금방 나올게요."

그렇게 차윤성을 방 안에 넣고 문을 닫은 서다래는 샤워를 하러 들어갔다. 차윤성은 평소에 관리하지 않아 살짝 먼지가 쌓인 앨범을 집어 들었다.

첫 장을 펼치니 서다래의 어렸을 때 사진이 쭈욱 나열돼 있었다. 넘어져서 우는 사진, 손에 과자를 들고 맛있게 먹는 사진 등 이것저것 종류가 많았지만 대부분 사진 속의 서다래는 카메라를 향해 환하게 미소 짓고 있었다.

여러 개의 사진 중에 마치 차윤성을 바라보듯이 유달리 카메라를 정면으로 바라보고 있는 어린 서다래의 사진을 그는 오랫동안 물끄러미 쳐다봤다.

"……이때는 많이 웃었네."

지금 서다래의 모습과는 사뭇 달랐다. 그녀가 현재 얼마나 바쁘게 사는지는, 길지 않은 시간이었지만 그동안 지켜본 차윤성이 누구보다 잘 알고 있었다.

행복한 듯 웃고 있는 서다래의 어린 사진을 두고 문득 지금도 이렇게 웃었으면 좋겠다는 생각이 들었다. 그런 생각을 했다는 사실에 차윤성 스스로가 깜짝 놀랄 때였다.

달칵.

서다래는 물기가 촉촉하게 젖은 머리를 하고선 방문을 열고 들어왔다.

"저 다 씻었어요."

가뜩이나 서다래 생각을 하고 있었던 참에 그녀가 방 안으로 들어오니 차윤성은 자신도 모르게 앨범에 열중한 척 시선을 피했다.

그 모습에 서다래가 의아하다는 듯이 물었다.

"사진도 몇 개 없을 텐데 그렇게 볼 게 있어요?"

"그냥 못생긴 네 얼굴 구경하는 거야. 지금은 어렸을 때보다 많이 좋아졌네."

"뭐라구요?"

서다래는 차윤성의 말에 어처구니가 없다는 듯 언성을 높이며 다시 말했다.

"제가 어렸을 때 얼마나 예쁨을 많이 받았는데요. 우리 동네 사진관에 제 사진만 걸어놨을 정도라고요."

"동네 물이 안 좋았던 거 아니야?"

"아니거든요?"

발끈해서 씩씩거리는 서다래를 힐끔 보곤 차윤성이 피식 웃었다. 차윤성이 마침 생각난 듯 사진 한 장을 가리키며 말했다.

그 사진은 부모님으로 보이는 두 분과 어린 서다래 그리고 갓난아기가 함께 찍혀 있는 사진이었다.

"이건 가족사진이야?"

서다래는 어느새 그의 맞은편에 앉아 오래간만에 펼쳐보는 사진들을 눈으로 훑었다.

"네, 부모님이랑 동생이요. 여기 사진에는 없지만 나중에 한 명 더 태어나서 동생이 두 명이에요. 둘 다 여동생이라 어렸을 때 절 쫓아다니면서 얼마나 내가 하는 것마다 따라하던지……

지금은 추억이에요."

"동생이 둘이나 된다고?"

차윤성은 상상만으로도 끔찍하다는 듯이 미간을 찌푸렸다.

"그쪽도 동생 있어요? 질색하는 거 보면 말썽 많이 부렸나 봐요."

"······동생이라고 친근하게 부를 사이는 아니지만 한 명 있긴 있지."

차윤성의 씁쓸한 듯하면서도 감정이 담겨 있지 않은 무미건조한 말투에 서다래는 고개를 갸웃거릴 수밖에 없었다.

툭.

문득 앨범 위로 떨어지는 물방울에 차윤성이 고개를 들었다. 서다래의 젖은 긴 머리카락에서 물기가 떨어지고 있다는 사실을 알아차린 그가 핀잔주듯이 퉁명스레 말했다.

"서다래, 머리나 말려. 그러다가 또 감기 걸린다."

그 말에 서다래도 아차 싶었는지 자리에서 일어나서 드라이기를 집었다.

그렇게 밤이 깊어지자 차윤성은 거실에 이불을 펴고 누웠고 서다래는 자신의 방 침대에 누웠다.

삼일 밤 정도는 잠도 못 자고 지샌 적이 허다할 정도로 심한 불면증을 앓고 있던 차윤성이다. 그런데 서다래의 좁은 자취방에서 지내게 된 다음부터는 이상하게도 숙면을 취할 수 있었다.

다시금 불면증이 찾아오면 어떻게 하나 하는 걱정이 무색할 만큼 두 눈을 감기 무섭게 졸음이 슬슬 몰려오기 시작했다.

막 달콤한 잠에 빠지려 할 때였다.

끼이익.

살금살금.

방문이 열리는 소리와 함께 발꿈치를 들고 조용히 움직이는 발걸음 소리가 들렸다.

자고 있는 차윤성의 잠을 방해하지 않기 위해 서다래 딴에는 최대한 조심히 움직이고 있었지만, 이미 그 미세한 소리는 차윤성의 귀에 천둥처럼 크게 울리고 있었다.

간간히 들려오는 소리를 무시한 채 이대로 잠이 들고 싶은 생각이 간절했지만 차윤성은 결국 눈을 떴다.

한밤중이라 눈을 감은 것과 똑같은 어둠이었다.

불도 켜지 않은 상태라 집 안은 창밖에서 들어오는 아주 미약한 빛이 전부였지만 차윤성의 눈에는 엉거주춤한 자세로 냉장고 쪽으로 걸어가는 서다래가 정확히 보였다.

"뭐하냐?"

계속 누워 있어서인지 조금 잠겨 있는 차윤성의 목소리가 어둠 속에 울릴 때였다.

콰당탕!

"아, 아야!"

갑자기 들려온 차윤성의 목소리에 놀라 서다래가 엉덩방아를 찧었다. 꼬리뼈를 타고 올라오는 고통에 그녀는 눈물을 찔끔 흘리며 말했다.

"기척도 없이, 깜짝 놀랐잖아요!"

"그러게 도둑고양이처럼 어두운 데서 혼자 뭐해?"

"······나 때문에 깼어요?"

"그렇게 시끄럽게 하는데 안 깨고 배기겠어?"

"미안해요. 최대한 조용히 한다고 한 건데."

반짝.

차윤성이 조용히 자리에서 일어나 거실의 불을 켰다. 갑자기 밝아진 시야에 서다래는 순간 눈이 부셔서 얼굴을 찌푸렸지만 금세 적응이 되었다.

한 손으로 허리를 짚은 채 쪼그려 앉아 있는 서다래를 물끄러미 바라보며 차윤성이 말했다.

"몽유병은 아닌 것 같고······ 뭐야?"

"그게······ 아까 계란 볶음밥이 맛있어서 너무 많이 먹었나 봐요. 속이 안 좋아서 소화제 좀 찾으려고요."

"하. 저번에는 감기에 오늘은 소화불량, 원래 이렇게 몸이 허약해?"

"시, 심한 건 아니에요. 그냥 자려고 누우니까 속이 좀 불편해서 그런 거지."

"기다려 봐."

차윤성은 냉장고에서 소화제를 한 병 꺼내 서다래에게 건넸다. 마치 제집처럼 너무나도 자연스러운 행동에 서다래가 황당하다는 듯 말했다.

"소화제가 거기 있는 건 또 어떻게 알았어요?"

"요리하면서 봤어."

주인과 손님이 뒤바뀐 것 같은 이 상황이 뭔가 어색해서 서다래는 소화제를 마시며 곁눈질로 차윤성을 힐끔 봤다.

차윤성은 서다래와 눈이 마주치자 그녀의 안색을 살피며 다시 물었다.

"잠은 잘 수 있겠어?"

"자야죠. 아픈 건 잠을 자야 빨리 낫더라고요."

소화제를 다 마시고 방 안으로 들어가는 서다래를 물끄러미 보다가 차윤성이 말했다.

"혹시 모르니까 문은 조금 열어놓고 자."

서다래는 말없이 고개를 끄덕거리곤 침대에 가서 누웠다. 이불을 목까지 끌어올려서 덮으니 차윤성이 거실의 불을 껐다.

불이 꺼져서 온통 깜깜한 어둠 속에서 서다래는 열어놓은 방문밖으로 보이는 차윤성의 뒷모습을 물끄러미 쳐다봤다. 오늘은 뒤를 돌아누워 있어서 저번에 봤던 별빛처럼 빛나는 그의 눈동자가 보이지 않았다.

그때 봤던 그 눈빛이 이상하게 계속 떠올라서 서다래는 그의 뒷모습을 가만히 바라보았다.

"자요?"

조금 잠긴 서다래의 목소리에 여전히 등을 돌린 채 누워 있는 차윤성이 답했다.

"왜?"

"그냥 불면증이라고 말한 게 생각나서요."

"지금처럼 말 걸면 자다가도 깨니깐 신경 쓰지 말고 자."

"자기 전에 뭐 하나만 물어봐도 돼요?"

"뭔데?"

"그때는 너무 놀라서 생각 못 했는데 처음 만났던 날 말이에요, 왜 그렇게 다친 거예요?"

전혀 생각지도 못했던 서다래의 질문에 차윤성이 순간 움찔했다.

하지만 어둠 속이었기 때문에 서다래는 그런 차윤성의 움직임을 전혀 눈치채지 못한 채 멀뚱멀뚱 그의 뒷모습을 바라봤다.

아주 잠깐의 적막이 흐른 뒤 차윤성이 말했다.

"……그냥 넘어진 거야."

"에엑?"

서다래는 무언가에 베인 듯한 그런 상처가 단순히 넘어져서 생길 리 없다고 생각했지만, 더 이상 말 걸지 말라는 뉘앙스를 대놓고 팍팍 풍겨대는 차윤성의 뒷모습에 더 이상 묻지 못하고 입을 닫았다.

적당히 넘어가려는 차윤성이 얄미웠지만 그녀는 오늘 하루도 정신없이 바쁘게 움직였기 때문에 금세 스르르 잠에 빠졌다.

놀라운 건 최고급으로 제작된 값비싼 침대 위에서도 잠에 들지 못했던 차윤성이 그 딱딱한 거실 이불 위에서 다시금 잠들고 있다는 사실이었다.

달칵.

현관문이 열리는 소리와 함께 오늘도 하루 일과를 마치고 온 서다래의 모습이 보였다. 거실에 앉아 있던 차윤성이 반갑게 그녀를 살폈다. 그의 시선이 서다래의 왼손과 오른손을 재빠르게 훑어보았지만 그녀의 양손은 텅 비어 있었다.

서다래는 오늘도 여전히 빈손이었다.

"에이."

실망하는 기색이 얼굴에 역력히 드러났지만 차윤성은 더 이상 아무 말도 하지 않고 입을 다물었다.

그의 기대에 찬 시선을 받고서야 아무것도 사오지 않은 게 머릿속에 번뜩 떠오른 서다래가 눈치를 살피며 조심스레 말했다.

"정말 사오려고 했는데…… 깜빡했어요."

"됐어. 나도 혹시나 해서 본 거지, 기대한 거 아니야."

"내일은 정말 사올게요. 반찬 뭐 먹고 싶어요?"

"안 믿어."

퉁명스러운 차윤성을 보니 서다래는 슬쩍 미안한 마음이 들었다. 어쩌다 보니 며칠 같이 살게 된 거라 처음에는 눈치채지 못했지만, 지금 생각해 보면 하루 종일 집에만 있을 차윤성이 먹을 만한 음식이 하나도 없었다.

그 사실을 깨닫자 비록 반가운 손님은 아니라고 해도 너무 무신경했구나 하는 생각이 들어 새삼 미안해졌다.

서다래는 점심을 구내식당에서 해결하거나 그렇지 않을 때에는 알바하는 곳에서 대충 먹었기 때문에 그가 배고플지도 모른다는 생각을 미처 하지 못했다.

시선을 돌려 슬쩍 부엌을 보니 아무것도 해먹지 않은 듯 깨끗한 싱크대가 눈에 들어왔다.

"지금까지 아무것도 안 먹은 건 아니죠?"

걱정스러운 서다래의 눈빛에 차윤성이 당황했다.

"뭐야, 갑자기 왜 그래?"

"라면은 있죠? 일단 라면이라도 끓여 줘요?"

차윤성은 갑자기 수선을 떠는 서다래가 부담스러워서 일단 옷부터 갈아입고 오라며 급하게 방으로 밀어 넣었다.

식사가 풍족하지 않은 건 맞지만 얹혀사는 처지에 이것저것 요구하는 깃도 실레인 것 같아서 입을 다문 건 사실이다. 그저 자기 식사조차 제대로 챙기지 않는 것 같은 서다래에게 자신도 모르게 잔소리를 해댔던 것뿐인데.

갑자기 미안한 표정을 짓는 그녀 때문에 당황한 건 오히려 차윤성이었다.

그는 서다래를 집어넣은 방문을 바라보며 조그맣게 중얼거렸다.

"당황스럽게 갑자기 왜 저러는 거야."

그렇게 둘은 라면으로 대충 배를 채웠고, 서다래는 간단히 샤워를 끝냈다. 향긋한 샴푸 냄새를 풍기면서 그녀가 차윤성이 있는 방 안으로 들어섰다.

막 드라이기를 손에 집던 서다래가 갑자기 생각났다는 듯 차윤성을 바라보며 말했다.

"아! 저 머리 말리는 동안 세탁기 좀 돌려줄래요?"

"너 아무리 내가 얹혀살고 있는 처지라지만 너무 부려먹는 거 아니야?"

"더 늦으면 나중에는 못 돌린단 말이에요. 여기가 방음이 잘 안 돼요."

"어떻게 하는 건데?"

"뭐가요?"

"세탁기 어떻게 돌리는 거냐고."

"설마 세탁기 돌려본 적 없어요?"

"응."

라면을 한 번도 먹어본 적이 없다고 했을 때도 그랬지만 세탁기도 돌려본 적이 없다니. 대체 어디의 부잣집 도련님이신지. 그동안 지켜본 결과 그는 희한하게 요리 실력만 뛰어날 뿐 다른 집안일들은 전혀 할 줄을 몰랐다.

서다래에게 이런 집안일들은 어렸을 때부터 일상이었기 때문에 자신과 전혀 다른 차윤성이 생소하게 느껴질 수밖에 없었다.

"그럼 그냥 둬요. 내가 할게요."

"세탁기 돌리는 게 어려운 거야?"

"딱히 어려운 건 없어요. 그냥 세탁기 옆에 있는 세제를 적당히 넣고 전원을 누른 다음에 동작 버튼만 누르면 돼요."

"뭐야, 간단하네. 그 정도야 내가 해 주지."

세탁기가 있는 화장실로 걸어가는 차윤성의 뒷모습을 보면서 서다래는 피식 웃고 머리를 말리기 시작했다.

차윤성은 산 지 오래돼서 덩치만 크고 낡아 빠진 세탁기 앞에 섰다. 서다래가 말해 준 것처럼 전원 버튼을 누르자 삐리링 소리가 나면서 세탁기에 불이 들어왔다. 그리고 동작 버튼을 누르니 작은 소리를 내며 세탁기 안에서 물이 흘러나왔다.

"뭐야, 엄청 쉽네."

일단 세탁기가 돌아가자 차윤성은 서둘러 옆에 있던 세제를 들어 올렸다.

"적당히 넣으라고 했지? 적당히라⋯⋯."

세제 안을 들여다보던 차윤성은 세탁기 안에 세제 한 통을 거의 들이붓다시피 넣었다. 세탁기 안에 빨랫감이 안 보일 정도로 하얀 가루가 가득했다.

"이 정도는 넣어야 깨끗하게 빨리겠지."

달칵.

차윤성이 괜스레 흐뭇하게 웃으며 화장실 바깥으로 나오자 서다래가 머리를 말리던 드라이기를 멈추고 말을 걸었다.

"잘 돌렸어요?"

"뭐 별것도 없던데?"

자신만만한 차윤성의 말에 서다래는 그저 고개를 끄덕였다. 사실 세탁기 돌리는 게 그리 어려운 일이 아니었기 때문에 뭐 실수할 게 있나 싶었기 때문이다.

하지만 세탁기가 다 돌아갔다는 안내음을 듣고 화장실로 들어갔을 때 그 믿음은 완전히 깨져 버렸다.

"으앗! 이, 이게 뭐예요?"

세탁기 안에서 하얀 거품들이 가득 쏟아져 나와서 바닥에까지 줄줄 흐르고 있었다.

서다래의 목소리를 듣고 다가온 차윤성도 세탁기의 상태를 보고 놀란 듯 말했다.

"이게 뭐야? 세탁기 고장 난 거야?"

"오래되긴 했어도 얼마나 쌩쌩했는데! 갑자기 고장일 리가 없잖아요! 대체 세탁기를 어떻게 돌린 거예요?"

"왜 나부터 의심하고 그래? 난 네가 말해 준 대로만 했어."

억울하다는 표정의 차윤성을 노려보는데 문득 홀쭉해진 세제통이 눈에 들어왔다. 혹시나 해서 안을 열어 보니 마트에서 산 지 얼마 안 돼 가득 차 있어야 할 세제가 바닥을 드러내고 있었다.

"설마 이 안에 있던 걸 거의 다 넣은 거예요?"

"네 말대로 적당히 넣었을 뿐이야."

"하아……."

서다래는 갑자기 아득해지는 정신을 부여잡으며 한 손으로 머리를 짚었다.

한 순간에 몇 년은 늙어버린 것 같은 서다래를 향해 차윤성이 조심스레 물었다.

"괜찮아?"

"이게 괜찮아 보여요? 당장 고무장갑 껴요!"

그렇게 서다래와 차윤성은 함께 세탁기를 전부 닦고 안에 있던 빨랫감도 다시 돌렸다. 다행히도 세탁기가 크게 고장이 난 건 아닌지 정상적으로 작동했다.

큰 사고 없이 세제 한 통 값만 소비했을 뿐이지만 서다래는 빨래를 건조대에 널면서 속으로 다짐했다.

절대 차윤성에게 요리 말고 다른 집안일은 시키지 않기로 말이다.

"그러게 적정량을 정확하게 알려 줘야지, 그냥 적당히 넣으라고 하면 내가 어떻게 알아?"

빨래를 너는 서다래 옆에 서서 도리어 억울하다는 듯 아직도 투덜거리는 차윤성을 향해 그녀는 나지막한 목소리로 재차 말했다.

"조용히 안 해요?"

중천에 떠 있던 해가 천천히 지기 시작했을 무렵이었다. 언제나처럼 아침 일찍 나간 서다래는 아직까지 돌아오지 않았고, 그런 빈집에서 차윤성은 혼자 여유롭게 시간을 보냈다.

차윤성은 거실에 누운 채로 그저 멍하니 천장을 올려다봤다.

별 의미 없어 보이는 시간, 그렇지만 차윤성은 그런 지금이 그리 나쁘지 않았다. 여유 있고, 평화로운 시간들. 살면서 이런 시간을 가진 게 얼마나 됐던가?

그렇게 바닥에 누운 채로 하염없이 시간을 보내던 차윤성을 움직이게 한 것은 귀에 거슬리는 소리였다.

후두둑후두둑.

창밖에서 거세게 들려오는 빗소리에 차윤성이 자리에서 일어나 창문을 열었다. 창밖에서는 갑작스럽게 강한 빗줄기가 쏟아지고 있었다.

"일기예보에도 안 나오더니 갑자기 웬 비야."

굵은 빗방울을 가만히 바라보고 있던 차윤성은 아무리 생각해도 안 되겠는지 몸을 일으켰다.

"바보 같은 서다래. 또 비나 맞고 오겠지."

얼마 전에도 감기에 걸려서 아팠는데 오늘도 비를 맞고 들어올 거라 생각을 하니 신경이 쓰여서 가만히 앉아 있을 수가 없었다.

차윤성은 서다래의 옷장 안에 있는 커다란 후드 점퍼를 하나 꺼내 입었다. 모자를 깊숙이 눌러쓴 그는 우산도 하나 꺼내 들고서 서다래가 오는 길목으로 걸어갔다.

차윤성은 처음 서다래를 만났던 그 골목을 기억하고 있었기 때문에 얼추 그녀가 오는 방향이 짐작이 갔다.

몇 걸음 걷지 않는데도 불구하고 벌써 바지 밑단이 축축하게 젖어들어 갔다.

저벅저벅.

묵묵하게 우산을 들고 비 오는 거리를 걷던 차윤성은 귓가에 들려오는 소리에 잠시 걸음을 멈칫했다.

—K그룹 차 회장의 건강 상태가 갑자기 위독하게 되어…….

소리가 들리는 곳으로 고개를 돌려 보니 건물 위에 있는 커다란 스크린에서 뉴스 속보가 나오고 있었다.

—외국에 유학 중이던 차 회장의 차남이 오늘 한국으로 귀국한 상태이며…….

뉴스를 본 차윤성의 표정이 심각하게 변했다.

딱딱하게 굳은 차윤성은 자신이 걸어왔던 길을 힐끔 뒤돌아봤지만 이내 어쩔 수 없다는 듯 중얼거렸다.

"이제 돌아갈 시간이군."

*   *   *

"다래야, 수고했어."

"점장님도 수고하셨습니다."

"아, 오늘이 월급날인 건 알고 있지? 계좌 확인해 보면 돈 입금됐을 거야. 이번 달에 추가로 근무한 시간도 있으니까 금액 잘 확인해 보고 틀린 거 있으면 말해."

"네, 확인해 보고 말씀드릴게요. 조심히 들어가세요."

서다래는 인사를 나누고 아르바이트하는 가게를 나왔다. 그런데 밖으로 나오자마자 퍼붓듯이 쏟아지는 비에 잠시 멈칫할 수밖에 없었다.

일순 건물 밖으로 나가지 못한 채 엄청나게 쏟아 붓는 빗줄기를 보면서 고민했지만, 아무래도 비가 금방 그칠 것 같지 않아서 그냥 뛰어가기로 결심했다.

"헉헉."

한참을 뛰어가던 서다래는 숨이 차자 다시 건물 안으로 잠시 몸을 피했다. 하지만 이미 머리부터 발끝까지 흠딱 젖은 상태였다.

축축하게 젖어서 이마에 달라붙는 앞머리를 한 손으로 슬쩍 쓸어 넘기며 '그냥 걸을까?' 하는 생각도 들었다. 뛰나 안 뛰나 이미 다 젖어버렸기 때문이었다.

그렇게 건물 안에서 잠시 떨어지는 빗방울을 보고 있자니, 문득 서다래의 눈에 들어오는 것이 있었다.

바로 전기구이 통닭을 판다는 간판이었다.

그것을 보자 매일 집에 들어갈 때마다 기대에 찬 시선으로 서다래를 바라보던 그의 모습이 떠올랐다.

더구나 오늘은 바로 월급날이었다.

서다래는 속으로 인심 한번 쓴다고 생각하며 서둘러 전기구이 통닭집을 향해 다가갔다.

타닥타닥.

서다래는 모락모락 김이 피어오르는 통닭을 최대한 비에 젖지 않도록 감싸고 집까지 다시 뛰어왔다.

불이 환하게 켜져 있는 창문을 한 번 바라보고 자취방 건물 안으로 들어온 서다래는 자신 있게 현관문을 활짝 열면서 외쳤다.

"내가 오늘 뭐 사왔게요?"

비를 맞아서 쫄딱 젖었음에도 불구하고 통닭에 기뻐할 차윤성의 모습을 상상하며 환하게 웃을 때였다.

항상 거실 어딘가에 거만하게 앉거나 누워서 짧은 인사말을 건네던 차윤성의 모습이 오늘따라 보이지 않았다.

의아한 마음에 서다래는 서둘러 신발을 벗고 안으로 들어서며 그를 불렀다.

"이봐요. 어디 있어요?"

이내 좁은 방구석을 다 뒤져 봐도 차윤성의 모습이 보이지 않는다는 사실을 알아차렸다. 들어올 때는 몰랐지만 그동안 그가 있을 때 느껴졌던 따뜻한 집 안 공기가 차갑게 식어 있었다.

서다래는 통닭을 한쪽에 힘없이 놓아두곤 조용한 빈집을 한 번 둘러보았다. 이상하게도 평소보다 넓어진 느낌이었다.

"뭐야. 인사도 없이 그냥 가버린 거야? 내가 정말 등록금이라도 내달라고 할 줄 알았나……."

처음에는 등록금 때문에 그의 유혹을 받아들인 게 사실이었다. 하지만 시간이 지날수록 설령 그가 그 약속을 지키지 않는다고 해도 상관없다는 생각도 들었다.

단 며칠이긴 했지만 누군가가 집에서 기다리고 있다는 사실 자체가 새삼 서다래에게 의미 있게 다가왔으니까.

2년이 넘는 시간 동안 그녀는 지독히도 혼자였다.

알바에 치여서 대학 생활은 제대로 즐기지 못했고, 늦은 시간까지 이어지는 알바와 공부에 심신은 지쳐 있었다. 다른 누군가와 어울릴 여유 같은 건 없던 서다래에게 차윤성은 오랜만에 그녀의 인생에 뛰어든 타인이었다.

더군다나 위험할 거라 생각했던 첫인상과는 달리 차윤성이란 남자는 툴툴거리면서도 여러모로 자상한 남자였다. 식사도 챙겨주고, 아프면 옆에서 간호도 해 주고.

짧은 시간이지만 그래도 조금이나마 친해졌다 생각했던 차윤성이 이렇게 인사도 없이 떠나버리니 왠지 모를 섭섭한 마음까지 물밀 듯이 밀려왔다.

서다래는 비에 축축하게 젖어 자꾸 시야를 가리는 머리카락을 넘기며 이상하게도 감기에 걸려서 아팠던 날 느꼈던 차윤성의 온기를 떠올렸다.

그날의 온기가 떠올라서인지 그가 없는 집이 더 춥게만 느껴졌다.

3.
이상하게 자꾸 신경 쓰여

차윤성.

서다래는 불현듯이 떠오른 그의 이름을 자신도 모르는 새에 교과서 끄트머리에 적고 있었다.

차윤성이 사라진 지 일주일이 지났다.

처음에는 갑자기 사라져 버린 차윤성에 대한 섭섭함이 물밀 듯이 밀려왔지만, 나중에는 혹시 무슨 일이 생긴 건 아닌가 걱정이 들었다.

그는 처음 만났던 날에도 피를 잔뜩 흘리며 쓰러져 있었기에, 더욱 그런 생각이 들 수밖에 없었다.

정말 등록금을 대달라고 할까 봐 그냥 말 안 하고 도망가 버린 거라고, 그럴 가능성이 훨씬 크다는 사실을 잘 알고 있었다.

하지만 같이 지내는 며칠 동안 정이라도 들어버린 건지. 혹시라도 그가 처음 만났을 때처럼 어두운 골목 어딘가에 피를 흘리며 쓰러져 있을지도 모른다는 생각이 들자 불길한 상상은 꼬리에 꼬리를 물며 계속 떠올랐다.

그동안 차윤성이 보여 준 모습들로 미루어보아 아무 이유 없이 갑자기 사라져 버릴 사람은 아닐 거라는 판단이 들어서인지도 몰랐다. 생각이 거기까지 미치자 걱정이 돼서 가만히 앉아 있을 수가 없었다.

마냥 괘씸하고 섭섭했던 마음이 걱정으로 뒤바뀌는 건 순식간이었다.

그래서 어디를 가든지 간에 골목을 주의 깊게 살펴보곤 했다. 혹시나 차윤성이 있을지도 모를 거라는 생각 때문이었다.

그러던 어느 날이었다.

한 눈에 척 보아도 윤기가 좔좔 흐르는 짙은 회색 털을 가진 고급스러운 개가 골목 끄트머리에서 슬쩍 모습을 비췄다.

'앗! 저, 저기!'

너무나도 똑같은 뒷모습에 재빨리 쫓아갔다.

다다닥, 다다닥.

다급한 발걸음 소리 때문인지 커다란 개가 귀를 쫑긋 세우며 서다래를 향해 고개를 돌렸다.

허공에서 눈이 마주치자마자 서다래는 알았다.

이 개는 차윤성이 아니다.

그저 뒷모습이 닮았을 뿐이다.

눈앞에 있는 개의 눈동자는 차윤성의 오렌지빛 눈동자와 판이하게 달랐기 때문이다.

그의 눈은 지금까지 살면서 전혀 본 적이 없는 종류의 눈동자였다. 고작 며칠이 지났다고 해서 잊을 수 있는 그런 것이 아니었다.

무언가를 꿰뚫어 볼 것만 같이 사람을 똑바로 직시하던 그 강렬한 눈동자는 차윤성만이 가지고 있는 특별함이었다.

다급하게 뛰어와서는 멍하니 개를 내려다보고 있자니 개의 주인으로 되어 보이는 사람이 서다래를 의아한 눈빛으로 쳐다보며 스쳐 지나갔다.

어처구니없게도 서다래는 그제야 깨달았다.

자신이 알고 있는 건 고작 차윤성이라는 이름 세 글자밖에 없다는 사실을 말이다.

그렇기 때문에 바람처럼 사라져 버린 그를 어딘가에서 찾을 수도 없을뿐더러 누군가에게 물어볼 수조차 없다.

서다래는 그날부터 쓸데없이 차윤성을 찾아다니는 일을 관뒀다.

그렇게 차윤성이 사라진 지 일주일이 지났을 뿐인데 이제 와 돌이켜 생각해 보면 동물에서 인간으로 변한다는 수인족, 차윤성이라는 남자는 자신이 만들어 낸 환상과도 같이 느껴졌다.

마치 한여름 밤의 꿈처럼.

"후우……."

서다래는 차윤성을 떠올리며 잠시 멍해졌던 정신을 추스르고 강의실 창문 바깥으로 시선을 돌렸다.

때마침 등 뒤로 꽂히는 따가운 시선이 느껴졌다.

지금 앉아 있는 이 자리는 마치 가시방석과도 같았다. 굳이 고개를 돌려 뒤를 돌아보지 않아도 지금 등 뒤에서 그녀를 흘겨보고 있을 눈빛들을 알 수 있었다.

평소 아웃사이더라고 불려도 이상하지 않을 만큼 친구조차 변변히 사귀지 못한 채 대학을 다니는 그녀였지만, 요새는 그전보다 상황이 더 안 좋았다.

전에는 스스로가 생각하기에 강의실 안에 있는 듯 없는 듯 공기처럼 지냈다고 생각하지만, 지금은 여러 사람들이 그녀를 향해 적개심을 품고 있었다.

서다래를 향한 악의에 가득한 시선, 그리고 그녀를 두고 쑥덕대는 목소리들.

처음에는 그저 기분 탓이려니 싶었다.

변경된 강의 시간이 저에게만 전달되지 않은 것도 그저 실수였나 보다 생각했다.

방금 전, 위층에 살고 있는 장혜선과 마주치기 전까지 말이다.

"혜선 언니!"

우연히 마주친 장혜선을 보자 저번에 사료를 빌려줬던 게 떠올라 서다래가 먼저 반갑게 다가갈 때였다.

장혜선은 그녀를 발견하고 순식간에 표정이 어두워졌다. 잠시 멈칫하더니 복잡한 표정으로 서다래를 향해 말했다.

"다래야, 괜찮니?"

마치 서다래에게 큰일이라도 생긴 것처럼 만나자마자 괜찮냐고 물어 오는 질문에 도리어 서다래가 영문을 몰라 고개를 갸웃거릴 수밖에 없었다.

"네? 저야 괜찮죠."

"학교에 소문이 쫙 나서 나도 들었어. 너 민현이랑 사귄다며? 민현이랑 유리가 우리 학교에서 좀 유명한 CC커플이었니? 너 때문에 깨졌다는 사실을 알고 유리가 울고불고……."

"그, 그게 무슨 소리예요? 제가 민현 선배랑 사귄다니요?"

"응? 너 민현이랑 사귀는 거 아니야?"

마치 처음 듣는다는 듯한 서다래의 반응에 장혜선도 적잖이 당황한 듯했다. 하지만 그보다 더 당황한 건 서다래 본인이었다.

자신도 모르는 자신의 얘기가 이런 식으로 퍼지고 있다니 너무 어이가 없어서 순간 할 말을 잃었다.

"대체 무슨……."

머릿속에 불현듯이 그 전의 일이 퍼뜩 떠올랐다.

바로 얼마 전에 민현 선배가 같이 영화 보자고 쪽지를 건넨 일이 말이다. 하지만 그건 그 자리에서 단칼에 거절을 했는데 왜 이런 소문이 돈 걸까.

머리로는 이 상황이 전혀 이해가 안 됐지만 우습게도 퍼즐이 맞춰지는 것처럼 지금까지 당했던 일들이 이 소문 때문이었다는 사실이 납득이 갔다.

요새 이상하리만치 뒤에서 들려오던 수군대던 소리들, 그리고 그녀에게만 전달되지 않았던 내용들.

서다래는 갑자기 머리가 지끈거릴 정도로 아파서 한쪽 손을 올려 머리를 짚었다.

소문의 당사자인 서다래가 어떤 반응이었는지 뻔히 보고도 장혜선은 믿을 수 없는 듯 재차 물었다.

"다래야, 말해 봐. 민현이랑 사귀는 거 정말 아니야? 벌써 학교에 소문이 나서 다들 그렇게 알던데, 정말 아니야? 진짜?"

"정말 아니에요. 민현 선배랑 저 학교 밖에서 만난 적 한 번도 없어요."

"정말이야?"

대답을 듣고도 여전히 믿을 수 없다는 듯 의심스럽게 물어보는 장혜선을 서다래가 입을 꾹 다문 채 말없이 쳐다봤다. 아니라고 말을 해도 믿지 않는 이 상황이 서다래는 정말 답답하게 느껴졌다.

말없이 쳐다보는 그녀의 시선에 장혜선이 찔끔했는지 그제야 다시 입을 열었다.

"그럼 왜 이런 소문이 난 거야?"

"저도 그게 제일 궁금해요."

"다래야, 너 정말 요즘 학교생활 괜찮아? 네가 임자 있는 민현이를 꼬셔서 가로챘다고 소문이 쫙 퍼져서 다들 그렇게 알고 있어. 너 안 좋게 보는 애들이 많던데."

"괜찮아요. 사실도 아닌데 제가 신경 쓸 게 뭐 있어요?"

"그래도……."

"저 강의 시간이 다 돼서 그만 가 볼게요, 언니. 그리고 이런 얘기 언니 아니었으면 저 끝까지 몰랐을지도 몰라요. 고마워요."

서다래의 감사의 인사가 뜻밖이라서 장혜선의 눈이 동그랗게 변했지만, 이내 겸연쩍다는 듯 미소 지었다.

"애는, 이웃사촌 좋다는 게 뭐니? 힘내."

장혜선의 얼굴에 지어진 미소는 다시 호의적으로 변해 있었다.

평소에 입이 가볍기로 소문난 장혜선은 우연히 마주친 그녀에게 별다른 생각 없이 말을 건넸을 가능성이 컸다. 하지만 서다래가 장혜선을 향해 고맙다고 말을 한 것은 진심이었다.

늘 혼자인 서다래에게는 이런 황당무계한 소문이 돌고 있는데도 불구하고 누구 하나 그런 사실을 말해 줄 사람이 곁에 없었으니까. 하지만 괜찮다고, 전혀 신경 쓰지 않는다는 식으로 말한건 완벽한 거짓말이었다.

서다래는 비참했고, 슬펐다.

그녀는 그 자리를 도망치듯이 빠져나왔다.

강의 시간이 얼마 남지 않았다는 말은 사실이었기 때문이다. 하지만 강의가 아니었더라도 그 자리에 더 오래 서 있기는 힘들었을 것이다.

'그만하고 싶다.'

머릿속은 그 생각만으로 가득 찼다.

딱 꼬집어 뭘 그만하고 싶은지는 몰랐다. 하지만 지금 이 순간만큼은 모든 걸 전부 놓아 버리고 싶었다.

아직도 해결되지 않은 등록금 문제, 앞으로도 끝없는 쳇바퀴처럼 계속될 알바와 성적 관리. 단순히 대학교를 다니는 것만으로도 충분히 힘든데 이제는 이상한 소문까지 그녀를 괴롭혔다.

막연히 누군가에게 나 지금 너무 힘들다고 투덜대고 싶은 마음이 굴뚝같았지만, 어느새 그런 소소한 말을 나눌 사람이 한 명도 곁에 없다는 사실이 그녀를 뼛속까지 외롭게 만들었다.

지금까지 죽을 만큼 노력해서 간신히 여기까지 왔다고 생각했는데, 돌아보니 아무것도 남은 게 없는 것 같았다.

지방에서 고등학교를 졸업하고 서울로 올라와 대학을 다니다 보니 이따금씩 서다래는 지독히 혼자라는 생각이 들었다. 그리고 그 외로움이 지금은 피부에 와 닿을 정도로 아주 가깝게 다가와 있었다.

그래서인지도 모른다.

이름밖에 모르는 그 남자, 이제는 조금씩 잊고 있다고 생각했던 차윤성이 이토록 생각이 나는 이유가.

차윤성이라면 그녀가 이런 상황에 처했다는 사실을 알았을 때 뭐라고 얘기를 할까 문득 그런 생각이 들었다.

하얀 피부에 조각같이 완벽한 얼굴. 미소년이라 불릴 만큼 아름다운 얼굴인데도 불구하고 이상하게도 야성미가 물씬 풍기던 그의 모습이 눈에 선했다.

차윤성이라면 언제나 화살을 겨냥하듯이 그녀에게 똑바로 시선을 맞추고, 그를 고집스럽게끔 보이게 하는 굳게 다문 입술을 열어 이렇게 말할 것이다.

'서다래, 바보 같기는.'

서다래는 지금 당장이라도 그 모습 그대로 나타날 것만 같이 생생한 차윤성에 대한 환상을 고개를 절레절레 저으며 지우려 했다.

울컥.

그러다가 한쪽 입술을 꾹 깨물곤 혼잣말을 조용히 중얼거렸다.

"……은혜도 모르는 나쁜 놈."

평소에 성적 관리를 위해 강의 시간만큼은 누구보다 열성적이었던 서다래지만 오늘은 마음이 복잡해서 시간이 어떻게 흘러갔는지도 몰랐다.

"그럼 오늘 강의는 여기서 마치겠습니다."

교수님의 목소리가 들리자 '아, 강의가 끝났구나.'라고 막연하게 생각이 들 뿐이었다.

책상 위에 펼쳐 놓았던 간단한 짐을 에코백 안에다가 챙기고 서다래는 자리에서 일어섰다.

흰 바지에 티셔츠 한 장 걸쳤을 뿐이지만 패션의 완성은 얼굴이라는 말처럼 그 수수한 모습조차 매력적이었다.

서다래는 강의실을 벗어나며 최대한 긍정적으로 생각하기 위해 노력했다.

말도 안 되는 소문에 휘말리긴 했지만 다행히도 곧 종강이었다. 몇 개월 후에 개강을 할 때쯤엔 언제 그랬냐는 듯이 소문은 말끔하게 사라져 있을지도 모른다. 그리고 서다래는 그렇게 되기를 바랐다.

물론 최악의 경우엔 등록금을 마련하지 못해 다음 학기 개강에 서다래가 이 자리에 없을지도 모르지만 그렇다면 더더욱 이 말도 안 되는 소문을 신경 쓸 필요는 없었다.

서다래는 터져 버릴 것 같은 가슴속의 답답함을 애써 꾹꾹 눌러 담으며 강의실을 나섰다.

그녀가 가는 곳마다 불쾌한 시선이 끈질기게 따라다니는 게 느껴졌지만 그렇다고 한 명씩 붙잡고 소문은 사실이 아니라고 해명할 수도 없는 노릇이었다.

왠지 누군가의 웃음소리, 왁자지껄하게 떠드는 모든 소리가 자신을 향하고 있을 것 같다는 착각이 들었지만 그럴수록 고개를 더 뻣뻣하게 들었다.

움츠러드는 모습을 보이고 싶지 않은 자존심 때문이었다.

달칵.

에어컨이 없는 건물 밖으로 나오자 여름 특유의 후덥지근한 공기가 훅하고 폐부에 들어왔다. 순간 후덥지근한 공기가 불쾌하게 느껴져서 미간을 찌푸렸지만 눈앞의 밝은 햇빛과 청명한 하늘은 어두운 기운을 조금이라도 가시게 해 주는 것 같았다.

빠른 걸음으로 캠퍼스를 가로지르며 교문으로 향하는 서다래를 불러 세우는 목소리가 들려왔다.

"서다래?"

자신을 부르는 높은 하이톤의 여자 목소리에 서다래는 걷던 걸음을 멈추고 자연스럽게 소리가 들린 곳을 향해 고개를 돌렸다.

그곳에는 네 명의 여자가 서 있었다.

세 명은 기다렸다는 듯이 팔짱을 낀 채로 기세등등하게 서다래를 노려보고 있었고, 한 명은 그들의 뒤에 가려져서 잘 보이지 않았으나 고개를 숙이고 있는 것 같았다.

가려져 있던 여자는 울고 있었던 모양인지 잔뜩 울먹이는 목소리가 들려왔다.

"끅, 수지야, 하지 마. 난 괜찮다니까."

"그냥 넘어가려고 했는데 도저히 안 되겠어. 이렇게 된 게 누구 때문인데 할 말은 해야지. 유리야, 잠깐만 기다려 봐."

'유리?'

서다래는 유리라는 이름을 듣자 이 상황이 어떻게 돌아가고 있는지 알고 싶지 않아도 자연스레 짐작이 갔다.

민현 선배와 CC 커플로 사귀었다던 유리라는 여자애가 아마 제일 뒤에서 고개를 숙이고 울고 있는 애인 모양이었다.

"네가 서다래 맞지? 너 때문에 누군 이렇게 울고 있는데, 넌 고개 뻣뻣하게 들고 돌아다니네?"

유리의 친구로 보이는 수지라는 여자애가 잔뜩 격앙된 목소리로 서다래를 향해 따져 물었다. 그러자 유리는 기다렸다는 듯이 더 큰 목소리로 울음을 터뜨리기 시작했다.

"흐으윽."

그 덕분에 주위의 시선들이 점점 모이기 시작했다.

마치 남편과 바람피운 내연녀를 추궁하는, 막장 드라마에서 나올 법한 장면이 서다래 눈앞에서 직접 펼쳐지고 있었다.

아무런 잘못을 하지 않았는데도 이런 상황을 겪어야 한다는 게 미치도록 답답해서 숨을 깊게 들이마셨다. 그래도 마음 한편으론 헛소문으로 인해 사람들이 뒤에서 수군거리게 놔두느니 이렇게 당사자에게 직접 해명하는 게 나을지도 모른다는 생각이 들었다.

"뭔가 오해가 있는 것 같은데……."

"오해? 뭐가 오해라는 건데? 설마 너 때문에 민현 선배랑 유리가 헤어진 게 오해라고 말하고 싶은 건 아니지?"

"둘이 헤어진 게 왜 나 때문이라는 거야?"

"너희 과 애들이 너랑 민현 선배랑 썸 타는 거 다 봤는데 어디서 발뺌이야?"

"나 민현 선배랑 사귀는 사이 아니야."

"하. 임자 있는 남자 뺏어간 거 보고 정상은 아니라고 생각했는데 이거 완전 골 때리네."

"도대체 누가 민현 선배랑 나랑 사귄다고 그래? 민현 선배가 그렇게 말해?"

"너랑 썸 탄다는 소문 돌자마자 민현 선배가 유리한테 헤어지자고 했어. 너 때문이냐고 물어보니까 아무런 대답도 못 하는데, 이래도 네가 전혀 상관이 없다는 거야?"

서다래는 가슴속에서 불길이 솟구치는 것 같았다.

민현 선배가 왜 제대로 해명하지 않고 어물쩍 유리랑 헤어졌는지 모르겠지만 정말 화가 났다. 고래 싸움에 새우 등 터진다고 불똥이 애먼 데 튀지 않았는가.

그리고 민현 선배에게 아무런 대답도 듣지 못했다면서 단순히 추측만 가지고 확실한 것인 것처럼 떠들어 대는 것도 이해할 수 없었다.

눈앞에 서 있는 당사자인 유리도 그녀의 친구들도 모두 마찬가지였다. 서다래는 남몰래 한숨을 내쉬며 말했다.

"분명히 말하지만 난 민현 선배랑 전혀 상관없어. 정 못 믿겠으면 선배 전화번호 줘. 직접 전화해서 확인시켜 줄 테니까."

"지금 민현 선배 전화번호도 모르는 척 연기하는 거야?"

"연기가 아니고 사실이야."

"하. 너 이렇게 몰릴까 봐 민현 선배랑 너랑 짜고 연기할지도 모르는데 그걸 어떻게 믿어?"

"내가 아니라고 몇 번 말해야 알아들어?"

웅성웅성.

큰 목소리가 나기 시작해서인지 어느샌가 주변에 사람들이 모여들기 시작했다. 그들은 상황을 구경하면서 자기들끼리 쑥덕거리기 바빴다.

구경꾼이 점점 많아진다는 사실을 이 자리에 서 있는 서다래도 그 반대편에 서서 대화를 나누고 있는 수지도 잘 알고 있었다. 그래서인지 수지는 더욱 의기양양한 표정으로 말했다.

"서다래, 네가 진짜 양심이 있으면 계속 이렇게 아니라고만 하지 말고, 유리한테 직접 사과해야 된다고 생각하지 않아?"

서다래는 대화를 나누면 나눌수록 더 답답했다.

말이 전혀 통하질 않았다. 이런 걸 보고 벽을 보고 얘기한다고 하는 게 분명했다.

"잘못한 게 하나도 없는데 도대체 뭘 사과하라는 거야? 나야말로 지금 사과 받고 싶은 심정인데? 말도 안 되는 소문 퍼뜨려서 날 곤란하게 만들고 있잖아."

"하. 잘못한 게 없어? 끝까지 가관이네 정말."

수지가 기가 차다는 듯이 비웃음을 지으며 손바닥을 쫙 펴서 얼굴에 부채질을 하기 시작했다. 마치 말이 안 통해서 답답하다는 제스처였다.

그러자 지금까지 아무 말도 하지 않은 채 묵묵히 상황을 지켜보고 있던 유리가 한 걸음 앞으로 나서며 입을 열었다.

"나 많은 거 안 바라. 민현 선배가 너 좋다고 갔고 나도 그거 억지로 붙잡을 생각은 없어. 하지만 내가 이미 사귀고 있는 상태에서 둘이 만난 게 분명한데 나한테 사과는 해야지. 나 그 정도 사과는 받을 자격 있는 거 아니야?"

말을 하는 유리의 눈가에 눈물이 그렁그렁 맺히기 시작했다.

뿐만 아니라 오래전부터 울고 있었는지 얼굴엔 이미 눈물 자국이 가득했다.

지금까지 억지로 떠밀려서 이 자리에 서 있는 것처럼 보였던 유리가 눈물까지 흘리면서 말을 하자 주변의 웅성거리던 소리가 커졌다.

"서다래 쟤, 진짜 뻔뻔하다."

"바람피운 거 사과만 하면 용서해 주겠다는데 왜 저렇게 뻗대는 거야?"

아무도 소문은 사실이 아니라는 서다래의 말을 들어주는 사람은 없었다.

시간이 지나면 자연스럽게 잊힐 소문이라고 스스로를 위로했지만 이렇게 공공연히 떠들어버린 내용이라면 졸업할 때까지 그녀를 따라다닐지도 모른다.

서다래는 차마 거짓말까지 하고 싶진 않았지만 더 이상 이런 오해를 받고 싶지 않았다. 거짓말을 하면 간단하게 오해를 풀 수 있다는 걸 잘 알고 있었기 때문에 서다래는 어쩔 수 없다고 스스로를 위로했다.

마음속으로 결심을 굳힌 그녀는 두 눈을 깊게 한 번 감았다 뜨곤 입을 열었다.

"……나 남자 친구 있어."

"뭐?"

서다래의 말에 믿을 수 없다는 듯이 유리와 수지의 눈이 커다랗게 뜨여졌다. 하지만 놀란 표정은 순식간에 지워지며 수지가 큰 소리로 비웃기 시작했다.

"호호호, 너 정말 웃긴다. 그거 변명이라고 생각한 거야?"

날카로운 수지의 말에 서다래는 하마터면 딸꾹질이 나올 뻔했다.

'어떻게 알았지?'

유달리 거짓말을 못했기 때문에 가슴이 세차게 뛰기 시작했다.

쿵쾅쿵쾅.

평소에 거짓말을 못한다는 소리를 많이 들었다. 간혹 가다 거짓말을 하게 될 때면 금방 얼굴에 티가 나서 주변 사람들이 금세 알아채곤 했다.

하지만 이대로 물러설 순 없었다.

비록 남자 친구가 있다는 말은 거짓이었지만, 민현 선배와 사귀지 않는다는 건 진실이기 때문이다.

오해를 풀 방법이 이것밖에 없었기 때문에 서다래는 벌렁거리는 가슴을 한 손으로 부여잡은 채 최대한 천연덕스럽게 다시 입을 열었다.

"왜 변명이라고 생각해? 내가 처음부터 민현 선배랑 아무 사이 아니라고 했잖아."

"그럼 하나만 묻자. 네가 말하는 그 남친 당연히 우리 학교 아니지?"

"……우리 학교는 아니야."

"당연히 그렇겠지. 거짓말일 테니깐."

"지금 남자 친구랑은 사귄 지 얼마 안 돼서 밝히고 싶지 않았을 뿐이야. 너희들이 하도 내 말을 못 믿으니까 어쩔 수 없이 말하는 거야."

"데려올 수 있어?"

"다, 당연하지."

"호호, 그럼 지금 여기로 불……."

그때였다.

빠아아앙!

갑자기 울리는 자동차 경적 소리에 구경을 하던 사람들의 시선이 한 곳으로 향했다. 소리의 근원지에는 한눈에 보아도 값비싸 보이는 검은색의 외제차 한 대가 서 있었다.

모두의 시선이 외제차에 쏠려 있는 그 순간이었다.

벌컥.

운전석 문이 열리면서 모습을 드러낸 남자의 모습에 여자들은 방금 전보다 더 눈을 크게 뜰 수밖에 없었다.

그는 몸에 딱 달라붙는 검은색 정장을 입고 있었다. 덕분에 그의 헌칠한 키와 잘빠진 몸매가 숨김없이 드러났다. 내리쬐는 강렬한 햇빛 아래서 새하얀 피부를 자랑하며 서 있는 한 남자. 그는 한순간 모두의 시선을 사로잡을 만큼 매력적이었다.

그의 두 눈은 정확히 서다래를 향하고 있었다.

허공에서 시선이 마주치자 거짓말처럼 그의 눈가가 살짝 휘면서 눈웃음을 그렸다. 입은 조금도 웃고 있지는 않았지만 눈인사를 짓는 그는 서다래도 익히 잘 아는 얼굴이었다.

차윤성, 바로 그였다.

차윤성은 마치 주변 사람들 모두가 들으라는 듯이 목소리를 높이며 입을 열었다.

"서다래, 거기서 뭐해?"

저벅저벅.

차에서 내린 차윤성이 긴 다리로 휘적휘적 서다래를 향해 더 가까이 걸어오기 시작했다.

그러더니 서다래의 뒤에 서서 그녀의 어깨를 한 팔로 감싸 안으며 나지막한 목소리로 말했다.

"내 여자 친구에게 무슨 볼일 있습니까?"

웅성웅성.

아까보다 더 큰 웅성거림이 주위를 가득 메웠다.

"서, 서다래 남자 친구?"

"정말 민현 선배랑 사귀는 거 아니었어?"

거짓말인 줄만 알았던 남자 친구가 실제로 눈앞에 나타나자 수지와 유리의 얼굴은 경악으로 물들었다.

하지만 이 자리에 있는 그 누구보다 차윤성을 보고 놀란 것은 다름 아닌 서다래였다. 바보같이 입을 벌린 채 멍하니 그를 쳐다보고 있을 때였다.

"나랑 만나기로 한 거 잊었어? 기다리고 있었잖아. 얼른 가자."

휙.

다른 사람들과 똑같이 멍하게 쳐다보고 있는 서다래의 한 손을 재빨리 잡아채서 이끌었다. 사람들이 둥글게 모여 있던 곳에서 서다래를 끌고 나온 차윤성이 작은 목소리로 속삭였다.

"서다래, 언제까지 그렇게 놀란 눈으로 쳐다 볼 거야? 거짓말인 거 다 들통 나겠다."

서다래는 강하게 자신을 이끄는 그의 손을 따라 걸으면서도 아직도 믿기지 않는다는 듯 입을 열었다.

"여, 여기는 어떻게 알고 왔어요?"

"같은 집에 살았는데 네가 다니는 대학교도 모르면 그게 더 이상하다고 생각하진 않아?"

"누가 들으면 오해하겠어요."

"그 오해라는 거, 이미 받고 있는 것 같은데?"

"아……."

서다래가 그 말에 주위를 둘러보니 차윤성의 손에 이끌려 가는 그녀를 부러운 시선으로 바라보는 이들이 상당히 많았다.

아마 방금 차윤성의 발언으로 인해 사귀고 있는 사이라고 생각하는 것 같았다.

"내가 곤란한 상황이란 건 어떻게 알았어요?"

"우연히. 너 찾고 있는데 마침 네 목소리가 들리더라고. 알다시피 내가 멀리 있는 소리도 잘 듣거든."

차윤성은 평소와 다름없이 서다래를 대하고 있었지만 그녀는 차윤성을 어색하게 쳐다볼 수밖에 없었다.

그가 잘생겼다는 건 처음 본 순간부터 알았지만, 집에서 목이 늘어난 티셔츠를 입고 빈둥거리던 그를 본 게 전부였는데 이렇게 멀끔하게 차려입은 모습을 보니 완전 다른 사람 같았다.

옷이 날개라더니 그 말이 사실이었다. 아무렇게나 입고 있어도 잘생긴 그였지만 지금 차윤성은 숨이 막힐 정도였다. 그가 직접 찾아오지 않았다면 길거리에서 지나쳐도 못 알아볼 만큼.

차윤성의 손에 이끌려 그가 타고 온 외제차 앞에 서자 서다래가 믿을 수 없다는 듯 말했다.

"설마 당신 차예요?"

삐빅.

차윤성은 아무렇지도 않게 주머니 안에 있는 차 키를 꺼내어 누르고는 말했다.

"아마도?"

얼마 전까지만 해도 서다래의 좁디좁은 자취방에서 신세를 지던 차윤성이다. 그런 그가 이런 모습으로 나타났다는 게 납득이 되질 않아서 그녀는 잔뜩 경계하는 눈동자로 쳐다볼 수밖에 없었다.

"그쪽…… 도대체 뭐예요?"

"내가 뭔지 잘 알잖아."

"갑자기 사라져서 얼마나 걱정한지 알아요?"

"일단 타. 대화는 가면서 하자고."

벌컥.

차윤성이 조수석 문을 열었지만 서다래는 선뜻 타지 못한 채 멀뚱히 그를 쳐다볼 뿐이었다.

탈까 말까 고민하는 듯 보이는 서다래를 잠시 내려다보다 차윤성이 마치 유혹이라도 하듯이 입가에 미소를 그리며 말했다.

"나, 다시 사라지기 전에 타."

*   *   *

이게 도대체 어떻게 된 일인지, 서다래는 차를 타고 가면서도 지금 이 현실이 믿기지 않았다.

머릿속이 복잡해서 그저 멍하니 창밖을 바라보고 있을 때였다.

"나한테 할 말이 많을 줄 알았는데, 한 마디도 안 하네."

"물어보면 다 대답해 줄 거예요?"

"글쎄."

"그럴 줄 알았어요."

"대답 안 해 줄 거라고 생각해서 아예 안 물어보는 거야? 뭐가 궁금한데?"

"아뇨. 내가 왜 그쪽을 궁금해 해야 되는지 스스로한테 먼저 묻는 중이에요."

"……복잡하군."

차윤성은 창밖으로 고개를 돌리고 있는 서다래의 뒷모습을 힐끔 쳐다봤다.

그녀는 여전히 그대로였다.

긴 머리카락에서 풍겨오는 샴푸 냄새도 여전했고 화장기 없는 단정한 얼굴과 수수한 옷차림도 똑같았다.

헤어진 지 불과 일주일이 지난 시간. 그 짧은 시간 그녀가 변함없이 그대로일 거라는 건 어찌 보면 당연한 일이었지만 차윤성은 왠지 기분이 좋았다.

하지만 한 번도 자신이 있는 쪽으로 고개를 돌리지 않는 서다래는 그가 예상했던 것보다 더 갑자기 사라진 것에 대해 삐져 있는지도 몰랐다.

"일단 밥이라도 먹으러 갈까?"

"밥이요?"

"왜, 벌써 저녁 먹었어?"

"그건 아닌데……."

"혹시 먹고 싶은 거 있어?"

서다래는 그의 말에 차윤성이 사라진 날 그녀가 사왔던 전기 구이 통닭이 불현듯이 떠올라서 퉁명스럽게 말했다.

"닭만 빼고 아무거나 상관없어요."

승차감 좋은 고급스러운 차를 타고 차윤성과 함께 도착한 곳은 서다래가 난생처음 보는 곳이었다.

차가 멈춰 서자 촌스럽게도 입이 벌어지는 걸 막을 수가 없었다.

"와."

도착한 곳은 한 호텔의 입구였다.

고개를 위로 올려 봐도 끝이 보이지 않는 높은 층. 안에서 비추는 번쩍거리는 빛이 보는 이로 하여금 주눅이 들게 만들 정도로 럭셔리한 호텔이었다.

자신도 모르는 새에 잠시 창밖으로 구경을 하고 있자니 유니폼을 입은 주차 요원이 말로만 들어봤던 발레파킹을 해 주려는 건지 가까이 다가오고 있었다.

서다래는 다가오는 주차 요원과 화려하기 그지없는 호텔을 다시 한 번 차례로 보고 마지막으로 차윤성의 얼굴을 쳐다봤다.

"여, 여기서 밥을 먹자구요?"

"마음에 안 들어?"

아무렇지도 않은 표정으로 물어보는 차윤성에게 '정말 몰라서 물어요?'라고 오히려 되묻고 싶었다. 여기 한 끼 식사비가 그녀의 한 달 생활비보다 더 비싸 보였기 때문이었다.

막 다른 곳으로 가자고 말하려던 서다래가 다시 입을 다물었다. 그가 타고 온 좋은 차와 고급스러운 양복이 그의 부유함을 단편적으로 보여 주는 것 같아서였다.

지금 눈앞에 있는 차윤성은 지금까지 그녀가 알던 차윤성과 많이 다르다는 사실이 새삼스럽게 다가왔다.

"맛이 괜찮은 곳이라 온 건데, 다른 데 갈까?"

서다래가 잠시 입술을 오물거리다가 말했다.

"……아니에요."

가격이 부담스러울 것 같으니 다른 곳으로 가자고 말하자니 차윤성은 그런 금전적인 부분은 조금도 신경을 쓰지 않는 것 같았다. 차윤성이 그런 생각을 조금도 안 하고 있는데 먼저 가격 운운하면서 말을 꺼내고 싶진 않았다.

그렇게 둘은 차에서 내렸고 차윤성은 주차 요원에게 차 키를 건넸다.

엘리베이터 안으로 들어서니 그가 자연스럽게 층수를 눌렀다. 그러자 엘리베이터가 올라가기 시작하면서 유리로 만들어진 뒤편에 서울 야경이 아름답게 펼쳐졌다.

학교를 나올 때만 해도 어둡진 않았는데 어느새 해가 져서 깜깜한 밤이 되어 있었다.

서다래는 야경을 물끄러미 내려다보며 잠시 생각을 하다가 물었다.

"설마 했는데 진짜 부잣집 도련님이에요?"

"금전적으로 따진다면 부유한 편에 속한다고 말했잖아."

분명 라면을 처음 먹어봤다길래 그렇게 물어본 건 사실이었지만 솔직히 정말 부유할 거라고 생각해서 물어본 건 아니었다.

"아까는 나한테 아무것도 물어보지 않을 것 같더니 이제 궁금한 게 생긴 거야?"

"하나도 안 물어보기엔 궁금한 게 너무 많아서요."

"궁금한 거 있으면 일단 물어봐. 대답하고 안 하고는 내가 판단할 테니까."

"그런데 부잣집 도련님이라는 거 이렇게 막 말해도 되는 거예요? 드라마 같은 데서 보면 다 숨기던데."

"굳이 떠벌릴 필요는 없겠지만 잘사는 게 죄도 아니고 굳이 감춰야 할 필요는 없다고 봐. 그리고 대체 언제 적 드라마 이야기하는 거야? 그런 건 유행 지난 지 한참 됐어."

"그럴 리가요. 요즘 내가 보는 드라마도 다 그런 내용이에요."

"대체 어떤 막장 드라마를 보는 거야?"

띠잉.

잠시 대화를 나누고 있자니 엘리베이터가 금방 목적지에 도착했다. 엘리베이터 문이 열리자 입구에는 단정한 양복을 입은 사람들이 일렬로 서 있었다. 서다래는 그들의 과하게 친절한 인사를 받으면서 쭈뼛쭈뼛 안내받은 자리로 가서 앉았다.

맞은편에 앉아 있는 차윤성을 힐끔 쳐다봤다.

불편해하는 그녀와 다르게 그는 여유롭게 종업원이 주는 메뉴판을 보고 있었다. 잘은 모르겠지만 이런 곳에 매우 익숙해 보였다.

어느새 서다래 앞으로도 메뉴판이 놓여졌다.

이런 곳에 온 적이 없었기 때문에 머릿속에 순간 '뭘 시켜야 되지?'라는 생각이 떠올랐다.

곤란한 서다래의 속마음을 꿰뚫어 보기라도 한 듯이 차윤성이 메뉴판을 보는 시선을 돌리지 않은 채로 무심한 듯 말했다.

"내가 추천해 주는 걸로 먹어."

서다래는 그 말에 그저 말없이 고개를 끄덕였다.

어차피 처음 와보는 곳이라 메뉴판을 보여 준다고 해도 난감한 처지였다.

곧이어 차윤성이 알 수 없는 말을 종업원과 나누며 음식을 주문했다.

꿀꺽.

괜히 어색한 마음에 서다래는 물이 든 잔을 들어 마셨다.

오늘 본 차윤성은 그녀의 집에서 며칠 얹혀살던 남자라고 믿겨지지 않을 만큼 근사했다. 하지만 근사한 만큼 다른 세계에 사는 사람처럼 멀게 느껴지는 건 어쩔 수가 없었다. 차라리 수인족이란 걸 알았을 때가 더 가까웠을지도 몰랐다.

"분명히 말하지만, 내가 비싼 거 사달라고 조른 거 아니에요."

"누가 뭐래?"

"이런 곳에 데려와 놓고 나중에 더치페이 이런 얘기 하면 곤란하다고요. 먹기 전에 확실히 말하는 거예요."

"하여간에 쓸데없는 걱정은."

어처구니없다는 표정을 짓는 차윤성을 바라보며 서다래는 속으로 착각하지 말자고 다짐했다. 어차피 오늘 이후 차윤성과 다시 만날 일은 없을 것이다.

아마 그는 성의를 표현하기 위해 이런 곳에 그녀를 데려왔을 테고 그녀의 입장에서는 이왕 사주는 음식을 거절할 이유가 없었을 뿐이다. 아니, 오히려 제대로 안 먹는 것이 손해다. 앞으로 이런 곳에 올 일이 없을 텐데 기회가 됐을 때 먹어 두는 편이 나았다.

그래서일까.

서다래는 확실히 끝맺음을 하기 위해 입을 열었다.

"아까는 경황이 없어서 제대로 말 못한 것 같아요. 나 곤란할 때 구해 줘서 고마웠어요."

"목숨 빚만 하겠어?"

"하긴 그건 그러네요."

얘기를 나누고 있자니 음식이 나오기 시작했다. 서다래는 포크를 집어 들며 다시 말을 이었다.

"그런 의미로 잘 먹겠습니다."

서다래는 음식들을 입에 넣으며 점점 감탄을 할 수밖에 없었다. 세상에 이렇게 맛있는 음식은 처음 먹어봤다.

정말 하나같이 너무나도 맛있다보니 차윤성의 마음이 조금 이해도 갔다. 매일 이렇게 맛있는 음식을 먹었다면 한낱 라면 따위가 입맛에 맞을 리가 있나.

어느 순간부터 먹는 것에 집중해서 허겁지겁 먹고 있다 보니 차윤성의 목소리가 다시 들려왔다.

"인사는 하고 나왔어야 했는데 혹시 신경 쓰이게 했다면 그건 조금 미안하게 생각해."

"조금이요? 그 단어가 조금 거슬리네요."

"변명하자면, 그날 아버지가 쓰러지셨다는 내용을 방송으로 보고 더 이상 지체할 수가 없었어."

서다래는 나지막이 말하는 차윤성의 말을 듣다가 어느 순간 고개를 기울일 수밖에 없었다.

'아버지가 TV에 나와?'

쓰러지셨다는 건 큰일이지만 상식적으로 그런 내용이 TV에까지 나오지는 않았다. 그래서 쓰러지신 건 괜찮냐는 안부 대신 다른 질문이 입에서 튀어나왔다.

"아버지가 유명한 분이에요?"

"음. K그룹 회장이라고 하면 알려나?"

"네에? 뭐라고요? 콜록콜록."

서다래는 갑작스러운 말에 너무나도 놀라서 사레가 들렸다. 다급하게 물을 마시고 조금은 진정한 그녀가 다시 입을 열었다.

"지금 그쪽이 K그룹 아들이라고요?"

"응."

"말도 안 돼. 당신은 수······."

막 수인족이라고 말하려는 서다래를 향해 차윤성이 한 손가락을 자신의 입가로 가져가며 조용히 하라는 제스처를 취했다.

"비밀이라니까."

서다래도 목구멍까지 올라왔던 단어를 꿀꺽 삼키고 다시 입을 열었다.

"아, 알겠어요. 그럼 이게······ 도대체 어떻게 되는 거예요? 아버지도 당신이랑 같아요?"

서다래는 수인족이라는 말을 어떻게 표현할지 몰라 입에서 두
서없이 말이 튀어 나왔다.

하지만 서다래의 질문에 핵심을 정확히 파악한 차윤성이 여유
로운 웃음을 지으며 말했다.

"내가 이러니 당연히 아버지도 나와 같지."

K그룹. 우리나라에 사는 사람 중에 그 이름을 모르는 사람은
단연코 없을 것이다.

TV, 냉장고, 세탁기에 자동차까지.

다방면의 기술력으로 대한민국을 대표하는 기업이 바로 K그
룹이기 때문이다.

TV에서나 봤던 대기업 아들을 비 오는 날 버려진 개인 줄 알
고 구했다는 게 쉬이 믿기지가 않았다. 더구나 방송으로도 몇 번
봤던 유명한 기업인이 인간에서 동물로 변하는 수인족이라는 사
실에 놀라지 않을 수 없었다.

"……믿을 수가 없네요."

"뭐, 너한테 숨길 일은 아니니까."

아무렇지 않다는 표정으로 말하는 차윤성을 바라보며 서다래
는 다시 한 번 고개를 갸웃거릴 수밖에 없었다.

처음 수인족이라는 걸 들었을 때만 해도 심각한 표정으로 아
무에게도 말하지 말라더니. 이제는 마치 모두가 다 알고 있는 사
실인 것처럼 말하는 게 왠지 모를 불안감을 생기게 했다.

"······왜 숨길 일이 아니라는 거예요? 그거 그쪽 비밀 아니었어요?"

차윤성은 서다래는 마주 보며 근사하게 입꼬리를 씩 올리곤 말했다.

"너한테 물론 고마운 일도 있지만, 내가 그저 감사의 인사를 전하기 위해 이렇게 번거롭게 다시 찾아올 거라고 생각했어?"

영화의 한 장면 같은 근사한 미소와 달리 영문을 알 수 없는 말에 서다래는 궁금증이 가득 담긴 얼굴로 그를 쳐다볼 수밖에 없었다.

"무슨······?"

"서다래, 나랑 거래 하나 하자. 네가 손해 볼일은 없어."

"갑자기 무슨 말이에요? 거래요?"

뜬금없는 차윤성의 말에 서다래는 갑자기 이 자리가 불편해졌다. 그저 고마워서 밥을 사주는 줄 알았는데 뭔가 이유가 있다고 생각하니 찝찝했다.

허겁지겁 먹던 서다래가 바삐 움직이던 손을 잠시 멈추고 물로 목을 축였다. 그러고 보니 그를 처음 만났을 때도 차윤성은 이렇게 거래를 하자고 했었다.

"저기, 내 촉이 지금 뭔가 좋지 않다고 경고하고 있거든요. 어떤 거래를 하자는 건진 모르겠지만 그냥 안 듣고 안 할래요."

"이건 네가 하기 싫다고 거부할 수 없는 거야."

"그런 게 어디 있어요?"

명령조로 말하는 차윤성에게 화가 나서 순간 서다래의 얼굴이 벌겋게 변했다.

"처음에 했던 거래 기억해?"

"무슨 거래요?"

"오늘 학교로 입금됐을 거야. 네 다음 학기 등록금."

"……!"

그제야 서다래의 머릿속에 퍼뜩 떠오른 생각이 있었다.

물론 완전히 잊고 있던 건 아니었다.

다만 그가 그 말을 지킬 거라고 생각하지 않아서였다. 또한 그녀도 등록금을 내달라고 그에게 요구할 생각이 없었기 때문이다.

하지만 차윤성은 그때 했던 거래를 똑똑히 기억하고 있었고 이렇게 실행했다.

"말했다시피 내가 지금 하려는 거래도 네가 손해 볼일은 없을 거야."

"이번엔 또 뭐예요?"

"K그룹으로 들어와. 서다래, 나한테 네가 필요해."

　전혀 생각지도 못한 차윤성의 말에 서다래의 얼굴이 갑자기 프러포즈라도 받은 것처럼 붉게 물들며 동시에 놀라움으로 가득 찼다. 하지만 서다래는 금방 정신을 차리고 어색한 미소를 지으며 말했다.

"당신이 그렇게 말한다고 해도 K그룹에 입사하는 게 그렇게 쉬운 줄 알아요? 부잣집 도련님이라 취업난에 대해 잘 모르나 본데 요즘은 명문 대학을 졸업해도 취직하기가 힘들어요. 더군다나 K그룹이라니, 거기에 들어가려면 스펙을 얼마나 쌓아야 할지…… 하늘의 별 따기나 다름없다고요."

"누가 너보고 정식으로 취직해서 들어오래?"

"그럼 야매로 들어가는 방법도 있어요?"

정말 궁금하다는 듯 눈빛을 초롱초롱 빛내면서 물어 오는 서다래의 얼굴에 차윤성은 하마터면 웃음이 터져 나올 뻔했다.

처음 만났을 때부터 특이하다고 생각하기는 했지만 서다래라는 여자는 항상 그가 생각하는 것과 전혀 다른 대답을 하곤 했다.

자신의 말을 듣고 저런 생각을 할 줄은 정말 꿈에도 몰랐다. 물론 어떻게 듣느냐에 따라 달라질 수도 있긴 했지만 방금 밝혔다시피 그는 K그룹의 장남이었다. 그가 직접 하는 제안이 그렇게 평범할 리 없는 건 당연한 일이었다.

"넌 그냥 나한테 알았다고만 대답하면 되는 일이야. 모르겠어?"

"모르겠어요. 내가 알았다 그러면 뭐가 달라지는데요?"

"우선은 방학 기간 동안 K그룹에 취직하게 되겠지. 물론 그 후에도 운이 좋다면 쭉 K그룹에 몸담게 될 테고."

"설마, 지금 나 낙하산으로 꽂아준다는 말이에요?"

차윤성이 말없이 고개를 끄덕였다.

서다래는 믿을 수 없다는 듯 눈이 커졌다. 양손으로 자신의 입가를 가리며 그녀가 다시 입을 열었다.

"맙소사. 이게 거래라고요? 그럼 내가 뭘 해 줘야 되는데요?"

"그건……."

서다래의 질문은 당연했다.

하지만 그 당연한 질문에 차윤성은 망설일 수밖에 없었다. 어디서부터 어디까지 말해 줘야 할지 아직 정하지 못했기 때문이다.

잠시 고민하던 차윤성이 다시 입을 열었다.

"내가 불면증이라고 했던 거 기억나?"

서다래는 그의 말에 고개를 끄덕거렸다.

그러자 차윤성이 자신의 얼굴을 그녀의 앞으로 조금 들이밀며 말했다.

"내 눈 밑의 다크서클 모르겠어?"

"아."

서다래는 그제야 차윤성의 눈 밑에 자리 잡은 시커먼 기운을 알아차렸다. 뛰어난 외모에 가려 솔직히 그가 말하기 전까지는 몰랐다.

"우리 집에서 지낼 때는 그래도 잘 잤잖아요. 불면증이 그새 더 심해진 거예요?"

"너희 집에서 나온 후로 거의 못 잤다고 봐야지."

"그런데 불면증이랑 날 낙하산으로 만들어 주는 거랑 무슨 상관이에요?"

"내가 너희 집에 있을 땐 잘 잤단 말이지. 그래서 내 불면증을 치료하는 데 네가 도움이 될 것 같아."

"……?"

서다래는 순간 말문이 막혀서 아무 말도 할 수가 없었다.

잠시 차윤성이 한 말을 머릿속으로 다시 생각해 봤지만 도무지 납득이 가질 않았다.

"이해가 잘 안 돼요. 내가 옆에 있다고 뭐 달라지는 게 있어요?"

"내 담당 주치의가 내가 잠을 잘 수 있는 요인을 파악하는 게 중요하대. 너희 집에서는 잘 잤으니 왜 그런 건지 알아야지. 그러려면 네가 필요한 거야."

"그래서 내가 있으면 그쪽 불면증을 고치는 데 도움이 된다 이거예요?"

"그럴지도 모른다는 거지."

평소에도 부자와 서민은 생각하는 방식이 전혀 다른 것 같다고 생각했지만 이 정도일 줄은 몰랐다. 단순히 불면증을 고치기 위해서 사람을 이렇게 고용할 줄이야.

어찌 됐든 간에 서다래로선 전혀 거부할 리 없는 조건이었다.

가뜩이나 방학 때 일할 아르바이트 자리를 알아보던 참이다. 그런데 생각지도 못한 K그룹이라니.

방학 동안만이라지만 K그룹에 입사해서 월급을 받게 되면 그 금액이 일개 알바와는 비교할 수 없을 정도로 높을 거라는 건 당연한 일이다.

뿐만 아니라 그동안 계속 고민하던 등록금까지 차윤성이 해결해 줬다.

정말 이대로만 된다면 앞으로 대학 졸업할 때까지 엄청난 보탬이 될 게 분명했다. 잘하면 앞으로 등록금 걱정은 안 하고 학교를 다닐 수 있을지도 모른다. 생활비 정도야 계속 벌어야 되겠지만 지금 상황과 비교할 수 없을 정도로 좋아지는 건 당연했다.

기분 좋은 상상에 서다래의 입가에는 자신도 모르게 진한 미소가 지어졌다. 그녀는 확실하게 하기 위해 차윤성을 향해 다시 입을 열었다.

"내가 곁에 있어도 불면증이 고쳐지지 않을 수도 있잖아요?"

"그렇지."

"그렇다고 해서 중간에 자르기 없기예요."

"그럴 리 없어. 그러니 걱정 말고 방학 기간 동안 일해."

"그런데 꼭 방학 기간 동안만 일해야 돼요? 사실 좋은 직장 취직하려고 대학을 다니는 건데 쭉 다닐 수 있다면……."

"우선은 방학 기간 동안만이야. 대학은 졸업해야지."

"알았어요. 거래해요, 우리."

그녀의 기쁜 감정이 전혀 숨김없이 얼굴에 드러났다. 환하게 웃는 서다래의 얼굴을 마주 보며 차윤성은 속으로 쓴웃음을 삼켜야 했다.

전부 사실대로 말할 수는 없다. 그래서 있지도 않은 주치의를 핑계로 얼버무릴 수밖에 없었다. 서다래는 모르겠지만 이 또한 그녀를 위한 일이었다.

거짓말은 어쩔 수 없는 사항이었다.

차윤성은 자신을 향해 밝게 웃는 서다래를 앞에 두고 그렇게 스스로를 위로했다.

　식사를 끝마친 두 사람은 다시 엘리베이터를 타고 주차장으로 내려가고 있었다. 서다래는 이상하게도 바깥으로 보이는 야경이 올라올 때보다 더 아름답다고 생각했다.

　올라올 때처럼 야경을 물끄러미 내려다보고 있는데 옆에 서 있는 차윤성 역시 이상하게 조용했다.

　식사할 때도 어느 순간부터 말을 아끼던 그다.

　의아하게 생각이 돼서 그가 있는 쪽을 향해 힐끔 고개를 돌렸더니 차윤성의 목소리가 기다렸다는 듯 흘러나왔다.

　"휴대폰 좀 줘 봐."

　서다래는 순순히 주머니에서 휴대폰을 꺼내 줬다. 그러자 차윤성이 그녀의 휴대폰에 자신의 번호를 찍어서 다시 건넸다.

　"내 번호야, 저장해 둬."

　서다래는 번호가 찍혀 있는 휴대폰을 잠시 내려다보다가 고개를 들어 다시 차윤성을 쳐다보았다.

　물끄러미 자신을 바라보는 그녀의 시선에 차윤성이 물었다.

　"왜 그렇게 봐?"

　"그쪽이 사라졌을 때 내가 왜 휴대폰 번호를 묻지 않았을까 후회했어요."

　"그땐 휴대폰이 없었을 땐데, 그런 생각을 왜 해?"

　"그래도 그냥 그런 생각이 들더라고요."

서다래의 말에 차윤성은 그저 말없이 웃었다.

사실 차윤성도 이렇게 다시 서다래를 보러 오기 위해 얼마나 바삐 움직였는지 모른다. 갑자기 사라져서 그녀가 걱정하고 있을 거라고 생각했기 때문이었다. 자신의 생각이 착각이 아니었다는 사실이 나쁘지 않았다.

띠잉.

어느 순간 엘리베이터 문이 열렸다.

서다래는 무심코 바깥으로 나가기 위해 한 걸음을 내디뎠지만 곧 걸음을 멈출 수밖에 없었다.

우뚝.

열린 문 바로 앞에는 훤칠한 키에 깡마른 몸이 다부져 보이는 한 명의 남자가 서 있었기 때문이다.

찰나의 순간 그 남자의 시선이 서다래를 향했다.

그와 시선을 마주친 서다래는 순간 왠지 모르게 등 뒤에 소름이 돋는 것 같다고 느꼈다. 그의 시선은 지독히도 차가웠다. 아무런 감정도 느껴지지 않는 무미건조한 눈빛이랄까.

스윽.

서다래와 잠시 눈이 마주친 그 남자는 차윤성을 향해 허리를 깊게 숙이며 인사했다.

"윤성 도련님."

"……!"

그를 본 차윤성의 두 눈에는 이채가 스쳐 지나갔다.

언제 웃었냐는 듯이 미간을 찌푸린 차윤성은 그가 이곳에 서 있는 이유를 알고 싶지 않아도 단번에 알아차릴 수밖에 없었다.

그가 이곳에 있을 이유는 단 하나다.

그리고 그 이유가 차윤성에겐 전혀 달갑지 않은 내용이었다.

차윤성은 잠시 말없이 그 남자와 시선을 주고받더니 서다래를 향해 고개를 돌려 나지막한 목소리로 말했다.

"서다래, 오늘은 먼저 들어가야겠다."

서다래는 갑자기 나타난 남자와 차윤성을 번갈아 바라보면서 조심스레 물었다.

"무슨 일 있어요?"

"응, 갑자기 급한 일이 생겼네. 조심히 들어가. 여기 서 있는 지욱이가 집까지 데려다줄 거야."

"도, 도련님?"

차윤성의 말에 강지욱이 깜짝 놀랐는지 두 눈을 크게 떴다.

서다래는 두 사람이 서로 아는 사이라는 건 눈치껏 알 수 있었지만 도무지 무슨 상황인지 몰라 눈동자만 굴리며 멀뚱멀뚱하게 쳐다볼 수밖에 없었다.

"혼자 처리하시기엔 위험할 수도 있습니다."

"내 일은 내가 알아서 해."

냉기가 뚝뚝 떨어질 것 같은 말투로 말하고 있는 차윤성이 생소하게 다가왔다. 지금까지 봐 왔던 모습과 또 다른 모습이었다.

정확한 이유는 모르겠지만 뭔가 심각한 분위기에 서다래는 말한 마디 벙긋 못 하고 강지욱이라는 남자가 타고 온 차의 조수석에 몸을 실었다.

조수석의 문을 닫아주려는 차윤성을 물끄러미 바라보던 서다래가 조심스럽게 말했다.

"저, 오늘 만나고 보니까 밥은 그쪽이 아니라 내가 사야 했던 것 같아요. 다음에 제가 밥 한 번 살게요. 아, 여기만큼 좋은 데는 아니겠지만……."

"라면만 아니면 상관없어."

차윤성의 말에 서다래가 순간 풋하고 웃었다.

그로 인해 딱딱하게 굳어졌던 차윤성도 표정을 조금 풀고 운전석에 앉아 있는 강지욱을 향해 말했다.

"안전하게 모셔다 드려."

"……알겠습니다."

낮은 강지욱의 대답과 함께 그가 탄 차가 주차장을 벗어났다.

부우웅.

그들이 타고 간 차가 완벽히 모습을 감추자 차윤성은 긴 손가락으로 머리카락을 한 번 쓸어 올렸다.

"이제 쥐새끼처럼 숨어 있지 말고 나와."

차윤성의 낮은 목소리가 주차장 안에 울려 퍼졌다.

스스슥―

차윤성의 말이 끝나기도 전에 사방에서 수십 개의 그림자가 소리도 없이 모습을 드러냈다. 어둠 속에 모습을 감추고 있었기에 보이는 거라곤 살기가 어려 있는 한없이 붉은 눈동자들뿐이었다.

커다란 맹수의 모습으로 변신해 자신을 기다리는 이들을 만나는 건 차윤성에겐 그리 낯설지 않은 상황이었다.

차윤성은 자조적으로 웃으며 그들을 향해 나지막이 말했다.

"내가 양보한다고 했잖아. 그러니까 어머니께 그만 좀 보내시면 안 되냐고 누가 좀 전해 줄래?"

말을 함과 동시에 차윤성의 오렌지빛 눈동자가 아주 진하게 빛을 발하기 시작했다.

츠츠츠츠.

순식간에 송곳니와 손톱이 기다랗게 자란 차윤성의 모습은 더 이상 인간의 형상이 아니었다.

*　　　*　　　*

"하아하아……."

차가운 벽에 기대어 앉은 채 차윤성은 가쁜 숨을 내쉬고 있었다.

온몸이 피범벅이었다.

생각보다 많은 숫자를 상대한 덕분에 차윤성은 지금 손가락 하나 까딱하기 귀찮을 정도로 힘들었다. 다행인 건 몸에 묻은 수많은 피 중에 차윤성의 몸에서 흘러나온 피는 한 방울도 없다는 것이었다.

그때, 주머니 안에서 울리는 휴대폰 진동 소리에 차윤성이 자신도 모르게 미간을 찌푸렸다. 평소라면 무시하고도 남음이었지만 지금 전화를 건 사람은 서다래 아니면 그녀와 함께 보낸 강지욱일 확률이 컸다.

스윽.

차윤성이 피가 잔뜩 묻은 손으로 휴대폰을 꺼내 전화를 받았다.

"윤성 도련님, 접니다."

전화를 받자마자 수화기에서 흘러나오는 강지욱의 목소리에 차윤성은 자신도 모르게 미간을 더 찌푸렸다.

차윤성이 나지막한 목소리로 말했다.

"그쪽으로 따라붙은 놈들은 없었어?"

"없었습니다. 놈들이 노리는 건 애초부터 윤성 도련님이었으니까요. 몸은 괜찮으십니까?"

"괜찮아. 혹시 모르니까 끝까지 잘 살펴보고 와. 절대 한 놈이라도 놓치면 안 돼."

"그 아가씨의 안전 때문입니까?"

"……그래."

수인족은 아주 오랜 세월 동안 세상에 정체를 드러내지 않은 채 음지에서 살아온 종족이다. 그들이 그렇게 안전할 수 있었던 건 절대적으로 지켜 온 규율 때문이었다.

그 규율의 첫 번째 항목이 바로 정체가 들킬 경우 그것을 알게 된 인간을 죽이는 것이었다.

만에 하나라도 서다래가 별다른 생각 없이 수인족이라는 단어를 입에 올리고 다니게 된다면 그녀는 순식간에 흔적도 없이 죽임을 당할게 뻔했다. 애초에 두 사람이 만나지 않았더라면 가장 좋았겠지만 이미 벌어진 일이다.

만약에라도 있을 불상사를 막으려면 자신이 데리고 있는 게 가장 안전했다. 그게 바로 거짓말을 하면서까지 서다래를 K그룹에 들어오게 한 이유였다.

"그 아가씨를 그냥 죽여 버리고 끝내시는 게……."

"말조심해. 내 생명의 은인이다."

"귀찮은 일을 만드셨습니다. 나중에라도 이 일이 밝혀지게 되면 가뜩이나 입지가 좁은 도련님이 곤경에 처하게 되실 겁니다."

감정이라곤 느껴지지 않는 무뚝뚝한 강지욱의 말에 차윤성은 픽하고 웃어버렸다.

사실이다. 귀찮아야 정상이었다.

평소의 차윤성이라면 이런 귀찮은 일 따위 결단코 만들지 않았을 것이다. 만약 어쩔 수 없이 생겨버린 일이라고 해도 귀찮아 죽겠어야 마땅했다.

하지만 정말 이상하게도 말이다.

'……전혀 귀찮지가 않아.'

4.
네가 필요한 진짜 이유

멀뚱멀뚱.

서다래는 가만히 침대에 누워서 천장을 쳐다봤다.

강지욱이라는 남자가 집까지 데려다준 건 알겠는데 그 후에 무슨 말을 어떻게 하고 헤어졌는지 잘 기억이 나질 않았다. 무슨 정신으로 집에 들어와서 얼굴을 씻고 옷까지 갈아입었는지도 모를 일이었다.

그냥 습관처럼 지금까지 집에 들어와서 하던 대로 몸을 움직이다가 막상 침대에 누워서 잠을 청하려고 하니 정신이 또렷해지기 시작했다.

이러는 이유는 단 하나였다.

'꿈은 아니겠지?'

아무리 생각해 봐도 차윤성이 K그룹의 장남이라는 게 믿겨지지가 않았다. 일이 잘 풀리려고 해도 그렇지 이런 식으로 풀릴 줄은 꿈에도 몰랐다.

당장 대학 졸업하기만도 벅차서 취업은 졸업반이 되면 생각하자고 미뤘었다. 그런데 갑자기 떡하니 K그룹에 들어가게 된 것이다.

K그룹이 어디인가.

대기업 중에서도 톱클래스다.

모두가 꿈꾸는 직장에 들어갈 기회가 하루아침에 생긴 것이다. 대학을 채 졸업도 하기 전에 말이다.

서다래는 베개 머리맡에 놓아두었던 휴대폰을 들어서 액정을 켰다. 어두운 방을 비추는 갑작스러운 불빛에 눈을 찌푸렸지만 전화번호부에는 [복덩이]라고 저장되어 있는 차윤성의 전화번호가 그대로 있었다.

꿈이 아니다.

아직까지 포만감이 느껴지는 걸 보니, 다시 떠올려 봐도 입에서 살살 녹는 스테이크를 차윤성에게 얻어먹은 게 틀림없었다.

'어떡하지? 당장 엄마한테 전화해서 이 기쁜 소식을 알릴까?'

아무라도 좋았다.

누군가에게 전화를 걸어서 내가 K그룹에 들어가게 됐다고 알리고 싶었다.

'아냐아냐.'

서다래는 곧이어 고개를 절레절레 저었다.

확실하게 K그룹에 입사하기 전까지는 혼자만 알고 있는 게 나았다. 쓸데없이 입방정을 떨다가 부정이 탈 수도 있었다.

어차피 차윤성의 말대로 된다면 곧 K그룹에 들어가게 될 것이다. 가족들에게는 확실해지고 난 다음에 좋은 소식을 알려도 늦지 않았다.

'생각해 보니, 내가 더 잘해 줬어야 했던 거 아닌가?'

곰곰이 생각해 보니 오늘 차윤성과 헤어지기 전에 밥 한 번 사겠다 말한 것 말고는 그에게 이렇다 할 뭔가를 해 준 적이 없었다.

그가 이 집에 얹혀살 때도 매일 라면만 먹이려 했을 뿐만 아니라 반찬 좀 사달라고 할 때도 바빠서 잊어버리기 일쑤였다. 끝끝내 그에게 제대로 된 식사 한번 챙겨 주지 못하고 보내지 않았는가.

마지막에 전기구이 통닭을 사오긴 했지만 그건 차윤성이 모르는 일이었다.

"으으."

서다래는 갑자기 지끈거리는 머리에 한 손으로 이마를 짚었다.

그녀는 예전부터 누군가의 비위를 맞추는 게 어려웠다. 넉살이 좋은 편이 아니라 그동안 교수님들에게 음료수 한 번 사드린 적이 없었다.

이렇게 좋은 기회를 준 차윤성에게 뭔가 보답하고 싶기는 한데 딱히 뭘 해 줘야 할지를 모르겠다는 게 문제였다.

물론, 그녀는 그의 생명의 은인인 데다가 불면증을 고쳐줄 임무를 가지고 들어가는 것이었기에 완전히 공짜라고 생각하지는 않았지만······.

아니, 솔직히 공짜나 다름없었다. 준 것보다 받은 게 너무 크기 때문이다.

"고맙다고 문자라도 보낼까?"

서다래는 천장을 보고 누워 있던 몸을 돌려 턱을 베개에 밴 채 휴대폰을 만지작거리기 시작했다.

[K그룹에 들어가게 해 줘서 고마워요. 최선을 다해서 불면증을 고치도록 노력하겠습니다^^]

서다래는 자신이 쓴 문자 내용을 가만히 바라보다가 이내 마음에 안 드는지 전부 지우고 다시 쓰기 시작했다.

[오늘 이래저래 너무 고마워요~ 저 진짜 열심히 할게요!!]

서다래는 그렇게 썼다 지웠다를 한참이나 반복하다가 결국에는 아무런 연락도 하지 않은 채 휴대폰을 껐다.

탁.

거칠게 휴대폰을 다시 머리맡으로 던진 서다래는 잔뜩 지친 목소리로 중얼거렸다.

"······모르겠다."

그 후로도 한참 동안 별의별 고민을 다 하던 서다래는 늦은 새벽이 되어서야 몰려오는 피곤함에 기절하듯이 잠에 들었다.

그녀는 잠에 빠지기 전 생각했다.

자신의 인생을 통틀어 지금처럼 행복한 밤은 없었다고.

이튿날, 오래 기다리지 않아 K그룹의 인사과라는 곳에서 전화가 왔다. 가뜩이나 꿈인가 아닌가 고민하고 있던 터라 빨리 연락을 준 게 어찌나 고마웠는지 모른다.

서다래는 출근하기로 한 날에 맞춰서 그동안 하고 있던 알바를 정리하기 시작했다.

학교 내에서 그녀를 괴롭히던 민현 선배와 관련된 스캔들은 순식간에 사라졌다. 가끔 얼굴도 모르는 여자들이 찾아와서 남자 친구 행세를 해 줬던 차윤성에 대해 몇 마디 물어볼 뿐이었다.

딱 한 번 대학교를 찾아왔을 뿐인데 다른 사람의 머릿속에 이렇게 각인이 된 걸 보면 확실히 그가 뛰어나게 잘생기긴 한 모양이었다.

그 와중에 서다래에게 민현 선배와의 관계를 따졌던 유리나 그 친구들이 찾아와서 사과를 한다거나 하는 일은 없었지만 그녀는 크게 개의치 않았다.

그렇게 대학은 방학을 맞았고, 순식간에 며칠이라는 시간이 흘렀다.

"흐음."

서다래는 침대 위에 올려놓은 휴대폰을 원수라도 된 것처럼 쩌려보고 있었다.

그날 헤어진 이후로 차윤성에게 연락이 없다.

자신이 먼저 하자니 뭔가 그의 신분을 알고 잘 보이려는 것 같아 선뜻 연락하기가 어려웠다. 그런데 차윤성도 마찬가지로 깜깜무소식이니 서다래로서는 다소 답답할 수밖에 없었다.

[언제 시간 돼요? 밥 한 번 살게요.]

서다래는 용기를 내서 문자를 썼지만 요 며칠 동안 그랬듯이 차마 전송하지 못한 채 다시 지워 버렸다.

누가 봐도 차윤성은 잘생겼다. 그리고 부자다.

속물적으로 생각하고 싶지는 않았지만 그가 가지고 있는 조건은 훌륭했다. 부자도 그냥 부자가 아니고 K그룹의 장남이라니.

이렇게 사소한 연락을 내가 먼저 해도 될까 망설여질 정도로 차윤성에게 느껴지는 거리감은 어마어마했다.

서다래는 언제나 그랬듯이 잠시 고민을 하다가 그냥 휴대폰을 내려놓았다.

그때였다.

드르륵.

마침 휴대폰 진동이 울렸다.

무심코 휴대폰을 열어 보니 메시지창과 함께 [복덩이]라는 이름이 떡하니 떠 있었다.

서다래는 자신도 모르게 서둘러 문자 내용을 확인했다.

[밥 사준다며, 내일이 출근인데 도대체 언제 연락할 생각이야?]

"풋."

서다래는 이 길지도 않은 문자를 받고 왜 이렇게 웃음이 나는
지 스스로도 몰랐다.

한참을 망설이던 지금까지와 달리 그녀는 재빨리 답장을 전송
했다.

[혹시 시간되면 지금 볼래요?]

차윤성의 답변도 오래 기다리지 않아 바로 도착했다.

[지금 갈게.]

차윤성의 답장을 확인하자 서다래는 눈을 동그랗게 뜬 채 다
시 한 번 소리 내 되물었다.

"지, 지그음?"

아무리 지금 볼 수 있냐고 물어본 게 그녀라지만, 금방이라도
도착할 것만 같은 차윤성의 문자에 서다래는 조급해질 수밖에

없었다.

　다다닥.

　부리나케 옷장으로 달려간 서다래는 옷장 문을 열고 별로 마음에 들지 않는 옷들 사이에서 어떤 걸 입고 나가야 할지 머리를 싸매고 고민해야 했다.

　같은 시각.

　차윤성은 운전석 창문에 한 팔을 기댄 채 창밖으로 보이는 서다래의 자취방을 올려다보고 있었다.

　그가 퉁명스러운 목소리로 혼잣말을 중얼거렸다.

　"……날 잊어버리기라도 한 거야, 뭐야."

　연락하라고 친히 전화번호까지 찍어줬건만 아무런 연락도 없어서 눈코 뜰 새 없이 바쁜가 싶었다. 그런데 연락을 하자마자 마치 깜빡하기라도 한 것처럼 바로 만나자니.

　내심 서운하게 느껴질 수밖에 없었다.

　서다래는 몰랐지만 차윤성 역시도 그녀와 마찬가지로 며칠 동안 휴대폰과 눈싸움을 하고 있는 중이었다.

　한참을 거울 앞을 서성이던 서다래는 몇 번이나 옷을 갈아입고서야 그나마 제일 나아보이는 옷으로 마음을 정할 수 있었다.

　거울 속의 자신을 들여다보다가 문득 '치마를 입을까?'라는 생각이 머릿속에 들었지만 이내 관뒀다. 워낙 치마가 불편해서 잘

입고 다니지 않던 그녀라, 갑자기 치마를 입으면 너무 신경 쓴 티가 날 것 같아서 싫었다.

사실 그녀는 고르고 골랐다고 생각했지만 평소와 크게 다르지 않았다. 달라진 것이라곤 그저 개인적으로 아끼던 파란색의 물이 아주 예쁘게 빠진 구제티셔츠를 입었다는 점뿐이었다.

스스로도 왜 이렇게 수선을 떠는지 납득이 되지 않았지만 신경이 쓰이는 걸 어쩔 수가 없었다.

후다닥 신발장으로 간 서다래는 매일 신던 운동화를 습관처럼 신다가 문득 멈췄다. 잠시 고민하던 그녀는 재빨리 웨지힐로 갈아 신고 현관을 나섰다.

콰앙!

거칠게 현관문을 닫으며 다급하게 집에서 나온 그녀는 계단을 내려오면서 차윤성을 향해 전화를 걸었다. 어디까지 왔는지 물어보기 위해서였다.

뚜르르— 뚜르르—

재미없는 신호음이 들렸다.

그러다가 달칵하고 전화를 받는 소리가 들렸다.

"여보세요?"

차윤성의 낮은 목소리가 수화기를 통해 귓가에 들렸다. 그와 동시에 집 앞에 서 있는 차윤성의 모습이 눈 안에 들어왔다.

차에 기대어 휴대폰을 들고 서 있는 모습이 마치 그림처럼 멋있었다. 이런 장면은 아무리 봐도 적응이 될 것 같지 않았다.

휴대전화 너머에서 아무런 소리도 들려오지 않자 자연스레 건물로 돌린 차윤성의 시선에 서다래의 모습이 들어왔다. 그녀를 발견한 차윤성이 귓가에 댄 휴대폰을 천천히 뗄 때였다.

눈이 마주친 서다래가 전화를 끊고 그가 있는 곳으로 다가가며 물었다.

"언제 왔어요?"

"방금."

말을 하며 차윤성은 그녀를 향해 희미하게 웃었다. 부드럽게 휘어지는 눈매가 무척이나 매력적이었다.

*　　*　　*

"어디로 가는 건데?"

차윤성이 서다래의 뒤를 바짝 쫓아가면서 물었다.

비좁은 골목 탓에 차는 주차를 해 놓고 걸어가는 길이었다. 문제는 이렇게 둘이 함께 걸으니 생각지도 못한 일이 생겼다.

그것은 지나가는 모든 여자들의 시선이 차윤성에게 머문다는 것이다.

서다래는 다른 사람들의 뜨거운 시선이 의식이 돼서 일부러 차윤성과 조금 떨어져 걸으려고 걸음을 빨리하고 있는 중이었다. 그런데 남의 속도 모르고 차윤성은 그 긴 다리로 휘적휘적 걸으면서 조금도 힘든 기색 없이 잘 쫓아오고 있었다.

"……거의 다 왔어요."

차라리 가게 안으로 빨리 들어가는 게 낫겠단 생각이 들었다.

서다래가 발걸음을 더 재촉할 때였다.

"앗!"

골목 모퉁이를 돌자마자 속도를 높여 달리고 있는 오토바이가
보였다.

끼이이이익!

그것은 엄청나게 빠른 속도로 돌진하며 금방이라도 서다래를
칠 것처럼 다가오고 있었다.

사고가 일어나기 일보직전이었다.

휘이이익.

뒤쫓아 오던 차윤성이 위험을 감지하곤 서다래의 허리를 한
손으로 잡아채서 자신이 있는 쪽으로 끌어당겼다.

서다래를 한 품에 안고, 차윤성은 다가오는 오토바이를 향해
재빨리 손을 뻗었다.

타앙!

손바닥으로 오토바이를 밀어내자, 강한 힘으로 인해 오토바이
몸체에는 차윤성의 손바닥 자국이 또렷하게 찍혔다.

서다래를 칠 것 같았던 오토바이는 덕분에 방향을 틀고 옆으
로 비켜갔다.

이 모든 일이 숨을 한 번 내쉴 정도로 짧은 순간 안에 벌어진
일이었다.

차윤성이 얼떨결에 품에 안은 서다래를 향해 잔뜩 화가 난 낮은 목소리로 말했다.

"죽고 싶어서 그래?"

반사적으로 질끈 눈을 감았던 서다래가 아무런 일이 벌어지지 않자 슬그머니 눈을 떴다. 그러니 인상을 찌푸리고 있는 차윤성의 조각 같은 얼굴이 바로 코앞에 있었다.

"아."

눈동자를 굴려 보니 그녀를 칠 뻔했던 오토바이가 멈추지도 않은 채 저 멀리 달려가고 있었다.

"사, 사고가 날 뻔했네요."

"지금 남 얘기해?"

"안 다쳤으니 됐죠. 전 괜찮아요. 고마워요."

그녀는 자신의 허리 뒤로 느껴지는 차윤성의 단단한 손에 그가 자신을 구해 줬다는 사실을 어렴풋이 느낄 수 있었다.

워낙 눈 깜빡한 순간에 벌어진 거라 어안이 벙벙했다.

차윤성은 미간을 깊게 찌푸리고는 서다래를 잡아 일으켜 세웠다. 걱정스럽게 그녀의 위아래를 훑어보고는 아까와 똑같이 화난 목소리로 말했다.

"많이 놀랐어?"

차윤성의 화난 목소리는 여전했지만 방금과는 전혀 다른 느낌이었다.

서다래는 놀란 마음을 감추고 억지로 미소 지으며 말했다.

"괜찮아요. 하나도 안 다쳤잖아요."

차윤성이 '넌 뭐든 다 괜찮아?'라고 따지며 화내려다가 다시 입을 다물었다.

서다래의 손끝이 가볍게 떨리고 있는 게 눈에 들어왔기 때문이다.

마음 같아선 당장에라도 오토바이를 쫓아가서 사고를 낼 뻔하고도 사과도 하지 않고 가버린 놈에게 골목에서 그런 속도로 달리면 안 된다는 사실을 뼛속 깊이 새겨주고 싶었지만 차윤성은 참았다.

여기서 제일 놀란 사람은 서다래였다.

차윤성은 부들거리는 서다래의 작은 손을 커다란 손으로 감싸쥐며 말했다.

"가자."

서다래는 손끝에서 느껴지는 뜨거운 온기에 깜짝 놀라서 차윤성을 올려다보았다.

문득 예전에 감기가 걸렸을 때 차윤성이 옆에 누워줬던 게 떠오르며 새삼스럽게 그의 몸이 온도가 높다는 사실이 떠올랐다.

차윤성과 맞잡은 손은 마치 한겨울에 핫팩이라도 쥔 것처럼 따뜻했다. 어찌나 따뜻한지 순간 놀랐던 마음까지 훈훈해지는 것 같은 느낌이 들었다.

하지만 그것은 오래가지 않았다.

그의 손에서 느껴지는 온기가 마음을 안정시키는 데 잠시나마 도움을 준 건 사실이었지만 조금 시간이 지나자 마주잡은 손이 그렇게 부담스럽게 느껴질 수가 없었다.

"저, 저기."

"왜 불러? 도대체 나한테 뭘 사주려고 이렇게 멀리까지 가는 거야?"

지금까지는 아무런 말도 하지 않은 채 잘만 쫓아오던 차윤성이 사고가 날 뻔하고 난 다음부터는 얼마 걷지도 않았는데도 투덜거리기 시작했다.

"그쪽이 사줬던 것처럼 근사하진 않지만, 평소에 맛집이라고 소문이 자자한 곳이에요."

마침 서다래는 목적지를 발견하고 차윤성에게 붙잡혀 있지 않은 반대 손을 쭉 뻗어 가리켰다.

"저기 보이네요."

스윽.

서다래가 가리킨 곳을 향해 시선을 돌리던 차윤성은 그곳이 어딘지 눈으로 확인하고는 기가 막히다는 듯이 다시 그녀를 쳐다봤다.

"저기라고?"

차가 들어오지도 못하는 좁은 골목길을 꽤 걸은 상태였다. 솔직히 '서울에 이런 산동네가 있었나?'라는 생각이 들 정도였다.

그런데 서다래가 가리킨 곳은 지금 서 있는 곳보다도 훨씬 더 높은 곳에 위치해 있었다.

당장이라도 무너질 것 같은 건물에 간판은 허름하다 못해 이미 한쪽으로 기울어져 있는 상태다.

사실 맛있는 음식을 기대했던 게 아니라서 아무래도 상관은 없었다. 설령 지금보다 거리가 더 멀다고 해도 차윤성이 이 정도를 걸었다고 체력적으로 지칠 리도 없었다.

하지만 저렇게 높은 곳에 위치해 있다는 사실이 마음에 들지 않았다. 저곳에 도착하려면 오르막길을 또 몇 분은 올라가야 했다.

자신은 괜찮지만 서다래는 아닐지도 모른다.

"역시 목적지가 보이니까 좋네요. 봐요, 조금만 더 걸으면 금방 도착할 것 같죠?"

"저기가 어딜 봐서 금방 도착이라는 거야?"

"가서 먹어보면 너무 맛있어서 그런 말은 쏙 들어갈걸요?"

"이렇게 힘들게 올라갔는데 맛이 없을 리가 없지. 저 가게도 이걸 노리고 저렇게 높은 곳에서 장사하는 거 아니야?"

"사람이 참 부정적이네요."

말을 하면서 서다래가 황당하다는 듯 웃었다.

그녀의 웃음은 방금 전까지 사고가 날 뻔했다는 사실을 조금은 잊어버린 듯했다. 많이 놀랐을 텐데 금방 안정을 되찾은 것 같은 모습에 차윤성도 조금 마음이 놓였다.

드르륵.

힘들게 도착한 가게에는 구수한 기름 냄새가 가득했다.

서다래와 차윤성은 창가 쪽에 자리를 잡고 앉았다. 그녀가 주인아저씨를 향해 말했다.

"해물 파전이랑 김치전 하나씩 주세요!"

사람이 그리 많지 않은 가게라 그런지 뜨끈뜨끈한 파전이 순식간에 나왔다. 파전에서 모락모락 피어오르는 김을 보고 있자니 침이 꿀꺽 넘어갈 정도로 맛있어 보였다.

서다래가 자랑이라도 하듯이 차윤성을 보며 물었다.

"맛있겠죠?"

차윤성은 젓가락질을 하면서 괜스레 퉁명스럽게 말했다.

"말했잖아. 맛이 없을 수가 없다고."

"그냥 인정해요."

둘은 그렇게 투닥거리며 파전을 맛있게 먹기 시작했다.

서다래는 투덜거리면서도 잘 먹는 차윤성을 곁눈질로 힐끔 쳐다보며 속으로는 어떻게 말을 꺼내야 할지 고민에 휩싸였다.

다름이 아니라 오늘 그에게 고맙다는 말을 전하고 싶었다. 아무리 생각해 봐도 그가 준 성의를 한 마디의 감사 인사도 없이 받아버리고 입을 쓱 닦는 건 그녀의 성미에 맞지 않았다.

고민하던 서다래는 느끼한 파전을 먹다가 문득 떠오른 생각에 차윤성을 향해 물었다.

"막걸리 한잔할래요?"

"막걸리?"

"네. 아무래도 파전에는 막걸리죠. 어때요?"

"좋을 대로 해."

아무래도 사람이 술을 마시면 마음이 좀 풀어지니까 분위기를 봐서 자연스러워질 때 고맙다는 말을 꺼내는 게 좋을 것 같았다.

"아저씨, 여기 막걸리 한 병 주세요!"

테이블에는 순식간에 주인아저씨가 가져다준 막걸리 한 병이 놓여졌다.

서다래는 사발에 막걸리를 따라 차윤성에게 먼저 건넸다. 차윤성은 말없이 받아선 물끄러미 막걸리를 쳐다봤다.

그 모습이 마치 막걸리를 관찰하는 것 같이 보여서 서다래가 물었다.

"혹시 막걸리 처음 먹어 봐요?"

"응."

"라면도 그렇고, 나랑 처음 먹는 게 많네요. 부잣집 도련님이 왜 이렇게 못 먹어본 게 많아요?"

"막걸리 말고도 세상에 먹을 술이 많으니까."

"하긴, 내가 특이한 걸 수도 있어요. 보통 소주나 맥주를 많이 마시는데 난 막걸리파거든요."

"그렇게 맛있어?"

"쭉 들이켜 봐요."

서다래가 자신의 사발을 차윤성이 들고 있는 사발에 살짝 부딪쳤다.

챙.

건배를 한 그녀는 꿀꺽꿀꺽 마시며 순식간에 한 사발을 다 비

워냈다.

차윤성이 깜짝 놀란 눈으로 쳐다보니 그녀는 배시시 웃을 뿐이었다.

"원래 그렇게 술을 잘 먹어?"

"막걸리는 다른 술이랑 좀 달라요. 먹어보면 알 거예요."

뭔가 의미심장하게 들리는 서다래의 말에 차윤성은 피식 웃고는 사발 안에 들어 있는 막걸리를 한 번에 비웠다.

입맛을 다시며 차윤성이 나지막이 말했다.

"음료수 같아."

"맞아요. 쓴맛이 덜하죠? 여기 막걸리가 특히 더 맛있어서 그런 거긴 한데 저는 칵테일 소주 같은 것보다 구수한 맛이 나는 막걸리가 더 좋더라고요."

차윤성이 사발을 앞으로 내밀며 말했다.

"한 잔 더 줘."

"이거 맛은 이래도 은근히 먹다보면 취할 수 있으니까 너무 급하게 마시진 마요."

말은 그렇게 하면서도 서다래는 그의 사발과 자신의 사발에 다시 막걸리를 가득 채웠다.

바쁘게 사느라 술을 안 마신 지 꽤 오래되긴 했지만 예전부터 막걸리는 아무리 마셔도 취하지 않았던 그녀다.

둘은 그렇게 파전과 함께 막걸리를 비워내기 시작했다.

가볍게 시작된 막걸리는 어느 순간 테이블 위에 여섯 병이나 되는 빈 병을 만들어놓았다.

"아!"

파전을 한 점 집어먹던 서다래가 마침 좋은 걸 발견한 듯 차윤성을 불렀다.

"저기 좀 봐 봐요."

"왜?"

차윤성은 무심코 서다래가 눈짓하는 곳을 향해 고개를 돌렸다. 창밖으로 바깥을 내려다본 그는 깜짝 놀랄 수밖에 없었다.

서울 시내가 한눈에 들어왔다.

막 해가 진 뒤 어둑어둑해지는 순간이라 세상이 묘하게 푸른 빛이었다. 한참 작게 보이는 건물들에게서 새어 나오는 불빛들은 마치 밤하늘의 별빛 같았다.

완전히 어두워진 야경과는 다른 풍경의 아름다움이 매력적으로 다가왔다.

차윤성은 잠시 멍하니 아래를 내려다보다 서다래를 향해 피식 웃었다.

"……생각보다 너무 좋은데?"

"이건 인정하는 거죠?"

차윤성은 고개를 가볍게 끄덕이며 말했다.

"인정."

사실 차윤성은 지금까지 야경은 질릴 정도로 봤다고 생각했다. 엘리베이터를 타든 식사를 할 때든 혹은 집에서도 흔하게 봐

왔던 풍경이기 때문이다.

그렇기에 지금까지 태어나서 단 한 번도 야경을 보며 좋다고 감탄을 한 적이 없었다. 그저 하늘을 올려다보면 구름이 있는 게 당연하듯이 창밖으로 서울 시내가 내려다보이는 게 그리 특별한 일이 아니었다.

하지만 이 자리에서 서다래와 파전을 먹으면서 내려다본 풍경은 확실히 이전과는 달랐다.

말로 꼬집어 표현할 수는 없었지만 보는 순간 참 좋다는 생각이 머릿속에 떠올랐으니까.

서다래는 그가 인정하자 기분이 좋은지, 불그스름하게 변한 얼굴로 조심스럽게 말했다.

"저는 야경 보는 걸 정말 좋아해요. 저번에 호텔 엘리베이터에서 본 야경도 정말 좋았어요. 그래서 더 여기로 와야지 했던 것 같아요."

"높은 곳을 좋아하는 거야?"

"놀이기구 같은 건 무서워서 못 타는데, 야경은 예뻐서 좋은 것 같아요. 여기서 막걸리 한잔하면서 볼 때는 특히 더 좋고요. 이 가게가 최고인 이유죠."

볼이 붉어져서는 주절주절 말하는 서다래를 보고 있자니 귀엽다는 생각도 들었지만, 차윤성은 혹시나 하는 마음에 막걸리 병을 빼앗았다.

"알았다. 넌 그만 마셔야겠어."

서다래는 그런 차윤성을 향해 갑자기 꾸벅 고개를 숙이며 말했다.

"저기, 고맙습니다."

"밥도 네가 사는데 나한테 뭐가 고맙다는 거야?"

"등록금도 고맙고……."

"그건 거래였잖아."

"아무리 불면증 때문이라지만 K그룹에 취직시켜줘서 고마워요. 다시 생각해 봐도 너무 좋아서 나 그때 그쪽을 주웠을 때 평생분의 운을 다 써 버린 게 아닐까 하고 생각했어요."

그 말에 차윤성은 서다래를 바라보던 고개를 옆으로 돌렸다. 슬쩍 보이는 그의 한쪽 귀가 시뻘겋게 변해 있었다.

"넌 그렇게 낯부끄러운 말을 아무렇지도 않게……."

차윤성의 말이 채 끝나지도 않을 때였다.

스으윽.

서다래의 고개가 아래로 푹하고 떨어졌다.

순식간에 차윤성이 바닥에 부딪칠 뻔한 서다래의 얼굴을 한 손으로 간신히 받아내곤 안도의 한숨을 푹 내쉬었다.

어느새 잠이 든 것인지 고른 숨을 내쉬고 있는 서다래를 기가 막힌다는 듯 쳐다보다가 차윤성이 중얼거렸다.

"넌 내가 인간이었으면 오늘 몇 번은 다쳤을 거야."

한 손으로도 다 가려질 것 같은 서다래의 작은 얼굴을 물끄러미 내려다보다가 차윤성은 왠지 가슴 한구석이 찔려왔다.

그녀가 K그룹에 들어오게 된 게 결코 좋은 일만은 아니었기 때문이다.

어쩌면 위험해질지도 모른다.

수인족인 자신을 구해 줬다는 이유 하나만으로.

"그리고 그날, 날 주운 건…… 네게 불행일지도 몰라."

차윤성은 어렵지 않게 서다래를 업고서 그녀의 자취방까지 걸어올 수가 있었다. 더구나 여기서 며칠 얹혀 지낸 적도 있었기 때문에 현관문의 비밀번호까지 알고 있었다.

띡띡띡.

혹시 바뀌었나 싶었지만 여전히 그대로였다.

비밀번호를 누르고 집 안으로 들어가면서 차윤성이 중얼거렸다.

"하여간 조심성 없기는."

차윤성은 익숙하게 방 안으로 들어가서 서다래의 침대에 그녀를 눕혔다. 오랫동안 업은 채 걸어서일까. 이상하게도 그녀의 무게가 어깨에서 사라지니 순간 허전함이 느껴졌다.

그렇게 자신이 할 일을 마친 그는 미련 없이 자리에서 일어서서 집으로 돌아갈 생각이었다.

막 몸을 일으키려다가 무심코 고개를 돌려 누워 있는 서다래를 바라봤다. 침대 위에서 쌔근쌔근 자고 있는 그녀를 보고 있자니 문득 이불이라도 덮어줘야겠다는 생각이 들었다.

한여름이라 감기에 걸릴 일은 없을 것 같았지만 서다래라면 혹시 또 모를 일이었다. 이미 전적이 있기도 했으니까.

스르륵.

차윤성이 허리를 숙여서 그녀에게 이불을 덮어주려고 할 때였다.

화악!

누운 자리가 불편한 듯 몸을 움직이던 서다래가 이불을 덮어주려는 차윤성의 손목을 잡고 자신의 쪽으로 끌어당겼다.

그 덕분에 차윤성은 순간 균형을 잃고 그녀가 있는 쪽을 향해 몸을 숙일 수밖에 없었다.

"……!"

창문에서 스며드는 불빛이 전부인 어두운 방.

희미한 빛 아래로 보이는 서다래의 얼굴은 아주 가까웠다.

이불 위에 아무렇게나 흐트러진 탐스러운 머리카락, 그리고 술에 취한 그녀의 붉은 볼과 윤기 흐르는 입술.

자고 있는 서다래가 내쉬는 달콤한 숨이 차윤성의 얼굴에 닿았다.

찰나의 순간 뭔가에 홀리기라도 한 듯 차윤성의 얼굴이 그녀를 향해 비스듬히 내려갈 때였다.

콰지직!

벽을 짚고 있던 손에 힘이 가해지자 벽이 손바닥 모양으로 파이며 부서져 버렸다.

그 소리로 인해 가까스로 정신을 차린 차윤성이 황급히 몸을 일으켜 서다래가 누워 있는 침대에서 벗어났다. 몇 발자국이나 뒤로 물러선 차윤성의 눈동자는 여전히 떨리고 있었다.

"……뭐야."

순간이었지만 차윤성의 머릿속에 있는 이성이 날아가 버릴 것 같았다.

*　　*　　*

뒤척뒤척.

침대 위를 뒹굴 거리던 서다래가 슬며시 눈을 떴다.

"속이 왜 이렇게 안 좋…… 헉!"

눈을 뜨는 것과 동시에 어제 있었던 일이 순식간에 머릿속에 떠올라서 서다래는 숨을 크게 들이마실 수밖에 없었다.

부끄러운 줄도 모르고 차윤성에게 구구절절이 고맙다고 말한 부분이 생각났기 때문이다.

"맙소사! 내가 무슨 짓을 한 거야?"

고맙다고 꼭 말해야겠다고 생각하기는 했지만 그렇게 손발이 다 오글거릴 정도로 표현할 생각은 아니었다. 평생분의 운을 다 써 버린 게 아닐까 생각했다니.

서다래는 베개에 얼굴을 파묻으며 스스로를 자책했다.

"미쳤다, 미쳤어. 서다래, 너 정말 미쳤구나."

더군다나 그 후로는 기억조차 나질 않았다.

지금까지 막걸리를 마시고 이렇게 뻗은 적은 단 한 번도 없었는데, 도대체 어제는 왜 그렇게 순식간에 취기가 오른 건지 그녀 자신도 모를 일이었다.

'너무 오랜만에 먹어서 그동안 주량이 변한 건가?'라는 생각이 들었지만 지금으로선 그게 중요한 게 아니었다.

이미 일어난 일을 되돌릴 수 없다는 게 문제였다.

한 번도 만취할 때까지 술을 마셔본 적이 없던 그녀는 술이 원수라는 말을 처음으로 절실히 깨달을 수 있었다.

'으아아아!'

서다래는 양손으로 얼굴을 가리며 소리 없는 비명을 질러 댔다. 그렇게 한참 동안 침대 위를 굴러다니며 괴로워하던 서다래는 부스스한 얼굴로 천장을 보며 중얼거렸다.

"하아. 계산도 그쪽이 했겠지?"

자신이 밥 사주겠다고 그 멀리까지 당당하게 데려가 놓고 이번에도 차윤성이 계산을 하게 했다. 민폐도 이런 민폐가 없을 것이다.

마음 같아선 쥐구멍에라도 들어가 숨고 싶었다.

두 눈을 감고 어제 일을 떠올려보려고 노력하던 서다래가 문득 가장 기본적인 사실을 잊고 있었다는 걸 깨달았다.

"그런데 나…… 집에는 어떻게 들어온 거지?"

하지만 그 고민은 오래 하지 못한 채 서다래는 이내 침대에서 스프링처럼 튀어 오를 수밖에 없었다.

"아, 맞다!"

바로 오늘이 K그룹 첫 출근 날이기 때문이었다.

천만다행인 건 일찍 술에 취해 잠에 빠졌기 때문에 눈을 뜬 시간이 이른 아침이라는 것이었다.

서둘러 준비를 마친 서다래는 며칠 전부터 다리미로 다려놓았던 하얀색 셔츠를 단정하게 입고 거울 앞에서 마지막 점검을 하고 있었다.

'좋아!'

서다래가 한쪽 어깨에 가방을 질끈 메고 막 밖으로 나가려고 할 때였다.

문득 눈에 띄는 것이 있어 잠시 멈칫할 수밖에 없었다.

그것은 바로 침대 머리맡에 손바닥 모양으로 부서진 벽이었다.

"이, 이게 뭐야?"

도저히 이해가 안 되는 손모양의 흔적에 서다래는 슬그머니 자신의 손을 벽을 향해 갖다 대었다. 자신보다 훨씬 큰 손이었다.

이리저리 봐도 사람의 손바닥 모양이 틀림없었지만 상식적으로 사람이 손으로 벽을 부순다는 게 말이 되질 않았다.

문득 차윤성이 머릿속에 떠오르긴 했지만 곧바로 '설마!'라는 생각이 들었다. 만에 하나 그가 그런 능력이 있다고 쳐도 애꿎은 자신의 방 벽을 부수고 갈 리가 없지 않은가.

그 자리에 서서 잠시 고민하던 서다래는 풀리지 않는 수수께

끼는 일단 그대로 미스터리로 남겨 둔 채 집을 나서야 했다.

더 이상 꾸물거리다간 첫날부터 지각을 하게 될지도 모르기 때문이었다.

K그룹.

그 K라는 이름 아래 수십 개에 달하는 계열사가 있었다. 정보통신, 도시가스, 석유화학, 금융보험, 제약회사, 건물, 물류……수많은 분류로 나뉘어서 그 안에 속해 있는 회사 이름은 하나하나 일일이 세기조차 힘들 정도다.

그중에 그녀가 근무하게 된 곳은 'K토이'라는 장난감 회사였다.

한국에서 손꼽히는 장난감 회사 중에 하나인 K토이는 유행하는 애니메이션 캐릭터로 장난감을 생산해서 외국으로 수출하기도 하고, 그들이 만든 장난감으로 애니메이션을 제작하기도 하는 엄청나게 규모가 큰 회사였다.

매년 성탄절 시즌마다 'K토이 장난감 매진'이라는 기사를 신문이나 뉴스로 봤기 때문에 서다래 역시도 익히 들어 본 곳이었다.

사실 누구에게도 말은 하지 않았지만 장난감 관련한 직업은 그녀가 해 보고 싶은 일이기도 했다.

K그룹에 입사한다는 사실만으로도 감지덕지했는데 우연일지라도 이렇게 그녀가 원하는 곳으로 오게 된 게 무척이나 좋았다.

또각또각.

서다래는 뭔가 새로운 세상을 향해 한 발자국을 내딛는 것 같은 느낌이 들었다.

지하철역에서 출구로 걸어가는 동안에 제각각 바쁘게 움직이는 수많은 직장인들이 있었다. 양복을 입은 아저씨들, 커리어우먼같이 정장을 입은 아가씨들.

그동안 정장이나 양복을 입은 사람들을 많이 봐왔지만 이들과 똑같이 회사에 출근을 한 적은 처음이었다. 그러한 사실에 우습게도 가슴이 설레 오기 시작했다.

그렇게 서다래는 K토이라고 큼지막하게 적혀 있는 건물 앞에 섰다.

"와아."

그녀는 고개를 끝까지 뒤로 젖힌 채 눈앞에 있는 커다란 건물을 올려다보았다.

거울처럼 반짝반짝 닦여진 창문들이 아주 높이까지 올라가 있었다. 회전문으로 된 입구조차도 으리으리해 보여서 그녀는 괜스레 침을 한 번 꿀꺽 삼켰다.

긴장감으로 인해 축축해진 손을 바지에 슥 닦으며 서다래는 속으로 중얼거렸다.

'힘내자, 서다래.'

잠시 서서 속으로 마음가짐을 다진 그녀는 다시 걸음을 움직여 건물 안으로 들어갔다.

회전문을 통과하자 로비에는 지하철을 탈 때 교통카드를 찍듯이 직원카드를 꺼내 찍고 들어가는 입구가 따로 있었다.

틱.

서다래는 로비에 서서 몇몇 사람들이 직원카드를 찍고 엘리베이터로 향하는 모습을 바라봤다.

아직 직원카드가 없는 서다래로서는 난감한 일일 수밖에 없었다. '카운터에 가서 물어봐야 하나?' 생각하고 있던 찰나였다.

어딘가에서 봤던 익숙한 얼굴이 서다래를 향해 다가오고 있었다.

"서다래 씨?"

정확히 자신의 이름을 부르며 다가오는 모습에 그녀의 머릿속에는 번뜩 떠오르는 얼굴이 있었다. 바로 차윤성과 식사를 했던 호텔에서 내려올 때 보았던 바로 그 남자였다. 지욱이라고 했던가?

"아! 안녕하세요."

강지욱은 서다래를 향해 명함을 한 장 건네며 다시 말했다.

"K토이 전략기획팀 부장 강지욱이라고 합니다."

'헉!'

그의 자기소개에 서다래는 순간 숨이 턱하고 막혀왔다. 부장이라니, 부장이라니!

이렇게 젊은 사람이 부장이라는 직급을 달고 있을 줄은 몰랐다. 그것도 자신이 일할 회사의 부장이라면 잠깐 스쳐 지나가면서 봤던 그때와는 판이하게 다른 상황인 것이다.

"이, 이렇게 다시……."

'이렇게 다시 만나 뵈니 반가워요.'라는 말을 더듬거리면서 하려는 찰나에 강지욱이 말을 잘랐다.

"따라오시죠."

서다래는 먼저 걸어가는 강지욱의 뒷모습을 따라 후다닥 쫓아가며 대답했다.

"네!"

그렇게 불편한 침묵을 지키며 둘은 엘리베이터 앞에 섰다.

분명 다른 사람들도 엘리베이터를 기다리고 있었던 것 같은데 강지욱이 올라서자마자 아무도 타는 사람이 없었다.

그래서 얼떨결에 엘리베이터 안에는 서다래와 강지욱 둘만이 타게 되었다.

강지욱의 이미지가 너무 차갑기 때문일까?

서다래가 엘리베이터 안의 공기가 숨이 막힐 것 같다는 생각을 할 때였다.

"자세한 설명은 못 들으셨죠?"

"네?"

"서다래 씨는 전략기획팀 사원으로 배정되었습니다."

서다래는 두 번째로 '헉!'하고 소리를 낼 뻔했다.

그냥 부장이라고 해도 깜짝 놀랐는데 그것도 같은 부서의 부장이란다. 놀라지 않을 수가 없었다.

"근무하다가 다른 부서로 이동도 가능하기 때문에 일하시다가 맞는 부서로 옮기셔도 무방합니다. 서다래 씨처럼 채용한 케이

스는 처음이라 아마 자세한 안내는 받지 못했을 겁니다."

"아, 네."

"서다래 씨는 3개월 계약직으로 근무하게 되는 거고, 급여 설명이라든가 더 자세한 내용은 부서에 들어가면 다른 분이 해 주실 겁니다."

"네에."

강지욱의 목소리는 감정이란 게 없는 것처럼 일정한 톤이었다. 그게 마치 로봇 같아서 서다래는 질문 한 번 하지 못한 채 그가 해 주는 설명을 얌전히 듣고 있을 수밖에 없었다.

너무나도 칼 같은 설명에 대답도 '네.'라는 것 이외에 선택지는 없는 것 같았다.

스으윽.

둘은 그렇게 엘리베이터에서 내려서 '전략기획팀'이라고 적혀 있는 사무실을 안으로 들어갔다.

"이번에 들어온 신입 사원입니다. 서다래 씨, 인사하세요."

"안녕하세요, 서다래라고 합니다. 잘 부탁드려요."

쑥스러운 인사를 하고 고개를 꾸벅 숙이고 들었는데 뭔가 이상했다. 생각보다 사람이 그리 많지 않은 사무실이었는데 서다래를 바라보는 사람들의 시선이 싸늘했다.

당황한 서다래가 잔뜩 긴장한 채 서 있으니 강지욱이 앞쪽에 앉아 있는 한 사원을 불렀다.

"소유진 씨."

"네, 부장님."

"유진 씨가 서다래 씨한테 자세히 설명 좀 해 주세요."

"네, 알겠습니다."

그렇게 말하고 강지욱은 부장실로 들어가 버렸고, 그가 설명을 해 달라고 부탁했던 소유진은 하던 일을 멈춘 채 책상에서 일어섰다.

일어선 소유진을 보고 서다래는 깜짝 놀랄 수밖에 없었다.

부드럽게 웨이브가 들어간 갈색 머리카락. 하얀색의 예쁜 블라우스에 까만색 플레어스커트가 잡지에서나 나올 법한 커리어우먼의 모습이었기 때문이다.

예쁘면서도 고급스러운 소유진의 모습과 가지고 있는 옷 중에서 가장 점잖고 깔끔한 옷을 그대로 입고 온 서다래는 급이 달랐다.

순간 위축된 서다래는 자신을 부르는 이름에 다시 고개를 번쩍 들었다.

"서다래 씨? 이쪽으로 들어오세요."

"네? 네!"

미팅룸으로 들어간 서다래는 소유진에게서 자세한 설명을 들을 수 있었다.

원래 정직원으로 채용되기 전까지 계약직 기간을 거쳐야 된다는 사실도 알았고, 급여 부분을 설명 들었을 때는 깜짝 놀라서 입이 벌어졌다.

아무리 대기업이라도 초봉은 적다는 말을 많이 들었는데 생각했던 것보다 수입이 꽤 많았다.

이것저것 설명을 하던 소유진이 마지막으로 다시 입을 열었다.

"원래 신입 사원은 초반에 일을 배우게 하고 익숙해질 때까지 업무를 맡기지 않아요. 그런데 서다래 씨 같은 경우에는 3개월 기간 동안만 근무를 하기 때문에 그 기간 안에 제대로 된 업무를 맡기는 힘들지도 몰라요. 섭섭해 하지 말라고 미리 말해 주는 거예요."

"아, 아니에요. 설명 감사합니다."

"그럼 나가죠. 서다래 씨 자리 안내해 줄게요."

그렇게 미팅실에서 나온 둘이 서다래의 자리를 향해 걸어갈 때였다.

"유진 씨!"

어떤 남자 사원이 소유진을 부르며 다가왔다. 덕분에 그녀를 뒤쫓아 걷던 서다래도 덩달아 그 자리에 멈춰 설 수밖에 없었다.

"무슨 일 있어요?"

"부장님이 신입 사원 이사님한테 인사드리게 하라는데?"

"이사님한테요? 오늘 웬일로 출근하셨대요?"

"낸들 아나."

"그런데 왜 다른 사람도 아니고 신입 사원을 이사님한테 인사시키래요?"

"글쎄?"

간단하게 나누는 얘기를 들어 보니 이사라는 사람은 회사에서 자주 얼굴을 보기가 힘든 듯했다.

소유진은 자신을 멀뚱멀뚱 바라보는 서다래를 향해 다시 말했다.

"다래 씨, 일단 이사님한테 인사드리러 같이 갔다 와요."

"아, 네."

얼마 후 서다래는 소유진의 뒤를 따라 '이사실'이라고 적혀 있는 곳에 도착했다.

입구부터가 고급스러워 보이는 이사실은, 지금까지 있던 사무실과 또 다른 느낌이었다.

똑똑.

소유진의 노크 소리에 안에서 목소리가 들렸다.

"들어와."

끼이익.

소유진이 먼저 문을 열고 안으로 들어갔다. 그 뒤를 따라 서다래가 조심스레 들어갈 때였다.

"어?"

안에서 보이는 익숙한 얼굴에 너무 놀라서 서다래는 입 밖으로 소리를 낼 수밖에 없었다.

"그쪽이 왜 여기에?"

"다, 다래 씨! 말조심하세요. 이사님한테 그쪽이라뇨?"

"에?"

서다래는 눈을 동그랗게 뜬 채 눈앞에 서 있는 남자를 바라볼 수밖에 없었다.

하얀 얼굴에 신비한 오렌지빛 눈동자.

커다란 창가 쪽에 서서 빛을 등지고 자신을 바라보고 있는 남자는 바로 차윤성이었다.

차윤성은 깜짝 놀라서 자신을 쳐다보는 서다래의 시선을 슬쩍 회피하며 나지막한 목소리로 말했다.

"둘이서 잠시 할 말이 있으니 그만 나가 보세요."

"예?"

차윤성이 내뱉은 말이 너무나도 뜻밖이었는지 소유진은 당황한 기색이 역력했다. 그녀는 서둘러 정신을 차리고 다시 대답했다.

"아, 네. 이사님."

끼익.

그렇게 소유진이 바깥으로 나가고, 가만히 서 있던 서다래가 잠시 후 입을 열었다.

"왜 말 안 했어요?"

"안 물어봤잖아."

"상상도 못 한 일인데 어떻게 물어봐요? 내가 얼마나 깜짝 놀랐는지 알아요?"

차윤성은 도대체 어디까지 자신을 놀라게 하려는 건지 모르겠다. 까도 까도 끝이 없는 양파처럼 만날 때마다 그녀를 놀라게 하고 있었다.

"어차피 같은 회사에서 근무하게 될 텐데 너한테 일부러 감추려고 한 건 아니야. 그저 말할 타이밍이 없어서 미리 말 못 했어."

차윤성은 K그룹의 장남이었다.

생각해 보면 이렇게 마주친 게 이상한 일이 아닐지도 몰랐다. 장남인 그가 K그룹 어딘가에서 일을 하고 있다는 건 어찌 보면 당연한 일이기도 했다.

하지만 같은 회사를 다닐 거라고는 전혀 예상하지 못했던 일이라 서다래는 깜짝 놀라고 말았다. 첫 출근으로 긴장하고 있었던 터라 더 놀랐는지도 몰랐다.

서다래는 놀란 마음을 진정시키며 차윤성을 쳐다봤다. 그런데 그가 이상하게 그녀와 눈을 마주치지 않고 있었다.

"그런데 갑자기 왜 그래요?"

"뭐가?"

"왜 날 안 쳐다봐요?"

"내가 언제?"

"봐요, 지금도 안 보고 있잖아요."

"……그런 거 아냐."

자신을 쳐다보지 않는 차윤성을 미심쩍은 표정으로 바라보다가 서다래는 '아!'하고 깨닫게 되었다.

생각해 보니 어제 막걸리를 마시고 필름이 끊겼다. 차윤성의 상태를 보아하니 어제 말도 안 되는 실수를 저질렀을지도 모른다는 생각이 들었다.

서다래는 방금 전과는 다르게 잔뜩 의기소침해진 목소리로 말했다.

"내가 혹시 어제 그쪽한테 실수했어요?"

"그런 거 없었어."

차윤성이 단칼에 아니라고 말하는 게 더 마음에 걸렸다. 얼마나 심한 추태를 부렸기에 이렇게 솔직하게 말도 못 해 줄까 싶었기 때문이다.

하지만 도무지 기억이 안 나기 때문에 그가 왜 자신의 얼굴을 쳐다보지 못하는지 서다래로서는 알 수가 없었다.

"저기, 내가 어제 실수한 게 있다면 미안해요."

"서다래, 네가 실수한 건 없어. 단지 내가……."

차윤성은 그답지 않게 말을 잠깐 멈췄다가 다시 나지막하게 말했다.

"그냥 이상해서 그래."

어두운 얼굴로 알 수 없는 말을 하는 차윤성을 쳐다보며 서다래는 고개를 기우뚱거릴 수밖에 없었다.

"어디가 이상한데요? 혹시 어디 아파요?"

걱정스럽게 물어 오는 서다래의 질문에 차윤성은 자신도 모르게 미간을 찌푸렸다. 그녀에게 말할 수가 없는 일이기 때문이었다.

어떻게 말을 할 수 있을까.

순간 이성이 날아가서 무방비한 너에게 키스를 할 뻔했다고 말이다.

"그러고 보니 당신 안색이 안 좋아요."

"그런 게 아니······!"

차윤성은 자신이 하려던 말을 채 끝까지 내뱉지도 못한 채 그 자리에 얼어버렸다.

스윽.

어느새 다가왔는지 서다래의 얼굴이 아주 가까웠다.

불쑥 다가와서 자신을 올려다보고 있는 그녀의 얼굴을 보자 순간 어젯밤의 그녀와 겹쳐 보이기 시작했다.

은은한 불빛 아래에 탐스러운 붉은 입술.

차윤성은 숨을 내쉴 수가 없었다.

가만히 멈춰 선 차윤성의 안색을 이리저리 살피며 서다래가 걱정스러운 목소리로 다시 말했다.

"불면증 때문에 그래요? 잠은 좀 자요?"

워낙에 하얀 피부에 잘생긴 얼굴이라 처음에는 그녀도 알아채지 못했지만 오늘 차윤성의 안색은 정말 어두웠다.

"······가."

금방이라도 끊어질 듯 내뱉은 차윤성의 낮은 목소리에 서다래는 다시 한 번 물어볼 수밖에 없었다.

"뭐라고요?"

차윤성이 재빨리 고개를 다른 방향으로 돌리며 다시 말했다.

"그만 가보라고, 서다래."

"갑자기 왜 그래요? 괜찮은 거예요?"

"정말 괜찮으니까 그만 가 봐."

이상한 차윤성의 반응에 서다래는 어리둥절했지만 차윤성은 이 회사의 이사였고 그녀는 오늘 첫 출근한 신입 사원이었다.

설령 아쉬운 마음이 든다 해도 그녀가 이사실에 오래 머무를 수는 없는 노릇이었다.

"알았어요. 그럼 이만 가 볼게요. 몸 관리 잘해요."

끼이익.

탁.

서다래가 나가고 이사실의 문이 닫혔다.

차윤성은 불그스름하게 변한 얼굴을 그제야 들어 올리고 서다래가 나간 문을 복잡한 눈빛으로 쳐다봤다.

잠시 그 자리에 서서 고민을 하던 차윤성이 혼잣말을 중얼거렸다.

"여자가 필요한 거야? 생전 이런 적 없었는데…… 차윤성, 왜 그러는 거냐 대체."

차윤성은 자신의 이 감정을 어떻게 받아들여야 할지 도무지 알 수가 없었다.

"다래 씨!"

서다래가 다시 사무실로 돌아오자 소유진이 유난을 떨면서 그녀를 불러 세웠다.

서둘러 서다래를 인적이 드문 곳으로 끌고 간 소유진은 비밀스러운 얘기라도 하듯이 조용히 말을 꺼냈다.

"아까 어떻게 된 거예요? 원래 이사님이랑 아는 사이예요?"

안 그래도 이사실에서 나오면서 이 질문을 받을 거라고 예상을 하긴 했었다.

그래서 여기까지 걸어오는 동안 차윤성과 자신의 사이를 어떻게 말해야 할지 고민을 할 수밖에 없었다. 평범한 사이라면 사실대로 말하면 되겠지만, 차윤성은 그게 아니었다.

'비 오는 날 다친 개인 줄 알고 구해 줬는데 그게 차윤성이더라.'라고는 차마 말할 수 없는 노릇이기 때문이다.

"그게, 이사님이랑 우연히 몇 번 마주친 적이 있어요."

"우연히? 어떻게요?"

소유진의 질문이 마치 K그룹의 장남인 차윤성과 네가 어떻게 우연히 엮일 수 있냐는 질문인 것 같아서 서다래는 멋쩍은 웃음을 지을 수밖에 없었다.

"예전에 아르바이트했던 가게에서 몇 번 본 적이 있어요. 그래서 얼굴을 알고 있었는데 이렇게 마주치니까 깜짝 놀란 거죠."

"어디서 아르바이트했는데요?"

"……라, 라면집?"

"라면집이요? 그럼 부장님은 어떻게 알고 이사님한테 인사시킨 거예요?"

생각지도 못한 소유진의 날카로운 질문에 그녀는 등 뒤로 식은땀을 흘리면서 주절주절 설명을 늘어놔야 했다.

"아, 딱 한 번 두 분이서 같이 가게에 오셨는데 그때 부장님이 제 얼굴을 기억하셨나 봐요. 저는 부장님은 딱 한 번 마주친 적밖에 없어서 못 알아봤는데, 이사님을 보고 나니까 생각이 나더라고요."

"뭐예요. 겨우 그런 거예요?"

"네, 그렇게 된 거예요."

"아까 분위기가 너무 이상해서 순간 오해할 뻔했어요."

소유진은 생각보다 너무 순순히 수긍을 했다.

아마 차윤성과 서다래를 엮어서 생각하기에는 무리가 있기 때문일 것이다. 사실 신데렐라 스토리가 흔한 것도 아니고 K그룹의 장남이 일개 사원과 깊은 관계일 거라고 의심하기에는 무리가 있었다.

이유가 어찌 됐든 간에 서다래는 속으로 안도의 한숨을 내쉬었다. 괜히 차윤성과 얽혀서 남들의 입에 올라가면 회사 생활이 안 좋아질 거라는 건 불 보듯 뻔한 결과이기 때문이다.

"사실 다래 씨도 봐서 알겠지만, 이사님이 워낙 잘생기셨잖아요."

"그, 그렇죠."

"그러다 보니 K토이에 근무하는 여자 직원이라면 대부분 이사님과 어떻게든 엮이고 싶어 하긴 해요. 비록 얼굴만 번지르르하다고 소문이 자자하지만 그래도 K그룹의 장남인데 그런 게 상관 있나요, 뭐. 혹시라도 잘되면 땡 잡는 거지."

"소문이요?"

"다래 씨야 오늘 처음 들어와서 모르겠지만, 차윤성 이사님이 솔직히 회장님 아들이라는 이유로 저 자리에 앉아 있는 거지 능력은 없거든요. 지각도 밥 먹듯이 하고 아예 출근을 안 하는 날이 더 많아요. 잠깐 사무실에 나와도 거의 잠만 자니까요."

"이사님이 사무실에서 잠을 잔다고요?"

서다래는 소유진의 말을 도무지 이해할 수가 없었다.

극심한 불면증 때문에 고생하는 차윤성이 사무실에서 잠을 잘 리가 없었기 때문이다.

"다래 씨만 알아둬요. 회사 다니다보면 자연스럽게 이런저런 얘기 많이 듣게 되겠지만."

"아, 네."

"그래도 아까 이사님한테 인사드리러 갈 때 나랑 같이 가서 다행이에요. 다른 여자 사원이었으면 벌써 오해해서 소문이 파다하게 났을 텐데."

"하, 하하하. 그러게요."

서다래는 어색하게 웃을 수밖에 없었다.

방금 전 꼬치꼬치 캐묻던 소유진도 어마어마하게 무서웠기 때문이다.

"이사님이 라면을 좋아한다니, 정말 뜻밖이네."

소유진은 혼잣말을 중얼거리더니 서다래를 향해 방긋 웃으며 다시 말했다.

"참, 다래 씨 자리는 저기예요."

소유진은 제일 구석에 있는 자리를 손가락으로 가리키고 있었다. 서다래는 그제야 자신의 자리를 확인할 수 있었다.

"그럼 수고해요."

"아 네, 감사합니다."

소유진은 짤막한 인사를 한 뒤 자신의 자리로 돌아가 다시 업무를 하는 모습이 보였다.

그렇게 서다래도 간신히 자신의 자리에 앉아볼 수가 있었다.

자리에 앉고 보니 책상에는 사원 서다래라고 적혀 있었다. 그 글자가 왠지 마음에 들어 그녀는 웃음이 났다.

회사 생활은 생각했던 것보다 훨씬 단순했다.

신입 사원이라 그런지 서다래가 하는 일이라고는 복사기에 종이가 떨어지면 A4용지를 채운다든가 전화를 받는 그런 손쉬운 일들 위주였다.

그중에 제일 적응이 되지 않는 건 커피 심부름을 할 때였다.

다들 그렇게 커피를 찾을 줄은 꿈에도 몰랐다. 서다래로서는 카페에서 아르바이트를 한 적은 있어도 커피를 사먹어 본 적은 몇 번 없었다.

학교 내에 있는 자판기를 이용하면 모를까.

그런데 여기 사람들은 하나같이 아침에도 마시고 점심 식사 후에도 커피를 마셨음에도 불구하고 오후가 되면 또 찾는 것이다.

덕분에 서다래는 사무실 제일 막내라는 이유로 지하 1층에 있는 카페에서 각자의 입맛에 맞는 커피들을 사다 날라야 했다.

"으으."

지금도 커피 네 잔이 들어가는 캐리어를 한 손에 두 개씩 들고, 마지막 한 개는 양손으로 간신히 받치고 있는 중이었다.

총 다섯 개의 캐리어를 든 서다래는 조금만 자세가 흐트러져도 쏟아질 것 같은 커피에 빨리 엘리베이터가 도착하기만을 기다렸다.

딩.

때마침 엘리베이터가 도착해서 문이 열렸다.

서다래가 조심조심 걸으며 엘리베이터 안으로 탑승했다. 양손이 커피 캐리어를 들고 있는 바람에 힘겹게 층수를 누르려고 손가락 하나를 세운 채 낑낑 거릴 때였다.

스윽.

갑자기 뒤편에서 불쑥 손가락이 나타나더니 그녀가 누르려고 안간힘을 썼던 층수를 눌러 주었다.

때맞춰 엘리베이터 문이 닫혔고 서다래는 커피를 들고 있던 터라 누군지 얼굴을 확인하진 못했지만 슬쩍 고개를 숙이며 말했다.

"감사합니다."

그런데 그때였다.

쿵쿵.

낯선 사람의 숨소리가 서다래의 바로 뒤편에서 느껴졌다.

순간 오싹 소름이 돋은 서다래는 등 뒤에 있는 누군가를 피하려다가 양손으로 간신히 지탱하고 있던 캐리어를 놓쳤다.

"앗!"

다급한 서다래의 외침과 동시에 엘리베이터 층수를 눌러 주었던 커다란 손이 순식간에 떨어지는 캐리어를 잡아챘다.

타악!

너무나도 빠른 손놀림에 서다래는 눈을 크게 뜨고 상대편을 바라볼 수밖에 없었다.

그는 색이 아주 연한 갈색 눈동자에 머리색 또한 아주 옅은 갈색이었다. 파마한 머리가 아주 잘 어울리는 그는 보자마자 잘생겼다는 생각이 머릿속에 강렬하게 드는 보기 드문 미남이었다.

원래 인체에 색소가 부족한 건지 옅은 머리색만큼이나 하얀 얼굴이 우두커니 서 있는 서다래를 향해 다가오더니 나지막한 목소리로 말했다.

"당신 이상하게 좋은 냄새가 나네요?"

5.
미안해지니까
고마워하지 마

서다래는 눈앞의 남자를 황당하게 쳐다볼 수밖에 없었다.

'조, 좋은 냄새가 난다고?'

평소 향수를 안 뿌렸는데도 좋은 향기가 난다는 건 칭찬이 틀림없었지만 처음 보는 사람한테 이런 식으로 듣는 건 절대 기분 좋은 일이 아니었다.

생긴 건 멀쩡하다못해 훤칠한데, 이상한 사람 아닌가 의심하며 그를 쳐다볼 때였다. 서다래의 표정이 변하는 걸 본 그는 자신의 잘못을 알아차린 건지 다급하게 말했다.

"저도 모르게 그만. 불쾌했다면 미안합니다."

너무나도 정중하게 나오는 태도에 얼떨떨하기는 했지만 서다래는 고개를 절레절레 저었다.

"아, 아니에요. 캐리어 잡아주셔서 감사해요."

그는 커피가 든 캐리어를 서다래의 양손 위에 다시 올려주고는 엘리베이터 제일 구석으로 가서 섰다.

정말 냄새를 안 맡기려도 하려는 듯 노력하는 행동이 아무래도 영 이상해서 신경이 쓰일 수밖에 없었다.

다행히 곧이어 엘리베이터가 목적지에 도착했다.

딩.

엘리베이터 문이 열리자마자 서다래는 서둘러 내렸다. 아무래도 뒤편에 있는 남자가 영 찜찜하게 느껴졌기 때문이다.

엘리베이터 문이 완전히 닫히기 전에 슬쩍 뒤를 돌아본 서다래는 깜짝 놀랄 수밖에 없었다.

문틈 사이로 눈이 마주친 그는 미간을 찌푸린 채 강렬한 시선으로 그녀를 바라보고 있었다. 마치 먹이를 노리는 맹수의 눈빛이라고 봐도 무방할 정도였다.

'뭐, 뭐야?'

그 모습에 당황한 건 서다래였다.

*　　*　　*

"여기서 뭐하시는 겁니까?"

엘리베이터를 타기 위해 다른 층에서 기다리고 있던 강지욱은 문이 열리고 보이는 뜻밖의 얼굴에 놀랄 수밖에 없었다.

더군다나 그는 평상시와 뭔가 상태가 달랐다.

무엇 때문인지 몰라도 힘줄이 보일 정도로 꽉 쥔 주먹이 이상해 보였다.

"이은호 도련님?"

다시 한 번 그를 부르는 강지욱의 목소리에 멍하던 이은호의 눈동자가 그제야 움직였다. 엘리베이터 밖에 서 있는 강지욱을 확인하고도 잠시 뜸을 들이던 그는 이내 나지막한 목소리로 대꾸했다.

"……아무것도 아닙니다."

무슨 일이 있었던 건지 일순 궁금증이 생기기는 했지만 강지욱은 그것을 입 밖으로 꺼내 물어보는 일은 하지 않았다.

아무런 일도 없었다는 듯 엘리베이터에 탑승한 강지욱은 오늘따라 이상하게도 멍해 보이는 이은호를 향해 다시 말을 건넸다.

"윤성 도련님 보러 오신 겁니까?"

"아시다시피 곧 총회가 있으니까요."

"벌써 시간이 그렇게 되었군요."

말을 하는 강지욱의 눈가에는 잠깐 살기가 어렸다가 순식간에 사그라졌다.

그런 강지욱을 바라보던 이은호가 말했다.

"곧 죽을지도 모르는 본가의 첫째 도련님을 돌보느라 고생이 많으십니다. 할아버님이 여전히 당신한테 관심이 많으시던데 후계자 다툼 따위에 끼지 말고 이쪽으로 넘어오는 건 어떻습니까?"

"말씀은 감사합니다만 사양하지요. 이게 제가 해야 할 일이라서 말입니다."

"우직한 모습 보기 좋긴 하지만 언제까지 사양만 하지 말고 다시 한 번 잘 생각해 보세요."

짤막한 대화를 나누는 사이에 엘리베이터는 차윤성이 있는 층에 멈춰 섰다.

강지욱이 고개를 슬쩍 숙이며 인사했다.

"그럼 조심히 가십시오."

가벼운 목례로 그의 인사를 받은 이은호는 막 엘리베이터를 내리려다가 순간 걸음을 멈췄다.

우뚝.

잠시 망설이던 이은호가 조심스레 물었다.

"아, 이곳에서 아주 냄새가 좋은 여자를 한 명 봤는데 누군지 아십니까?"

"냄새가 좋은…… 여자요?"

무슨 말인지 전혀 모르겠다는 강지욱의 말에 이은호는 고개를 저으며 혼잣말을 내뱉듯 조용한 목소리로 말했다.

"아닙니다. 당신은 고양이가 아니니 모를 수도 있겠군요."

그렇게 전혀 의미를 알 수 없는 말을 남겨 둔 채 이은호는 엘리베이터에서 내렸다. 좁은 공간에서 나오니 조금이나마 남아 있었던 그녀의 향기가 완전히 사라져 느껴지지 않았다.

그게 이상하게 아쉬워서 이은호는 발걸음이 쉽게 떨어지지 않았다.

화장기가 거의 없는 깨끗한 얼굴에 긴 생머리. 자신 때문에 놀랐는지 똑바로 올려다보던 커다란 눈망울.

그렇게 달콤하면서도 위험한 향기는 처음 맡아 보는 종류의 것이었다. 단 한 번 마주쳤을 뿐인데도 이상하게 잊히지가 않는다.

마치 온전히 그를 위해 만들어진 마약처럼 그녀의 체취는 순식간에 이은호를 빠져들게 했다. 조금만 자제력이 부족했어도 어떤 일이 벌어졌을지 스스로도 장담할 수가 없을 정도다.

이런 일이 처음이라 이은호 스스로도 적잖이 당황스러웠다.

그는 고개를 절레절레 흔들면서 잊히지 않는 그녀의 잔상을 지우기 위해 노력했다.

똑똑.

노크 소리에 차윤성은 자리에 앉은 상태에서 짤막하게 대꾸했다.

"들어와."

끼이익.

문이 열리며 들어온 사람은 방금 전 엘리베이터에서 강지욱과 마주쳤던 이은호였다.

탁.

그의 얼굴을 확인한 차윤성은 쥐고 있던 펜을 책상 위에 내려놓았다.

현재 수인족은 크게 두 가지의 분류로 나뉘어져 있었다. 그 분류는 동물로 변했을 때 모습이 강아지냐 고양이냐로 나눠진 것이었다.

강아지로 변하는 수인족의 수가 월등히 많아 그들의 수장격인 차윤성네 가문을 본가라고 불렀다. 반대로 그보다 적은 숫자인 고양이로 변하는 수인족은 분가라고 부르며 따로 분류했다.

이은호는 그런 고양이과 수인족을 대표하는 가장 진한 피를 가진 존재였다.

저벅저벅.

자리에서 일어난 차윤성은 말없이 커다란 가죽소파로 걸어가서 앉았다. 눈짓으로 반대편 자리를 가리키며 차윤성이 말했다.

"앉아."

이은호 또한 별다른 말없이 차윤성의 반대편에 앉았다.

"오랜만입니다. 첫째 도련님."

"반가운 사이는 아니지만 우리가 오랜만이긴 하지. 잘 지냈나?"

"저야 언제나처럼 잘 지냈습니다. 첫째 도련님은 요즘 어떻게 지내십니까?"

"알면서 뭘 물어봐. 너희 할아범이 나 아직도 살아 있나 확인해 보려고 보낸 거 아닌가?"

"오해하지는 마세요. 저희는 후계자 다툼에 관여하지 않은 채 중립을 지키고 있습니다."

"현재까지는 그렇다는 거 알고 있어."

차윤성이 내뱉은 현재까지라는 말이 의미하는 바는 컸다.

이은호는 속으로 쓴웃음을 지을 수밖에 없었다.

어쩌면 자신이 왜 여기까지 찾아왔는지 말하지 않아도 차윤성은 이미 눈치채고 있을지도 몰랐다.

아직까지 고양이과 수인족은 누구의 편에 서지도 않았지만 그들이 움직이게 되면 그로 인한 영향력은 상상 이상이었다.

"그럼 인사치레는 이쯤하고 본론부터 말씀 드리겠습니다."

"바라던 바야."

"제가 여기에 온 이유는 이번에 있을 총회 때문입니다."

"그럴 거라 예상은 했어. 네가 직접 찾아온 게 좀 뜻밖이기는 하지만."

"아무래도 이번 총회는 지금까지와 다르지 않겠습니까? 회장님 건강 상태가 안 좋은 이 시기를 그냥 지나칠 사모님이 아니니까요."

"우리 어머니가 기회를 한번 잡으면 놓치지 않는 분이시긴 하지."

차윤성의 얼굴에 걸린 웃음은 정말 재밌어서 짓는 미소가 아니었다. 이 자리에 앉아 있는 이은호 또한 그 웃음이 유쾌해서가 아니라는 사실은 잘 알고 있었다.

차윤성은 지금까지와 다르게 차갑게 가라앉은 눈으로 다시 물었다.

"내가 먼저 하나 묻지. 그런데 그걸 왜 너희 고양이들이 신경을 쓰는 거야? 후계자 다툼 따위는 관심이 없다면서. 내가 죽든 말든, 누가 후계자가 되든 상관없는 거 아니었어? 할아범이 늙더니 노망이라도 난 건가?"

그 말에 이은호의 미간도 알게 모르게 슬그머니 좁혀졌다.

"……노망이라니요. 그런 발언은 자제해 주시죠."

아무리 본가라고 해도 고양이과 수인족의 세력을 무시할 수는 없었다.

지금까지는 월등하게 둘째 도련님 쪽으로 판세가 기울어져 있기는 하지만 만에 하나 그의 할아버지가 차윤성의 편을 들어준다면 지금 후계자 다툼이 어떻게 변할지는 아무도 모르는 일이었다.

그렇기 때문에 둘째 도련님 측에서도 이은호와 그의 할아버지에게는 한 수 접어주는 실정이었다.

누구보다도 그런 사실을 잘 아는 차윤성은 오히려 분가인 고양이과 수인족들을 배척했다. 납득할 수 없는 일이었다.

그뿐이 아니다.

정말 이상한 것은 할아버지가 그런 차윤성을 더 눈여겨보고 있다는 점이었다.

차윤성에 관해서 납득할 수 없는 일은 한두 가지가 아니었다. 정황상 차윤성은 진즉에 죽어 없어져도 이상하지 않을 상황인데 아직까지 숨이 붙어 있다. 그 자체가 신기한 일이 아닐 수 없었다.

"자제하라?"

차윤성의 입가에 뚜렷할 정도로 비웃음이 지어졌다. 그는 싸늘한 눈빛으로 이은호를 쏘아보며 경고하듯이 말했다.

"감히 고양이 주제에 내게 함부로 발톱을 드러내지 마라."

이은호는 내색하지는 않았지만 자신을 향해 내뱉은 차윤성의 경고에 순간 울컥할 뻔했다. 하지만 그는 지금까지 그랬듯이 자신의 감정을 감춘 채 다시 입을 열었다.

"……명심하겠습니다. 할아버님께서는 회장님이 누워 계실 때 이런 식으로 후계자가 정해지는 걸 원하지 않습니다. 첫째 도련님이 원하신다면 저희가 도와 드릴 수도 있습니다."

"상관하지 마. 이건 본가의 일이다. 분가에서 개입할 일이 아니야."

"진심이십니까?"

"내가 여기서 거짓말을 말할 이유가 있나? 할아범한테도 그리 전해."

"알겠습니다."

차윤성이 자신의 제안을 거절할 것이라는 사실은 이미 대화를 나누면서 짐작했기에 놀랄 일은 아니었다.

다만 고양이과 수인족들이 둘째 도련님에게 힘을 보탠다면 지긋지긋했던 후계 다툼이 바로 끝이 날지도 모르는 일이었다.

그런데 차윤성은 그런 점은 조금도 신경 쓰지 않는 눈치다. 그게 이은호로서는 도무지 이해가 되질 않았다.

어찌 됐건 간에 거래는 깨졌다.

더 이상 할 말이 없는 이은호는 자리에서 미련 없이 일어섰다. 그는 마지막으로 차윤성을 향해 고개를 숙이며 말했다.

"몸 건강하십시오. 첫째 도련님."

그 말에 차윤성은 그저 피식하고 한 번 웃을 뿐이었다.

이은호가 보기에 이번 총회가 있기 전까지 차윤성은 반드시 죽는다.

이 기회를 버림으로써 당연히 벌어지게 될 일이었다.

이은호가 나가자 차윤성은 그대로 소파 위에 몸을 기댄 채 고개를 뒤로 젖혔다.

"후."

얼마나 잠을 자지 못했는지 아무리 수인족인 그라 해도 머리가 핑핑 돌 지경이었다.

굳이 이은호가 경고하지 않아도 이번 총회는 쉽게 넘어갈 수 없으리란 걸 차윤성 스스로가 가장 잘 알고 있었다.

하지만 설령 그렇다고 해도 분가의 힘을 빌릴 생각은 추호도 없었다. 그들의 힘을 빌려 쓰기 시작하면 결국엔 질서가 무너진다.

고양이는 믿을 수 없는 족속들이었다. 쉽게 곁을 내줘서는 안되는 존재들.

어찌 됐든 간에 지금 중요한 건 현재 몸 상태가 좋지 않음에도 불구하고 앞으로는 더 잠을 못 이룰 날들이 많아졌다는 사실이다.

이제는 자신을 노리는 암살자들 중에 고양이과 수인족이 생길지도 모르는 일이었다. 굳이 그들이 보태지 않더라도 지금까지와 비교할 수 없이 많은 손님들이 차윤성의 목숨을 노리고 찾아오겠지만 말이다.

'후계자 따위…… 난 줘도 안 갖는다고.'

애초에 그가 원한 싸움이 아니었다.

차윤성의 의지는 완전히 배제된 채 시작된 후계자 다툼이다.

어쩔 수 없이 소용돌이에 휘말렸지만 가능하다면 그는 이것을 벗어나고 싶었다.

*   *   *

—저번에 전화했을 때 회사에 취직했다며. 괜찮아? 잘 지내고 있는 거야?

"응, 엄마. 지금은 계약직이지만 나중에 대학교 졸업하면 정규직으로 취직이 될 수도 있어. 근무조건도 좋고 급여도 세서 아르

미안해지니까 고마워하지 마 183

바이트할 때보다 많이 편해졌어."

―정말 다행이다. 원래 큰 애가 잘돼야 아래 동생들도 따라서
다 잘되는 거야. 네가 항상 잘해야 돼. 그래야 동생들이 너보고
배우지.

서다래가 어렸을 때부터 늘 들어왔던 말이다.

"알았어. 걱정 마."

예전에는 이런 말이 부담스럽게만 느껴졌지만 지금은 그저
오랜만에 듣는 엄마의 목소리가 좋아서 서다래의 입가에는 미소
가 떠날 줄을 몰랐다. 그러다가 문득 떠오른 생각에 그녀가 물었
다.

"참, 아버지 건강은 요새 어때? 좀 괜찮아지셨어?"

―모르겠다. 갈수록 더 안 좋아져서 요즘엔 제대로 일도 못
나가고 있어. 어떻게 해야 될지…….

"큰일이네. 엄마가 많이 힘들지는 않아? 참, 나 이번 달에 여유
가 좀 될 것 같은데 월세는 안 보내줘도 돼."

사실 이 말은 거짓말이었다.

차윤성이 도와준 덕분에 계속 고민하던 등록금도 해결하고
좋은 회사에 취직할 수 있었던 건 사실이지만 그녀가 당장 여윳
돈이 있는 건 아니었다. 아직 월급도 받기도 전이기 때문이다.

그래도 당장 생활환경이 나아졌으니 가능하면 집에다가는 손
을 벌릴 일은 줄이고 싶었다.

―아유, 다행이다. 안 그래도 그것 때문에 내내 걱정하고 있었

는데.

안도의 한숨을 쉬는 엄마를 보며 서다래는 자신이 조금 더 힘들더라도 이렇게 말하길 잘했다는 생각이 들었다.

곧이어 수화기에서 들리는 엄마의 목소리가 다시 이어졌다.

―다영이가 다래 네 반만이라도 닮았으면 얼마나 좋을까.

"왜 그래? 다영이가 또 사고 쳤어?"

―이번에 학교에서 또 연락이 왔는데 엄마가 면목이 없어서 이제는 뭐라고 할 말도 없어.

"다영이한테 나중에 나한테 전화 한 번 하라고 전해 줘, 엄마. 내가 한 번 잘 말해볼게."

서다래는 휴대폰을 붙잡고 꽤 오랫동안 엄마와 통화를 했다.

귓가에 닿은 휴대폰이 아주 뜨끈뜨끈해질 때까지 잡고 있었음에도 불구하고 아쉬운 마음에 간신히 전화를 끊을 수 있었다.

"응, 내 걱정 말고 조심히 들어가, 엄마."

뚝.

전화를 끊고 서다래는 창밖을 내다보며 자신도 모르게 한숨을 푹 내쉬었다.

"하아."

엄마와 통화를 하는 건 너무 좋았지만 그만큼 걱정 되는 일들이 늘어나는 건 어쩔 수가 없었다. 멀리 떨어져 있는 탓에 직접적으로 뭔가 도움을 줄 수 없다는 게 늘 마음에 걸렸다.

물끄러미 창밖을 쳐다보다가 시간이 꽤 지난 것 같아 무심코 시간을 확인해봤더니 곧 점심시간이 끝나간다는 사실을 알아차릴 수 있었다.

"이크!"

타닥타닥.

서다래가 후다닥 비상계단에서 내려와 바깥으로 나갔다.

서둘러 사무실을 향해 복도를 걷고 있는데, 그녀의 눈에 반대편에서 걸어오는 한 남자가 들어왔다. 긴 팔다리에 환상적인 비율을 지니고 있는 그는 멀찌감치에서도 자신의 존재감을 확실히 뽐내고 있었다.

가능하면 회사 안에서 마주치지 않기를 간절히 바라고 바랐던 바로 차윤성이었다.

며칠 회사를 다녀본 결과 알아낸 게 있다면 차윤성과 얽히는 순간 회사 생활은 끝이었다. 완전히 끝.

차윤성의 인기란 생각보다 엄청난 것이어서 그와 자그마한 스캔들이라도 났다간 이 회사에 근무하는 모든 여직원들을 적으로 돌리는 것과 다름이 없었다.

재빨리 방향을 바꿔서 다른 길로 돌아가려는데 때마침 차윤성도 그녀를 발견했는지 서다래를 향해 막 말을 건네려고 했다.

'앗!'

문제는 몸을 돌린 방향에서 멀지 않은 곳에 서 있는 소유진을 발견했다는 것이다.

안 그래도 저번에 이사실에 소유진과 함께 갔을 때 오해를 받을 뻔했었다. 이번에 차윤성이 그녀에게 먼저 인사하는 걸 보기라도 한다면 큰일이었다.

한 마디로 완전히 엎친 데 덮친 격이었다.

'큰일 났다!'

순간 머리를 빠르게 회전한 그녀는 차윤성과 눈이 마주쳤음에도 불구하고 매몰차게 시선을 회피한 채 소유진이 있는 방향으로 뛰어갔다.

획.

타다다닥.

차윤성이 자신에게 아는 척을 하기 전에 선수를 쳐서 소유진에게로 피한 것이었다. 급하게 뛰어온 탓에 서다래가 거친 숨을 내쉬며 소유진에게 말했다.

"어, 어디 가시는 길이에요?"

"다래 씨? 안 그래도 잘 만났어요!"

뭔가 시킬 일이 있었는지 자신을 반갑게 맞아주는 소유진을 보며 서다래는 속으로 안도의 한숨을 내쉬었다.

잠시 숨을 고른 서다래가 소유진을 바라보며 다시 물었다.

"무슨 일 있어요?"

"로비에서 받아올 물건이 있는데 혼자 들기는 힘들어서요, 다래 씨가 좀 도와줄래요?"

"그럼요. 같이 내려가요."

그렇게 소유진의 부탁을 수락할 때까지는 위기를 넘겼다는 생각에 서다래는 기분이 좋았었다.

그런데 소유진과 자신이 엘리베이터를 타려고 함께 기다리고 있자니 갑자기 가던 방향을 틀고 차윤성이 이곳을 향해 다가오는 것이 아닌가.

저벅저벅.

다가 온 차윤성을 보고는 소유진이 수줍게 웃으며 인사를 건넸다.

"어머! 이사님, 안녕하세요. 요즘 자주 출근하시네요."

소유진의 인사에 차윤성은 살짝 고개를 숙여 인사를 받는 제스처를 취했다. 그리고 그의 시선은 자연스럽게 옆에 있는 서다래를 향해 옮겨갔다.

꿀꺽.

찌를 듯이 쳐다보는 차윤성의 시선에 서다래가 조심스럽게 말했다.

"안녕하세요, 이사님."

그 말에 차윤성이 미간을 살짝 좁혔을 뿐 다행히 더 이상 별다른 말은 하지 않았다.

서다래로선 그가 자신을 아는 체하지 않아줘서 얼마나 안심했는지 몰랐다. 그녀는 남몰래 놀란 가슴을 쓸어내려야 했다.

그렇게 셋이서 함께 엘리베이터를 타게 됐다.

딩!

소유진은 1층에 도착하자 서둘러 엘리베이터에서 내리곤 두

리번거리며 주위를 둘러봤다. 내려오기 전에 이미 로비에 도착해서 기다리고 있다는 전화를 받았기 때문이었다.

소유진이 걸음을 빨리하며 서다래를 향해 말했다.

"다래 씨, 큰 박스는 하나씩 들고 작은 거는…… 어머?"

문득 이상해서 뒤를 돌아보니 당연히 뒤따라 온 줄 알았던 서다래가 보이질 않았다.

"다래 씨가 어딜 간 거지?"

서다래는 여전히 엘리베이터 안에 있었다.

그녀가 막 소유진의 뒤를 따라 내리려던 찰나였다.

타악!

갑자기 차윤성이 그녀의 손목을 붙잡았다.

"뭐, 뭐하는 거예요? 어서 놔요."

서다래가 눈을 크게 뜨고 입모양으로 자그맣게 속삭여봤지만 차윤성은 잡은 손을 놓지 않았다. 그렇게 차윤성에게 붙잡혀서 차마 빠져나가지 못한 채 엘리베이터 문이 닫혔다.

스으윽.

완전히 문이 닫히고 단둘만 남게 되자 서다래가 차윤성을 향해 다급한 목소리로 말했다.

"여기서 날 붙잡으면 어떻게 해요?"

"왜 모른 척하는 거야?"

"이봐요, 이사님."

"말해."

"우, 우선 이것부터 놓고 얘기해요."

좁은 엘리베이터 안에서 남의 눈을 피해 단둘이 있다는 게 뭔가 묘해서 서다래는 일단 이 손부터 놓고 싶었다. 만에 하나라도 누가 본다면 뭐라고 변명을 한단 말인가. 변명조차 할 수 없는 상황이었다.

그런 서다래의 마음을 모르는지 차윤성이 단호하게 말했다.

"싫어."

생각지도 못한 말에 서다래는 눈을 동그랗게 뜨고 다시 물어볼 수밖에 없었다.

"뭐라고요?"

"네가 하는 대답을 먼저 듣고 이 손은 그다음에 생각해볼게."

"이 좁은 데서 도망갈 데도 없는데 좀 놔줘요."

"도망갈 데가 없다고?"

미묘한 표정을 짓던 차윤성은 서다래를 잡지 않은 다른 손으로 엘리베이터에 있는 버튼을 눌렀다.

철컹!

엘리베이터가 크게 한 번 출렁거렸다.

서다래가 두 눈을 크게 뜨고 그를 올려다볼 수밖에 없었다.

"뭐한 거예요?"

"잠깐 멈춰놨어. 네 말대로 도망갈 수 없도록."

"자, 장난해요, 지금?"

"나랑 같이 있는 모습을 다른 사람들한테 숨기고 싶어 하는 것 같아 신경 쓴 거야. 싫으면 작동할까? 단, 중간에 누가 엘리베이터를 눌러서 문이 열려도 난 모르는 일이야."

"아, 알았어요. 이대로 얘기해요."

차윤성은 분명 얼마 전까지만 해도 서다래만 보면 이상한 감정이 들어서 그녀를 멀리하고 싶은 마음도 있었다. 하지만 그녀가 시선을 피하는 순간 도망가는 먹잇감을 쫓는 사냥꾼처럼 앞뒤재지 않고 달려와 버렸다.

그러니까 일단은 알아야 했다.

차윤성은 서다래가 자신을 피하는 이유를 알고 싶었다.

"뭐야? 날 모르는 척하는 이유가?"

"그게 말이죠, 그게……."

서다래도 솔직하게 말하고 싶었다.

하지만 당사자 앞에서 '당신이 인기가 너무 많아서 그쪽이랑 아는 사이란 게 들통 나면 다른 여자들이 날 가만히 내버려 두지 않을 거예요.'라고 말하기에는 차마 입이 떨어지질 않았다.

"끄응."

대체 어떻게 표현을 해야 할지 몰라서 머리를 쓰다 보니 서다래의 표정이 복잡하게 변했다.

"뭐가 그렇게 복잡한 건데? 내가 이사라서 나랑 아는 척하는 게 곤란한 거야?"

"그래요, 그거예요! 알고 있으면서 나한테 왜 물어본 거예요?"

"설마했으니까. 나랑 아는 척하면 곤란할 수도 있지만 오히려 좋을 수도 있다고 생각했어."

"좋을 수도 있다고요?"

"상사랑 친한 게 무조건 불리한 건 아니니까."

"당신은 모르겠지만 그게 다른 상사면 몰라도 그쪽은 절대 아닐 걸요."

서다래는 그와 이렇게 친분이 있다는 사실이 밝혀졌을 때 사람들이 지을 얼굴을 떠올려 보곤, 자신도 모르게 고개를 절레절레 저을 수밖에 없었다.

"그런데 나랑 이렇게 안면 몰수하는 건 계약 위반 아니야?"

"이게 무슨 계약 위반이에요?"

"불면증 치료해 주기로 했잖아. 이렇게 되면 회사에서 볼 수가 없는데 치료는 어떻게 할 생각이야?"

"참, 안 그래도 물어보려고 했는데. 어때요? 요즘에도 잘 못 자요?"

걱정스럽게 자신을 올려다보는 서다래의 눈빛에 차윤성은 자신도 모르게 낮게 웃음을 터뜨렸다.

"지금 내 걱정해 주는 거야?"

그 모습이 왠지 자신을 놀리는 것 같아서 서다래는 뾰로통하게 대꾸했다.

"하지 말까요?"

"요새 잠을 통 못잔 건 사실이야. 덕분에 컨디션이 좋지가 않아.”

　총회다 뭐다 요즘에 부쩍 신경 쓸 일이 늘어나서 가뜩이나 심한 불면증에 불을 지핀 것은 사실이다.

　하지만 너무 매몰차게 모르는 척하는 서다래가 괘씸해서 내뱉은 말이지 불면증 치료에 정말 그녀가 도움이 될 거라는 생각은 하지 않았다.

　서다래의 자취방에서 지낼 때 며칠간 잠을 잘 잤던 건 사실이었지만 그건 우연일 뿐이다. 불면증 치료라는 건 서다래가 회사에 들어오게 하기 위해 그냥 둘러댄 말이었다.

　그런 사실을 전혀 알 리가 없는 서다래는 차윤성을 향해 눈을 빛내며 진지한 목소리로 말했다.

　“안 그래도 사실 내가 어떻게 도와줘야 도움이 될까 고민했어요. 정말 도움이 될지 모르겠지만 내가 그쪽한테 받은 게 많으니까 최선은 다해볼 생각이에요.”

　서다래의 결의에 찬 모습을 보며 차윤성이 피식하고 웃을 뿐이었다.

　덥석!

　그런데 가볍게 듣고 마는 차윤성의 손목을 이번에는 서다래가 잡아채며 진지한 목소리로 말을 했다.

　“일단 이따가 제가 몰래 이사실로 갈게요.”

　무슨 작전회의라도 하듯이 작게 속삭이는 그녀의 말을 듣고 차윤성의 머릿속에는 순수하게 의문이 떠올랐다.

"······왜?"

"불면증에 좋은 것들을 좀 공부했어요. 조금이라도 도움이 될지 몰라요."

지금까지 차윤성은 안 가본 병원이 없을 정도로 불면증을 치료하기 위해 노력했었다. 그래도 고쳐지지 않았던 지독한 놈이다.

서다래가 어떤 생각을 하고 있는지 몰랐지만 실상 차윤성의 불면증을 고치기에는 무리가 있었다. 하지만 그는 자신을 진지하게 올려다보며 말을 하는 서다래를 향해 기대된다는 표정으로 말했다.

"잘 부탁해, 서다래."

*   *   *

차윤성은 서다래의 말대로 이사실에서 얌전히 앉아 그녀를 기다렸다.

그는 후계자 자리에 욕심이 없었기에 일부러 회사 안에서 일을 하지 않았다. 남들이 자신을 볼 때 무능력하고 게으르다고 판단하기를 원했으니까. 그런 이유로 회사 안에서는 자유롭게 움직이기가 힘들어서 출근도 자주 하지 않았었다.

그렇게 언제나 자신을 감추느라 지루했던 회사 생활이지만 오늘은 그 정도가 심했다.

다른 날들과 달라진 게 전혀 없음에도 이상하게 오늘따라 일 분일초가 너무나도 느릿하게 흘러가고 있었다.

째깍째깍.

자꾸 시선이 가던 벽걸이 시계는 현재 오후 여섯 시를 가리키고 있었다. 점심시간 즈음 만나서 이사실에 오겠다던 서다래는 이렇게 퇴근 시간이 가까워질 때까지 코빼기도 비치지 않았다.

차윤성이 슬슬 그녀를 기다리는 것을 그만두려고 할 때 즈음이었다.

뚜벅뚜벅.

갑자기 들려오는 발걸음 소리에 차윤성의 고개가 닫혀 있는 문으로 향했다. 평범한 사람이라면 들리지 않을 미세한 소리였지만 차윤성의 귀에는 누군가가 다가오는 발걸음 소리가 또렷이 들려왔다.

혹시나 하는 생각이 든 그가 문을 향해 다가갔다.

벌컥!

문을 활짝 열어젖히니 그 앞에 엉거주춤하게 서 있는 서다래의 모습이 보였다.

그녀를 보자마자 차윤성이 잔뜩 불만스러운 목소리로 말했다.

"왜 이제와?"

갑자기 열린 문에 깜짝 놀랐는지 서다래가 눈을 동그랗게 뜨고 차윤성을 올려다봤다.

그러다가 퍼뜩 깨달은 사실에 서다래는 서둘러 주변을 한 번 살펴보고는 차윤성을 이사실 안으로 밀어 넣은 채 문을 닫았다.

　달칵.

　단둘이 있게 돼서야 서다래는 차윤성을 바라보며 말했다.

　"나 놀래키는 데 취미 있죠?"

　"그건 또 무슨 소리야?"

　"거기서 그렇게 문 열고 나오는 사람이 어디 있어요? 다른 사람이라도 나오는 줄 알고 얼마나 깜짝 놀랐는데요."

　"걱정 마. 나도 네가 곤란해지는 일을 만들고 싶지는 않으니까."

　엘리베이터에서 단 한 번 자신의 상황을 말했을 뿐인데 생각보다 그녀의 입장을 잘 이해해 주는 차윤성의 말에 서다래가 의외라는 눈빛으로 쳐다봤다.

　사실 서로 입장이라는 게 다른 것이라서 그러면 '굳이 이렇게까지 해야 하나?'라는 생각이 들지도 모르는 일이었다. 그럼에도 불구하고 그녀를 먼저 생각해 주는 마음이 고맙게 느껴질 수밖에 없었다.

　"뭔가 아주 마음에 드는 태도인데요?"

　"그럼 지금까지는 마음에 안 들었다는 거야?"

　"조금?"

　차윤성의 정색에 서다래가 풋하고 웃음을 터뜨렸다.

　서다래는 넓은 소파로 가서 앉으며 멀뚱히 서 있는 차윤성을 향해 자신의 옆자리를 툭툭 치며 말했다.

"일단 이리 와서 앉아 봐요."

차윤성은 군말 없이 그녀가 시키는 대로 소파에 가서 앉았다.

털썩.

그러자 서다래는 자신이 가지고 온 쇼핑백에서 이런저런 물건들을 몇 개 꺼내기 시작했다.

그녀가 하는 행동을 물끄러미 바라보던 차윤성이 물었다.

"이것들은 다 뭐야?"

"뭐긴 뭐겠어요. 당신 불면증에 도움이 될 만한 물건들이죠."

어디에서나 흔하게 볼 수 있는 물건들에 차윤성은 다시 한 번 재차 물을 수밖에 없었다.

"이게?"

"네, 일단 드세요."

서다래는 말을 하며 차윤성의 앞으로 흰 우유 한 팩을 내밀었다.

그걸 얼떨결에 받아서 손에 쥐고 나니 차윤성은 그녀가 우유를 따뜻하게 데워왔다는 사실을 알아차렸다.

"이거 혹시 우유가 불면증에 좋다고 해서 가져온 거야?"

"그럼요."

"제법인데?"

"아직 효과도 못 봤는데 그런 말은 너무 이르죠."

서다래의 말이 마치 그의 불면증을 치료하기 위해 계속해서 노력해 보겠다는 의지가 담긴 것 같아 차윤성은 마음이 무거워졌다.

사실 차윤성은 따뜻한 우유뿐만이 아니라 불면증에 좋다는 값비싼 차들을 지금까지 셀 수도 없이 마셔봤다. 그렇기에 차윤성은 그녀와 달리 애초에 불면증을 치료할 거라는 기대를 하지 않았었다.

그럼에도 불구하고 서다래가 여기로 오는 것을 막지 않았던 이유는 그녀가 자신을 걱정해 주는 게 싫지 않았기 때문이다.

차윤성은 손에 든 우유팩을 만지작거리며 생각했다.

'따뜻하다.'

분명히 처음에는 서다래를 회사에 들어오게 하기 위해 만든 핑곗거리에 불과했으나 지금은 그것과 다른 의미로 불면증이 고쳐지지 않을 거라는 사실을 밝히기가 싫었다.

"잘 마실게."

그렇게 차윤성은 뜨거운 우유를 조금씩 마시기 시작했다. 그러다가 문득 생각난 듯이 그가 물었다.

"아예 퇴근하고 온 거야?"

"아니요, 사실 오늘따라 일이 많아서 중간에 자리를 비울 수가 없었어요. 눈치껏 보다가 빠져나온 게 이 시간인 거고, 퇴근은 사무실에 돌아가서 좀 더 있다가 하려고요. 그런데 그건 왜 물어요?"

"집까지 데려다줄까 해서."

"불면증이라면서 운전을 할 생각이에요?"

"그게 운전이랑은 상관없잖아."

"상관있어요."

단호한 서다래의 말에 차윤성은 순간 아무 말도 못한 채 고개를 저을 수밖에 없었다.

몇 날 며칠 잠을 못 잔 상태로도 암살자들을 버텨내며 살아남은 차윤성이다. 그깟 운전쯤 아무것도 아니라고 말하고 싶었지만 서다래에게 그런 사실들을 구구절절이 말할 수도 없는 노릇이라 입을 다물 수밖에 없었다.

"운전하고 싶으면 조금이라도 자고 해요. 말 나온 김에 우유 다 마셨으니 잠깐 누워 볼래요?"

"여기서?"

"잠을 못 자더라도 누워서 좀 쉬어요. 당신 많이 못 잔 거 아니에요? 지금 그쪽 얼굴 완전 좀비나 다름없어요."

"좀비라니. 그건 너무 비약하는 거 아닌가."

최고급으로 제작된 값비싼 침대에서도 잠을 못 이루는 차윤성이다.

불편한 가죽소파에 누워서 절대로 잠을 이룰 리가 없다고 생각했지만 별다른 말없이 그녀가 시키는 대로 따랐다.

스으윽.

대충 소파에 몸을 누워보니 서다래의 자취방에서 지낼 때 생각이 났다. 사실 그때는 소파가 아니라 얇은 이불 하나 깔아 놓은 방바닥에서도 잘만 잤었다. 그 전에도 그 후로도 그런 적은 없었지만 그때가 문득 떠올랐다.

누워 있는 차윤성의 위로 서다래가 가지고 온 귀여운 캐릭터가 그려진 핑크색 담요가 덮여졌다. 그녀가 하는 행동을 물끄러미 누워서 바라보던 차윤성이 핑크색 담요를 흘긋거리며 말했다.

"내 취향은 아닌데 말이야."

"일단 따뜻한 음료를 마시고 몸을 따뜻하게 해서 눕는 게 기본이래요."

"알았어."

"눈 감아요."

스륵.

그녀가 시키는 대로 차윤성은 눈을 감고 다시 입을 열었다.

"……갈 거야?"

"조금만 더 있다가요."

"오늘 가능하면 내가 데려다주고 싶은데 퇴근하고 다시 올래?"

"괜찮아요. 괜히 돌아다니지 말고 그쪽이나 좀 쉬어요. 나 처음 출근했을 때부터 안색이 많이 안 좋았던 거 알아요?"

"그런가?"

"일단 불면증은 스트레스 때문일 확률이 크대요. 그래서 예민한 사람이 더 많이 걸린다는데, 자꾸 신경이 쓰이는 일이 있는 거예요?"

차윤성은 가끔 자신의 몸이 두 개면 좋겠다고 생각될 만큼 정신없이 바쁘고 생각해야 할 게 많았다. 그래야 살아남을 수 있었으니까.

그렇다고 그런 사실을 있는 그대로 말할 수는 없었기에 차윤성은 서다래의 질문에 대한 대답을 하지 않은 채 딴청을 부리며 말했다.

"날 이렇게 눕혀놓고 토닥토닥 거린다거나 자장가는 안 불러주는 거야?"

차윤성의 짓궂은 말에 서다래가 얼굴이 붉어져선 황급히 말했다.

"어린애도 아니고 정말 별걸 다 바라는 거 아니에요?"

당황한 서다래의 목소리에 차윤성은 여전히 눈을 감은 채로 피식하고 자그맣게 웃으며 말했다.

"지금 충분히 어린애 취급당하고 있다고 생각했는데 말이지."

그때였다.

스르륵.

차윤성의 이마 위로 따뜻한 서다래의 손이 얹혀졌다.

말을 꺼낸 건 분명 그였지만, 설마 정말 해 줄 줄은 몰랐기에 순간 놀랄 수밖에 없었다.

"쉬잇. 더 이상 말하지 말고 그냥 누워서 좀 쉬어요. 수면을 방해하는 건 생각이 많기 때문이에요."

그저 이마 위에 손이 하나 올라갔을 뿐인데 그녀의 손에서 느껴지는 따뜻한 온기가 기분 좋았다. 서다래의 목소리를 들으며 이렇게 누워 있는 게 썩 나쁘지 않다는 사실을 깨달을 수 있었다.

아니, 사실 생각보다 너무나도 편안한 느낌이 들었다. 그동안 머릿속을 꽉 채웠던 고민들이 지금 이 순간만큼은 마치 남의 이야기처럼 멀게 느껴졌다.

그렇게 깜깜한 어둠이 편안하다고 느끼며 차윤성은 거짓말처럼 잠에 빠졌다.

반짝.

잠시 정신을 잃었던 차윤성이 감았던 눈을 뜨며 깜짝 놀랄 수밖에 없었다.

지금까지의 고생이 허탈하게 느껴질 정도다.

이 불편한 소파에서 잠깐 졸았다는 사실이 스스로 믿겨지지 않았다.

스르륵.

고개를 돌려보니 반대편에는 여전히 서다래가 앉아 있었다.

누워 있던 몸을 일으키며 차윤성은 확실히 잠깐 졸았던 게 도움이 된 건지 방금 전보다 훨씬 가벼워진 몸을 느꼈다.

"내가 깜빡 졸았네. 사무실에 다시 돌아가 봐야 되는 거 아니야?"

"퇴근은 이미 훨씬 전에 하고 온 거예요. 잘 잤어요?"

서다래의 말에 차윤성이 뭔가 이상하단 생각이 들어 벽걸이 시계를 쳐다봤다.

시계는 어느새 저녁 열한 시를 가리키고 있었다.

"말도 안 돼. 내가 네 시간 이상 잤다고?"

서다래가 온 게 여섯 시쯤이었다. 최소한 네 시간정도는 잠에 빠졌다는 사실이 믿겨지지 않았다.

패닉 상태에 빠져 있는 차윤성을 바라보다가 서다래가 말했다.

"생각보다 따뜻한 우유를 마신 게 도움이 됐던 것 같아서 뿌듯하네요."

"그럴 리가……."

한낱 우유 따위가 자신의 수면에 도움이 될 리가 없다는 건 본인이 가장 잘 알았다.

차윤성이 복잡한 눈빛으로 서다래를 바라보며 다시 말했다.

"진짜 잘 줄은 몰랐는데……."

믿을 수 없다는 듯이 중얼거리는 차윤성의 말에 서다래가 자신만만하게 웃으며 말했다.

"그러게요, 좀 걱정했는데 이렇게 도움이 됐네요?"

아무것도 모르고 환하게 웃는 그녀를 바라보며 차윤성은 이 상황이 납득이 되질 않아 혼란스러웠다.

대체 이유가 무엇일까?

그녀의 자취방에서 거짓말처럼 불면증이 사라졌던 것은 그저 우연이 아닐지도 모른다는 생각이 처음으로 들었다.

"그쪽이 너무 잘 자길래 깨우지도 못하고, 어떻게 해야 되나 고민이 돼서 기다렸어요. 이제 일어났으니까 시간이 늦어서 먼저 가 볼게요."

막 일어서려는 서다래를 차윤성이 다급하게 불렀다.

"잠깐 기다려. 데려다줄게."

"괜찮아요, 지하철 타면 금방이에요."

"됐어. 나 때문에 늦었는데 이 시간에 너 혼자는 못 보내."

"그래도 그쪽은 더 쉬는……."

서다래의 말을 자르며 차윤성이 대답했다.

"아까는 잠을 좀 자면 운전해도 된다며."

그런 말을 한 건 사실이었기 때문에 서다래도 순간 할 말을 잃었다.

그렇게 혼자 가려던 서다래는 결국에 차윤성의 차에 올라타고야 말았다.

탁.

서다래는 조수석에 앉아서 습관처럼 안전벨트를 매려고 할 때였다. 그런데 이상하게도 오늘따라 안전벨트가 쉽게 내려오질 않았다.

"왜 이러지?"

서다래가 안전벨트가 있는 쪽으로 몸을 돌릴 때였다.

"가만히 있어봐."

어느새 운전석에 탄 건지 차윤성의 낮은 목소리가 뒤편에서 들려왔다.

가까운 그의 목소리에 서다래의 몸이 순간 경직되어서 옴짝달싹 못한 채 그대로 멈췄다. 그러자 긴 팔이 불쑥 나타나서 서다래의 안전벨트를 잡고 아래로 내려주었다.

덕분에 차윤성의 상체가 그녀 쪽으로 기울어져서 밀착이 될 수밖에 없었다.

그와 닿은 어깨 부근이 불에 대기라도 한 듯 뜨거워졌다.

찰나의 순간 너무나도 가까이 들리던 차윤성의 숨소리. 그리고 그의 시원한 향수 냄새가 순간 서다래를 어지럽게 만들었다.

두근두근.

갑자기 서다래의 가슴이 뛰기 시작했다.

"고, 고마워요."

서다래는 자신의 심장 소리에 깜짝 놀라 두 손을 가슴에 올려둘 수밖에 없었다. 너무나도 크게 요동치는 심장 소리가 자칫 잘못하면 차윤성의 귓가에도 들릴지 몰랐기 때문이다.

"차, 창문 좀 열어도 되죠?"

"더워? 에어컨 틀어줘?"

"아뇨, 바람 좀 쐬고 싶어서요."

지이잉.

차가 출발하고 시원한 바람을 맞으니 서다래의 손아래에서 빠르게 뛰던 심장이 서서히 정신을 차리기 시작했다. 마음이 좀 가라앉자 서다래는 새삼스럽지만 운전하는 차윤성의 옆모습을 몰래 힐끔 쳐다봤다.

처음 만나는 순간부터 느낀 거지만 이 남자 엄청 잘생겼다.

남자인데도 불구하고 눈처럼 새하얀 피부에 베일 것 같이 날카로운 턱 선. 무심한 듯 바라보는 눈동자는 분명 여자의 시선을 빼앗는 무언가가 있었다.

서다래는 자신의 손 아래에서 빠르게 뛰던 심장 박동을 차윤성이 너무 잘생겨서 순간 설렌 거라고 그렇게 치부했다.

"왜 자꾸 그렇게 쳐다봐?"

"에?"

지금까지 자신 쪽으로는 시선을 돌리지 않아서 몰래 쳐다본다는 걸 전혀 눈치채지 못한다고 생각했다.

그런데 차윤성이 고개를 돌리지도 않고 직설적으로 말을 내뱉으니 서다래가 움찔하고 놀라고 말았다.

"내, 내가 언제요?"

"자꾸 힐끔거리지 말고 그냥 보고 싶으면 대놓고 봐. 그렇게 보면 나도 신경 쓰이니까."

속마음을 들킨 것 같아 서다래의 얼굴이 순간 시뻘겋게 변했다.

"내가 언제 봤다고 그래요?"

그녀의 강한 부정에 차윤성이 정면을 바라보던 시선을 돌려 서다래를 바라봤다. 고개만 살짝 돌린 것이었지만 차윤성의 눈빛은 어딘가 강렬했다.

꿀꺽.

서다래가 마른침을 삼키자 잠시 서다래를 바라보던 차윤성이 다시 시선을 정면으로 돌리곤 나지막한 목소리로 말했다.

"……아님 말고."

뭔가 다 알고 있다는 투로 말하는 차윤성의 태도에 서다래는 왠지 잔뜩 긴장하고 말았다.

그렇게 차윤성의 차가 서다래의 자취집 앞에 도착했다.

끼익!

차가 세워지자 서다래가 재빨리 조수석에서 내리며 차윤성에게 건성으로 인사를 건넸다.

"조심히 가요!"

탁!

도망치듯이 내리는 서다래를 물끄러미 바라보더니 차윤성이 창문을 내리고 그녀의 뒷모습에다 대고 말했다.

"여기까지 왔는데 차 한 잔도 안 줘?"

막 집을 향해 빠른 걸음으로 걸어가던 서다래가 걸음을 멈추고 황당하다 듯이 뒤를 돌아보며 말했다.

"그쪽이 원해서 데려다 준 거 아니었어요?"

"이유가 어떻든 간에 집 앞까지 온 손님을 그냥 보낼 거야?"

"저희 집엔 생수밖에 없어요. 이건 그쪽도 잘 알 텐데요?"

서다래의 집에는 아무것도 없다.

그녀의 집에 흔한 녹차나 커피 같은 게 있을 리가 없었다.

잠시 그 사실을 잊어버린 차윤성도 그녀의 말에 예전의 기억들이 떠오른 듯 잠깐 멈칫했지만, 이내 아무렇지 않다는 듯 차에서 내리며 말했다.

"상관없어. 목마르니까 생수라도 마시고 가지 뭐."

차윤성의 말에 서다래의 표정이 떨떠름하게 변했다.

사실 지금은 그와 함께 있고 싶지 않다는 게 그녀의 심정이었다. 차윤성은 마치 구미호처럼 같이 있으면 그녀를 홀려놓기 때문이다.

방금 전의 두근거림도 그랬다.

그 두근거림이 다 사라지기도 전에 또다시 단둘만이 있는 공간으로 가는 게 아무래도 탐탁지 않았다.

"뭐해. 안 들어가?"

마치 자기 집에라도 들어가는 것인 양 당당하게 말하는 차윤성을 바라보며 서다래는 고개를 절레절레 저을 수밖에 없었다.

"들어가요."

그렇게 두 사람은 서다래의 자취방으로 들어갔다.

타닥.

서다래는 신발을 벗으면서 퉁명스럽게 말했다.

"물 어디 있는지 알죠?"

"설마 손님한테 직접 따라 먹으라는 말이야?"

"원래 목마른 자가 우물을 파는 거 아니에요?"

"회사 밖으로 나왔다고 사람이 순식간에 너무 달라지는 거 아니야?"

"이사님이 밖에서도 너무 대우를 바라시는 거 아닌가 싶습니다."

"쳇."

차윤성은 말은 그렇게 하면서도 알아서 척척 냉장고에서 물통을 꺼내고 있었다.

그 모습을 슬쩍 바라보더니 서다래가 다시 말했다.

"전 피곤해서 옷부터 갈아입고 올게요. 얼른 마시고 돌아가세요."

달칵.

차윤성이 뭐라고 대꾸도 하기 전에 서다래는 서둘러 방 안으로 사라졌다.

쪼르르.

차윤성은 유리컵에 물을 따라 마시면서 자신도 모르게 집 안을 둘러보았다. 고작 며칠 묵었을 뿐인데 이 집이 친근했다.

자연스레 여기서 지냈을 때 일들이 떠올랐다.

당시에는 분명 죽을 고비를 넘기고 간신히 살아남은 것인데도 이상하게 그때의 기억을 떠올려 보면 편안한 느낌이 들었다.

오늘도 정확한 이유는 알 수 없지만 서다래 덕분에 편안하게 잠을 잘 수 있었다.

또 이해가 되지 않는 건…….

이곳에 정말로 목이 말라서 온 게 아니었다.

서다래의 집에 도착하고 난 다음 그녀가 뛰어가는 뒷모습을 보고 있자니 차윤성은 자신도 모르게 그녀를 붙잡아 버렸다.

막상 여기서 물을 마시고 있자니 스스로 뭐하는 짓인지 도통 알 수가 없었다.

서다래가 방에서 나오면 그녀에게 인사를 하고 돌아가야겠다고 막 생각을 할 때였다.

달칵.

때마침 방문이 열리면서 서다래가 나왔다.

두 사람이 시선이 마주치자 먼저 말을 꺼낸 것은 서다래였다.

"저기, 안 그래도 한 번 물어봐야지 했는데 자꾸 까먹었네요. 혹시 여기 벽이 왜 이렇게 됐는지 알아요?"

벽?

그 말에 차윤성은 잠시 잊어버리고 있던 일이 순간 머릿속에 떠올랐다.

술에 취한 서다래에게 키스를 할 뻔했던 날.

그때는 너무 당황해서 부서진 벽 따위 신경을 쓸 겨를조차 없었다. 하지만 그 사실을 있는 그대로 말할 수는 없었다.

차윤성이 딱딱하게 굳은 표정으로 말했다.

"글쎄? 잘 모르겠는데."

"그래요?"

서다래는 침대 머리맡 위에 부서져 있는 벽을 걱정스럽게 쳐다보며 중얼거렸다.

"주인아주머니가 보시면 가만히 안 있을 것 같은데 큰일이네."

주인아주머니라는 말에 차윤성은 예전에 그 아줌마를 한 번 봤던 기억이 났다.

잠깐 본 거지만 서다래에게 월세가 밀렸다고 구박을 하는 모습이었다. 그런 아줌마에게 그녀가 쩔쩔매던 게 떠올라서 차윤성은 슬쩍 미간을 좁혔다.

벽을 이렇게 만든 건 순전히 자신의 잘못이었기에 차윤성은 소매를 걷으며 나지막이 말했다.

"온 김에 고쳐줄게."

"벽이 파였는데 고칠 수가 있어요?"

"지금처럼 눈에 띄지 않게 공간이라도 메워놓는 거지. 오래 걸리지 않을 거야."

사실 지금은 임시방편으로 공간만 메워놓지만 나중에는 업자를 불러서 시멘트를 바르고 벽지를 새로 해서라도 완벽하게 고쳐 놓을 생각이었다.

이것 때문에 서다래가 누군가에게 싫은 소리를 듣는다고 생각하니 기분이 매우 불쾌했다.

아무것도 모르는 서다래는 활짝 웃으면서 그를 향해 말했다.

"와~ 그런 건 생각도 못 했는데 정말 고마워요!"

"……미안해지니까 고마워하지 마."

"네?"

그의 말에 영문을 모른 채 서다래가 반문했지만 차윤성은 대답 없이 방 안으로 성큼성큼 걸어가며 다시 말했다.

"집에 망치나 못 있어?"

"아! 못은 몇 개 모아 놓은 게 있는데 망치는 없어요. 망치는 제가 써본 적이 없어서……."

"그럼 못만이라도 갖다 줘."

"못만 있어도 돼요? 망치가 없으면 벽에 못을 못 박는 거 아니에요?"

"일일이 설명하기 힘드니까 그냥 믿고 줘봐."

"아, 알겠어요."

서다래는 서랍을 뒤져서 그동안 혹시나 하고 모아 두었던 못을 찾아서 차윤성에게 가지고 왔다.

방으로 돌아와 보니 차윤성은 손목까지 살짝 올렸던 소매를 팔꿈치까지 완전히 걷어 올린 채 부서진 벽을 바라보고 있었다.

그 걷은 소매로 인해 드러난 차윤성의 팔 근육을 보고 서다래는 깜짝 놀라고 말았다.

몸매가 모델 같아서 슬림한 스타일인 줄만 알았는데 드러난 근육이 꾸준히 운동을 한 것처럼 상당히 단단해 보였다.

차윤성이 하얀 피부에 꽃미남같이 생겼음에도 불구하고 이상하게 야성미가 풍기는 이유가 이것 때문일지도 몰랐다.

잠시 서서 차윤성을 바라보고 있자니 그의 목소리가 들려와 서다래의 상념을 깨웠다.

"못이 몇 개나 있어?"

"아, 다섯 개 정도요."

"그 정도면 충분하네."

차윤성이 내민 손 안에다 서다래가 황급히 가지고 온 못을 건넸다. 그러면서 그녀는 속으로 '아차!'싶을 수밖에 없었다.

자신도 모르는 틈에 또 차윤성에게 홀리고 말았다.

그는 남자인 주제에 이렇게 자꾸 시선을 빼앗았다.

차윤성은 손 안에 있는 못을 힐끗 보다가 다시 서다래를 바라보며 말했다.

"여기다 저기 있는 가족사진을 걸어서 가려줄게."

서다래는 차윤성이 말하는 가족사진을 쳐다봤다.

서울에 있는 대학을 다니게 되면서 여기로 자취방을 구하고 처음 이사를 왔을 때부터 지니고 있던 사진이었다. 지금보다 훨씬 어릴 때 찍은 것이지만 그래도 하나밖에 없는 가족사진이다.

평소에는 바빠서 잘 눈여겨보지도 못했는데 이렇게 보니 얼마 전 엄마와 전화 통화한 것도 떠오르며 괜스레 뭉클해졌다.

"어디에 걸어도 상관은 없어요. 오히려 저기 구석에 있는 것보다 이렇게 침대 머리맡에 두는 게 잘 보일 것 같네요."

"그러면…… 흐음."

차윤성은 뭐가 마음에 걸리는 건지 잠깐 말꼬리를 흐리더니 이내 다시 말을 이었다.

"서다래, 물 한 잔만 갖다 줄래?"

"갑자기 웬 물이요? 아까 마시지 않았어요?"

"아까 마시긴 했는데 지금도 목말라."

"진짜 목이 많이 탔던 거예요? 잠깐만 기다려요."

서다래는 어리둥절해하면서도 차윤성이 시키는 대로 부엌으로 향해갔다.

그녀가 사라지자 차윤성이 서둘러 가족사진 액자를 가지고 왔다. 그는 액자를 부서진 벽에 대고 다른 손으로 못을 집었다.

꾸욱.

마치 스티로폼에 박는 것처럼 손가락으로 못을 누르자 손쉽게 벽에 못이 박히기 시작했다.

그렇게 몇 번을 반복하자 액자는 벽에 단단히 고정이 되었다.

누구라도 봤다면 입이 떡하고 벌어질 광경이었다.

잠시 후 서다래가 물컵을 들고 방으로 다시 돌아왔을 때는 이미 벽에 액자가 걸린 후였다.

"벌써 걸었어요? 망치도 없이 어떻게 한 거예요?"

"나만의 방법이 있어."

"그 방법이 뭔데요? 쉬운 거면 저도 알려줘요."

"비밀이야."

쩨쩨하게 비밀이라고 말하는 차윤성을 슬쩍 흘겨보다가 서다래는 여전히 신기하다는 듯 벽에 걸린 액자를 다시 한 번 바라봤다.

아빠와 엄마 그리고 서다래와 두 여동생들.

서다래는 자신과 나이 차이가 많이 나지 않는 둘째 다영이를 손가락으로 가리키며 말했다.

"여기 찍혀 있는 여동생이랑 저랑 많이 닮지 않았어요?"

"듣고 보니까 조금?"

"어렸을 때는 사람들이 쌍둥이라고 할 정도로 많이 닮았었어요. 잘 지내고 있을지 걱정이 되네요. 고민이 많을 나이라 요새 힘들어하는 것 같은데⋯⋯."

잠시 동생을 떠올리던 서다래가 문득 손에 들고 있던 물컵을 알아채고 차윤성에게 급히 건네며 다시 말했다.

"참, 여기요."

차윤성은 별다른 말없이 컵을 받기만 할 뿐 마시지를 않았다. 그 모습에 의아한 서다래가 물었다.

"많이 목마르다고 하지 않았어요? 왜 안 마셔요?"

"지금은 괜찮아졌어."

"장난치지 마요. 설마 아까 전에 물 안 따라줬다고 괜히 저한테 심부름 시킨 건 아니죠?"

"그럴 리가 없잖아."

"수상한데⋯⋯."

의심스러운 눈초리를 보내는 서다래가 귀여워서 차윤성은 피식하고 웃어버렸다. 수상하다는 듯 차윤성을 바라보던 서다래는 이내 액자로 시선을 돌렸다.

이제는 액자로 가려진 부서진 벽을 떠올리며 서다래가 이해할
수 없다는 듯 말했다.

"그런데 도대체 어떻게 하면 이렇게 손바닥 자국 같이 벽이 파
일 수가 있는 거죠?"

그 질문에 차윤성이 순간 할 말을 잃을 때였다.

띵동.

갑자기 울리는 초인종 소리에 두 사람의 고개가 현관 쪽으로
향했다. 이 시간에 서다래의 자취방에 찾아올 사람이 없기 때문
이다. 그 사실은 이 집에서 며칠 얹혀 지냈던 차윤성도 아는 일
이었다.

서다래가 의아한 표정으로 현관문을 바라보다가 차윤성을 향
해 말했다.

"잠시만요."

그리고 그녀가 서둘러 현관을 향해 다가가서 크게 말했다.

"누구세요?"

문 바깥에서는 아주 익숙한 목소리가 들려왔다.

"언니, 나야. 다영이."

6.
손가락 끝에서 느껴지던 열기

"다, 다영이?"

전혀 생각지도 못한 동생의 방문에 서다래는 깜짝 놀라고 말았다.

하지만 곧이어 지방에 있어야 할 동생이 이 늦은 시간에 그녀의 자취집까지 찾아온 게 이상하다는 생각이 들었다. 혹시 무슨 일이라도 생긴 건 아닌지 덜컥 걱정이 들었다.

그때 현관문밖에 서 있는 서다영이 다시 말했다.

"언니, 문 좀 열어줘."

"다영아, 잠깐만, 잠깐만 기다려 봐!"

오랜만에 보는 동생을 향한 반가움과 걱정이 뒤섞여 당장이라도 현관문을 열고 무슨 일이 있는 거냐고 묻고 싶었지만, 그

전에 처리해야 할 일이 있었다.

서다래의 고개가 휙하고 돌아갔다.

마침 차윤성도 그녀를 보고 있었던 건지 허공에서 두 사람의 시선이 딱 마주쳤다.

서다래는 다급한 목소리로 차윤성을 향해 말했다.

"도, 동생이에요. 잠시만 숨어 주세요."

"갑자기 무슨 소리야?"

서다래의 요구는 상식적이 말이 되질 않았다.

그녀의 집은 작았다.

그렇기 때문에 어디서든 집 안이 한눈에 전부 들어왔다. 차윤성이 아주 작은 어린애도 아니고 이 집에 몸을 숨길 만한 데는 없었다.

"설령 내가 네 말을 들어주고 싶다고 해도 이 집에 내가 숨을 만한 공간이 없어."

"그러면 어쩌죠? 이 시간에 남자가 집에 있다는 사실을 알면 엄청나게 오해를 받을 거예요. 엄마가 아시면 걱정 많이 하실 텐데……."

서다래가 어찌해야 할 바를 모른 채 초초하게 서 있을 때였다.

쿵쿵.

서다영이 현관문을 두드리며 다시 말했다.

"언니? 혹시 무슨 일 있어?"

"아, 아니야! 잠깐만 기다려, 금방 열어 줄게!"

더 이상 서다영을 바깥에 세워 둔 채 시간을 보낼 수 없었기에 서다래는 차윤성이 있는 방의 문고리를 잡으며 다급하게 말했다.

"그냥 잠시만 이 방 안에 있어주세요. 내가 어떻게든 해볼게요. 알았죠?"

갑작스러운 동생의 등장에 이 상황이 많이 난처한 듯 서다래의 얼굴이 긴장으로 딱딱하게 굳어 있었다. 그 모습에 차윤성도 하는 수 없이 고개를 끄덕일 수밖에 없었다.

"알았어."

"미안해요."

서다래는 그 말을 남긴 채 차윤성이 있는 방문을 서둘러 닫았다.

달칵!

현관으로 달려간 서다래는 그제야 문을 열어줄 수 있었다. 현관문 앞에는 커다란 짐 가방을 들고 서 있는 서다영이 있었다. 그녀가 의아한 얼굴로 서다래를 바라보며 물었다.

"왜 이렇게 늦게 나와? 뭐하고 있었어?"

"응, 잠깐 뭐 하느라고…… 그런데 넌 여기까지 어쩐 일이야? 혹시 무슨 일 있어?"

"일단 좀 들어갈게. 가방이 무거워서 팔이 빠질 것 같아."

서다영은 어찌나 큰 가방을 가지고 왔는지 두 손으로 손잡이를 잡은 채 낑낑대며 현관 안으로 옮겼다. 그러는 와중에도 좌우로 집 안을 둘러보며 구경하는 걸 잊지 않았다.

"여기가 언니가 사는 데구나. 생각보다 작긴 하네."

"너 그 가방은 뭐야? 엄마가 너 여기에 온 건 알고 계셔?"

"멀리서 왔는데 일단 숨 좀 고르자."

"먼저 말부터 해 봐. 연락도 없이 네가 이 시간에 왔는데 내가 걱정이 안 되게 생겼어?"

"아, 알았어. 사실 나…… 언니랑 여기 서울에서 살려고 왔어."

"뭐어?"

전혀 생각지도 못한 말에 서다래가 놀라서 입을 벌렸다. 커다란 짐 가방을 봤을 때부터 뭘 가지고 왔길래 저렇게 많이 들고 왔나 싶었는데 설마 집을 나왔을 줄은 몰랐다.

서다래가 잔뜩 화가 난 목소리로 말했다.

"말이 되는 소리를 해. 너 고등학생이야 졸업도 안 하겠다는 거야?"

순간 감정이 격해진 서다래와 달리 서다영은 마치 그렇게 말할 줄 알았다는 듯 시큰둥하게 대꾸했다.

"졸업하면 뭐해? 지금이랑 바뀌는 게 있어?"

"그게 무슨 말이야?"

"어차피 대학도 못 가는데 고등학교 졸업하는 게 무슨 소용이냐 말이야."

"갑자기 왜 그래? 너 중학교 때까지만 해도 성적 좋았잖아. 장학금 받아서 대학교 다니면 되지. 서울로 올라오면 언니가 도와

준다고 약속했잖아."

"알아. 나도 그땐 그렇게 하면 되는 줄 알았어. 그런데 그동안 언니 하는 거 보니까 난…… 언니처럼은 못 살 것 같아."

"무슨 말이야?"

"언니처럼 학교랑 알바만 쳇바퀴처럼 반복하면서는 못 살 거 같단 말이야. 제대로 입지도 못해, 먹지도 못해, 친구 하나 사귈 시간은 있어? 언니랑 나는 달라. 난 그렇게까지 못해."

"그렇게 안 하면 어떻게 할 건데? 그래서 네가 생각한 게 고작 이거야? 고등학교 졸업도 안 하고 서울에 올라온다는 거?"

"어차피 대학도 안 갈 건데 일찍 취업해서 돈 버는 게 낫지 왜 그래!"

서다영은 말을 하면서 뭐가 억울한지 눈가에 눈물이 맺혔다.

그 모습을 보자니 서다래는 괜스레 가슴이 찡했다.

어렸을 때부터 유독 섬세했던 동생이 다영이다.

언니로서 동생을 혼쭐을 내서라도 집으로 돌려보내야 했지만, 사실 다영이도 본인 나름대로 힘든 사정이 있기 때문에 이러는 거라는 걸 알고 있었다.

하지만 그렇다고 해서 고등학교도 졸업하지 않은 채 서울로 올라오는 걸 가만히 내버려 둘 순 없었다. 다만 조금 더 동생의 이야기를 들어 봐야겠단 생각이 들었다.

서다래는 잠시 숨을 고르고 서다영을 바라보다가 한풀 꺾인 목소리로 말했다.

"밥은 먹었어?"

"……아니."

"그러게 뭘 타고 여기까지 왔길래 이렇게 늦게 도착한 거야?"

"몰라. 그냥 제일 저렴한 거 타고 온 거지."

깜깜한 밤에 주소 한 장 달랑 들고 여기까지 찾아온 걸 생각하니 화가 나면서도 마음이 아팠다.

서다래가 나지막한 목소리로 서다영에게 말했다.

"나가자. 24시간 하는 데 많으니까 밥부터 먹게."

"밥은 됐어. 나 그냥 좀 누워서 쉬고 싶어. 언니 집 찾으려고 계속 헤매고 다녔더니 진이 다 빠졌거든."

"그래도 밥은 먹어야지."

슬슬 마음이 진정이 되자 서다래는 곁눈질로 닫혀 있는 방문을 힐끔 쳐다봤다.

순간 감정이 격해져서 차윤성이 방 안에 있다는 사실을 알면서도 큰 소리로 동생과 대화를 나누고 말았다.

차윤성이 방 안에서 그녀가 동생과 하는 이야기를 들으면서 무슨 생각을 했을지 신경이 쓰였다.

하지만 이미 벌어진 일, 어떻게 할 도리가 없었다.

"하아."

서다래는 자신도 모르게 깊은 한숨을 내쉬었다.

어찌 됐든 간에 빨리 차윤성을 내보내든 아니면 동생을 데리고 그녀가 나가든 둘 중의 하나를 선택해야 했다.

서다래의 입장을 전혀 모르는 서다영은 천진난만하게 말했다.

"밥은 일단 좀 누워서 쉬면서 생각할래."

"누, 눕긴 뭘 누워! 시간도 늦었으니까 일단 나가서 밥부터 먹고 들어와서 쉬어."

"아니야, 입맛도 없고 소화도 안 될 것 같아. 나 이 방에 들어가도 되지?"

"아, 안 돼!"

서다래가 재빨리 방문 앞을 가로막았다.

온몸을 던져 방으로 가는 길을 막는 그녀를 서다영이 이상한 눈초리로 쳐다볼 수밖에 없었다.

"언니, 이상하다?"

"이, 이상하긴 뭐가?"

"꿀단지라도 방에 숨겨 놓은 것처럼 왜 그래?"

"꿀단지라니, 그런 게 어디 있다고 그래?"

"말이 그렇다는 거야. 어쨌든 저 안에 뭔가 숨겨 놓은 거 맞지? 생각해 보니까 아까 늦게 문 열어준 것도 이상하긴 해."

순간 묘하게 눈을 빛내는 서다영을 보며 서다래는 등 뒤로 식은땀을 흘려야 했다.

어렸을 때부터 거짓말을 잘 못하던 서다래다.

그런 서다래의 성격을 잘 아는 서다영이 그냥 지나칠 리가 없었다.

"뭐야? 나 궁금한 거 있으면 잠 못 자는 거 알잖아. 엄마한테 말 안 할 테니까. 나한테만 뭔지 살짝 알려줘."

"정말 아무것도 아니라니까. 얼른 밥이나 먹고 오자. 응?"

"어어? 진짜 궁금하게 왜 이래? 혹시 방 안에 남자 친구라도 있는 거야?"

"나, 남자 친구?"

"응, 언니는 서울 살면서 남자 친구도 안 만들었어?"

"그런 거 없어!"

"하여간 고지식해. 누구라도 나타나서 이런 우리 언니를 확하고 낚아채가야 할 텐데 말이야."

"낚아채긴 뭘 낚아채! 너 고등학생 때부터 벌써 그런 생각 하고 그러면 안 돼. 남자 친구는 대학생 되고 만들어."

"그러는 언니는? 대학생이 됐는데도 왜 안 만들었어?"

"난 바쁘니까 그렇지."

"칫."

서다영이 입술을 삐쭉 내밀며 서다래가 필사적으로 막고 있는 방문을 슬쩍 바라보곤 다시 물었다.

"진짜 뭔데 그래?"

"아무것도 아니라니까 그러네. 밥 안 먹을 거야?"

"가자, 가!"

서다영이 하는 수 없다는 듯 몸을 현관 쪽으로 돌렸다. 그러자 서다래가 뒤에서 안도의 한숨을 내쉬며 안심을 할 때였다.

순간이었다.

타다닥!

"앗!"

서다래가 방심한 틈을 타 서다영이 재빨리 방문을 향해 다가갔다. 서다래가 말리고 할 새도 없이 벌어진 일이었다.

서다영이 손을 뻗어 방문을 움켜잡았다.

벌컥!

방문이 열리는 순간 서다래의 안색이 새파랗게 변했다. 이런 야밤에 남자와 단둘이 집에 있었던 것을 어떻게 변명해야 할지 감조차 오지 않았다.

그렇지만 서다영의 반응은 예상 밖이었다.

"에계?"

안에 있는 차윤성을 발견하고 시끄러운 일이 벌어질 거라는 예상과는 달리 서다영의 입에서는 김빠진 목소리가 새어 나왔다.

서다영이 실망한 듯 혼잣말을 중얼거렸다.

"뭐야, 재미없게. 남자라도 안에 들어가 있을 줄 알았는데 겨우 개야?"

그 말에 서다래는 정신을 차리고 서다영의 옆으로 와서 방 안을 살필 수 있었다. 방 안에는 커다란 개 한 마리가 있었다.

시베리아 허스키를 닮은 오렌지빛의 신비한 눈동자를 가진 개.

개로 변한 차윤성의 모습을 본 서다래의 안색이 빠른 속도로 원래대로 돌아왔다.

"하, 하아."

꼼짝없이 들켰다 생각했거늘 혹시 모를 일을 대비해 차윤성은 모습을 바꾸고 있었던 모양이다. 그의 특별한 능력이 오늘따라 더없이 감사했다.

스윽.

개로 변한 차윤성과 눈이 마주치자 서다래는 말없이 눈짓으로 고맙다는 표현을 전했다. 그리고 동생인 서다영을 보며 서다래가 낮은 목소리로 말했다.

"내가 아무것도 아니라고 열지 말라고 분명히 말했지?"

"자, 장난으로 그런 거야. 궁금한 걸 어떻게 해."

서다영은 서다래를 향해 최대한 불쌍한 표정을 지어 보이며 한 번만 봐달라는 식으로 애교를 부렸다.

그 모습에 서다래가 어쩔 수 없다는 듯 표정이 풀어지자 서다영은 다시 개를 보곤 물었다.

"그런데 개는 언제부터 키운 거야?"

"아, 키운 지 얼마 안 됐어."

"집도 좁으면서 하필이면 왜 이렇게 큰 개를 키워? 차라리 작은 거면 귀엽기라도 하지. 너무 덩치가 큰 거 아니야?"

"자, 잠깐 맡은 거라 곧 다른 사람 주기로 했으니까 신경 쓰지 마."

"그래?"

서다영은 시큰둥하게 대답하며 커다란 개를 향해 걸어갔다.

서다래는 그 모습을 보고 있자니 왠지 가슴이 조마조마했다. 차윤성이 동물로 변한 모습은 누가 봐도 개나 다름없다는 사실을 알면서도 혹여라도 들킬지 모른다는 생각이 들기 때문이다.

저 개가 차윤성으로 변할 수도 있다는 사실을 서다래가 알고 있기 때문에 그런 생각이 드는지도 몰랐다.

서다영은 자세히 다가가서 이리저리 개를 구경하더니 서다래를 보며 말했다.

"언니, 이 개 안 키우길 잘한 것 같아."

"왜? 그게 무슨 말이야?"

서다영이 한 손을 턱에 괸 채로 진지한 표정을 지으며 말했다.

"생긴 게 너무 별로야."

"뭐?"

순간 너무나도 당황한 서다래가 자신도 모르게 개로 변한 차윤성을 바라봤다.

차윤성은 개로 변한 모습임에도 불구하고 양쪽 미간이 심하게 좁혀져 있었다.

"무, 무슨 소리야! 얼마나 잘생겼는데?"

갑작스러운 서다래의 외침에 서다영이 깜짝 놀라 그녀를 쳐다봤다.

"갑자기 왜 소리를 지르고 그래?"

놀란 표정으로 자신을 바라보고 있는 서다영을 보고 있자니 서다래는 그제야 '아차!' 하고 실수를 했다는 생각이 강하게 머릿속에 들었다.

자신을 도와주기 위해 모습까지 변한 차윤성의 편을 들어주려다가 그만 이렇게 본인 앞에서 대놓고 칭찬한 꼴이 되어 버렸다.

스윽.

슬그머니 눈동자를 굴려보니 개로 변한 차윤성이 아까와는 달리 흥미진진하다는 눈동자로 이쪽을 보고 있었다.

"끄응."

이런 상황을 전혀 알지 못하는 서다영은 다시 한 번 개를 이리저리 살펴보다가 입을 열었다.

"흐음. 언니가 보기엔 이 개가 그렇게 잘생겨 보인단 말이야?"

"아니. 내 말이 꼭 그렇다는 건 아니고⋯⋯."

방금 전과 달리 서다래의 목소리는 한껏 작아져 있었다.

"괜찮아. 사람 취향은 다 다른 거니깐. 그나저나 그동안 언니가 키우면서 꽤나 정 들었나 봐? 이렇게 편을 다 들고."

"그, 그렇게 됐지 뭐. 하하."

개로 변한 차윤성의 표정을 자세히 알아볼 수는 없었지만 왠지 그도 그녀를 보며 웃고 있는 것 같았다. 서다래는 이 상황이 너무 불편해서 빨리 벗어나고 싶은 마음에 다시 입을 열었다.

"빨리 나가자. 더 늦으면 맛있는 데 다 닫아."

"언니 저녁 안 먹었어? 언제부터 이렇게 끼니 챙겼다고 자꾸 나가자고 해. 조금만 더 쉬었다가 가, 응?"

"안 돼. 빨리 나와."

"나 힘든데, 그럼 딱 10분만 앉았다가 가."

서다영이 계속 보채는 바람에 서다래는 슬쩍 차윤성의 눈치를 보다가 어쩔 수 없다는 듯이 말했다.

"딱 10분이야."

"헤에."

철푸덕!

서다래의 허락이 떨어지자마자 서다영은 그녀의 침대에 다이빙하듯이 누웠다. 침대 위에 편안하게 대자로 누워서 서다영이 말했다.

"아, 누우니까 좀 살 것 같다."

그런 서다영을 향해 내일 당장 돌아갈 준비하라고 말하고 싶었지만 서다래는 바로 옆에 차윤성이 있다는 사실을 기억해내곤 하려던 말을 참았다.

"참 언니, 내가 오면서 먹던 과자 있는데 배고프면 그거라도 좀 먹고 있을래?"

사실 서다래는 전혀 배가 고프지 않은 상태였다.

하지만 됐다고 거절하면 서다영이 집에서 더 꼼지락거리며 따라 나오지 않을 것 같아서 순순히 고개를 끄덕일 수밖에 없었다.

"과자가 어디 있는데?"

"저기 내 가방 제일 앞에 지퍼 열면 있어."

작은 집이었기에 서다래는 몇 발자국 걸어서 서다영이 가지고 온 가방에 도착했다. 지퍼를 열고 과자를 찾은 서다래는 서둘러 방으로 다시 돌아왔다.

왠지 서다영과 차윤성을 단둘이 내버려 두기엔 걱정이 됐기 때문이다.

억지로 과자 한 개를 집어먹고 있자니 서다영이 그녀를 향해 손을 내밀며 말했다.

"언니, 나도 하나만."

"배 안 고프다더니?"

"그러게, 근데 막상 언니가 먹는 걸 보니까 조금 배고파진 것 같아."

아그작아그작.

서다영이 과자를 하나 집어먹다가 문득 차윤성이 변한 개를 보곤 물었다.

"그런데 개 사료는 줬어?"

"어? 으응. 신경 쓰지 마, 이미 챙겨줬으니까."

"개 이름이 뭐야?"

"유, 윤성."

얼떨결에 차윤성의 본명을 말하자마자 서다래는 괜히 말했다는 생각이 머릿속에 강하게 들었다. 대충 다른 이름으로 둘러댈 걸 그랬다고 후회해봤지만 이미 내뱉은 말을 주워 담을 수는 없었다.

"윤성? 꼭 사람 이름같이 지어줬네."

서다영이 들고 있던 과자를 차윤성을 향해 내밀며 다시 말했다.

"이거 하나 먹을래?"

돌발적인 서다영의 행동에 서다래가 깜짝 놀라 그녀가 쥐고 있는 과자를 빼앗았다.

"주, 주지 마! 사료만 먹여야 돼."

"뭐 어때서 그래? 예전에 우리 집에서 키우던 개한테 간식이라고 과자 같이 주고 그랬잖아."

"그때는 어려서 잘 모르니까 그랬던 거고 하여튼 절대 안 돼."

단호하게 말하는 서다래를 이상하다는 듯 쳐다보다가 서다영이 다시 말했다.

"개가 너무 얌전히 있는데 낯가리는 거야? 잠깐 놀아줘볼까?"

"하, 하지 마! 제발!"

생긴 게 마음에 안 든다고 할 때는 언제고 서다영이 자꾸 그에게 접근하려고 하는 바람에 서다래는 진땀을 흘릴 수밖에 없었다.

그렇게 시간이 조금 흘러서야 서다래는 서다영과 저녁을 먹기 위해 현관을 나설 수 있었다.

잠깐의 시간 동안 서다래의 얼굴은 핼쑥하게 변해 있었다.

이대로 그냥 나가기에는 차윤성에게 너무 미안하다는 생각에 서다래는 가던 걸음을 멈췄다.

"다영아, 먼저 내려가 있어. 집에 놓고 온 게 있어서 잠깐 들어갔다 올게."

"알았어, 빨리 갔다 와."

서다영이 흔쾌히 대답하며 계단을 내려가자 그 모습을 가만히 지켜보던 서다래가 서둘러 다시 집 안으로 들어갔다.

작은 집이라 현관문부터 방까지의 거리가 멀지도 않았지만 서다래는 후다닥 뛰어서 방 안의 문을 열었다.

벌컥!

"으앗!"

하지만 방 안에 보이는 풍경에 서다래는 서둘러 눈을 가린 채 몸을 돌릴 수밖에 없었다.

어느새 다시 사람으로 변한 건지 그가 방 안에서 옷을 입고 있었다.

막 셔츠를 입으려고 했던 건지 차윤성이 손에 셔츠를 쥔 채 방문을 열고 들어오는 서다래를 바라보고 있었다.

그의 군살 하나 없이 매끈한 상체를 보자 서다래는 눈을 가릴 수밖에 없었다. 언뜻 보았지만 새하얀 피부에 조각처럼 완벽한 근육들이 절로 감탄사가 나올 정도였다.

뒤로 돌아선 서다래의 얼굴이 빨갛게 변하다못해 목까지 붉게 물들었다.

그런 서다래의 반응을 눈치채지 못한 차윤성은 몸을 돌리고 서 있는 서다래의 뒷모습을 보며 아무렇지 않게 물었다.

"무슨 일이야?"

"버, 벌써 사람으로 변한지 몰랐어요."

"걱정 마. 발걸음 소리가 하나라 너인 줄 알고 있었어."

"그런 소리가 들려요?"

"전에 말했잖아, 귀가 좋다고."

서다래는 이미 몸을 돌리고 있음에도 불구하고 두 손바닥으로 얼굴을 가린 채 차윤성을 향해 말했다.

"정말 미안해요, 일이 이렇게까지 될 줄 몰랐는데 동생 때문에 많이 곤란했죠? 내가 괜히 어려운 부탁을 해서……."

"내가 먼저 차 한 잔 달라고 우긴 거니까 그렇게 미안해하지 않아도 돼. 그런데,"

사락.

순간 서다래는 흠칫 놀라고 말았다.

어느새 서다래의 뒤편으로 다가온 건지 차윤성의 목소리가 바로 뒤에서 들려왔다.

"너 지금 열이 있는 거 같은데?"

말을 하는 차윤성의 숨결이 바로 머리 위에서 느껴졌다.

그의 긴 손가락이 서다래의 머리카락에 닿자 그 작은 진동이 뒤돌아 서 있던 서다래에게도 느껴졌다. 순간 왜인지 모르지만 서다래는 뜨거운 얼굴이 터져 버릴 것 같다는 생각이 들었다.

차윤성도 긴 머리카락 사이로 붉게 물든 그녀의 목덜미를 보고 이상하다는 듯이 입을 열 때였다.

"너, 목이⋯⋯."

"다, 다시 한 번 말하지만 정말 미안해요! 지금 동생 데리고 나가니까 조금 있다가 내려오세요!"

"그런 건 내가 알아서 할 테니까 걱정 말고 동생한테⋯⋯."

타닥타닥.

차윤성의 말이 다 끝나기도 전에 서다래는 도망치듯이 뛰어가 버렸다. 덕분에 차윤성은 무심코 그녀의 열을 재려고 한 손을 거두지도 못한 채 그대로 서 있었다.

손가락 끝에서 느껴졌던 서다래의 열기가 생생하게 와 닿았다.

집밖으로 나온 서다래의 얼굴은 홍당무처럼 붉었다. 그 모습에 서다영이 고개를 갸웃거리며 물었다.

"언니, 얼굴이 왜 이렇게 빨개?"

"어? 너 기다릴까 봐 뛰어와서 그래."

두근두근.

마치 죽을병에 걸린 것처럼 빠르게 뛰는 심장을 서다래는 한 손으로 꽉 움켜쥐었다.

정말 귀신이 곡할 노릇이다.

고작 남자의 벗은 상체 한 번 봤다고 이렇게 가슴이 설렐 수는 없는 거였다.

그의 손가락이 내 머리카락에 닿았다고 이렇게 뜨거울 수는 없었다.

아까 차윤성의 손가락이 닿으며 머리카락이 스르륵 움직이던 감촉이 되살아나며 서다래는 왠지 온몸이 긴장이 돼서 뻣뻣해지는 느낌이 들었다.

서다영이 아무래도 조금 이상한 그녀의 상태에 눈치를 살피며 다시 물어봤다.

"언니 괜찮아?"

"으응. 빨리 가자."

서다래는 한밤중에 그렇게 서다영의 손을 잡고 길을 재촉했다.

＊　　＊　　＊

어젯밤 갑자기 서다영이 집에 찾아오는 바람에 늦은 시간까지 수다를 떠느라 잠을 제대로 자지 못했다.

"하아암."

서다래는 자신도 모르게 크게 하품을 하면서 엘리베이터를 타고 내려가고 있었다. 오늘도 점심시간이 지나자 지하 1층에 있는 카페에 들러 커피를 사와야 했기 때문이다.

오늘따라 꽤나 피곤했기 때문에 다른 사람들 것을 사오는 김에 자신도 커피를 한 잔 마셔볼까 생각하던 참이었다.

카페 입구에 들어서자마자 어딘가 낯이 익은 얼굴이 앉아 있는 게 보였다.

순간 '누구지?'라는 생각이 들었지만 곧이어 그가 누구인지 단박에 기억해낼 수 있었다.

"아!"

너무 잘생긴 얼굴이라 뇌리에 남은 것일 수도 있지만 무엇보다 굉장히 첫인상이 강했기 때문이다.

그와 엘리베이터에서 마주치고 난 뒤, 그날 사무실에 가서 여러 사람들에게 혹시 나한테 무슨 냄새 나냐고 물어봐야 했으니까 말이다.

'이 회사에 다니는 사람인가?'

서다래는 강렬하게 자신을 바라보던 눈동자가 떠올랐지만 애써 기억을 지우며 카운터로 다가갔다.

사무실 식구들의 입맛에 맞는 커피를 제각각 주문하고 난 다음 잠깐 의자에 앉아서 기다릴 생각으로 몸을 돌릴 때였다.

"앗!"

너무 가깝게 다가와 있는 그 남자 때문에 서다래는 깜짝 놀라 자신도 모르게 소리쳤다.

순간 실례했다는 생각이 들어서 서다래는 다시 고개를 살짝 숙이며 말했다.

"죄송해요. 바로 뒤에 서 계셔서 깜짝 놀랐네요."

"괜찮습니다."

말끔하게 인사하는 그의 모습에 서다래는 오히려 의아하게 처다볼 수밖에 없었다.

 처음 만나자마자 좋은 냄새가 난다느니 하며 말을 하는 게 솔직히 또라이일지도 모른다는 생각을 했었기 때문이다.

 은근슬쩍 서다래가 그의 옆을 피하려고 할 때였다.

 그가 다시 서다래를 향해 말을 건넸다.

 "저번에도 저랑 한 번 마주쳤었는데 혹시 기억하세요? 이 회사 다니시나 봐요?"

 "아, 네."

 서다래는 순순히 고개를 끄덕였다.

 그저 속으로 저 남자도 자신과 마주쳤을 때를 기억하는가 보다 생각이 들 때였다.

 "저는 이은호라고 합니다."

 갑작스럽게 자기소개를 하는 바람에 서다래가 눈을 동그랗게 뜨고 그를 올려다봤다.

 너무 뜬금없었기 때문이었다.

 "아아, 네."

 눈치껏 같은 회사에 근무하는 다른 부서 사람인 것 같아서 서다래는 인사를 받는 척만 하고 이 자리를 빨리 피하고 싶은 마음이었다.

 그런데 그때 이은호가 다시 서다래를 향해 말했다.

 "그쪽은 이름이 어떻게 되시죠?"

"저요?"

'이 남자 이상하다!'라는 생각이 머릿속에 강하게 들었지만 서다래는 하는 수 없다는 듯 다시 입을 열었다.

"서다래입니다."

"다래요?"

피식.

이은호는 뭐가 그렇게 웃긴지 그녀의 이름을 듣자마자 하얀 이빨을 드러내 보이며 웃었다.

서다래가 얼떨떨한 표정으로 그를 쳐다보자 이은호도 순간 아차 싶었는지 미안한 표정을 지으며 변명하듯이 말했다.

"혹시 개다래나무라고 아세요?"

"아니요, 처음 들어 봐요."

"고양이들이 정말 좋아하는 냄새가 나는 나무입니다. 말장난 같지만 다래 씨와 이름이 비슷해서 갑자기 그 생각에 웃음이 났네요. 불쾌했다면 미안합니다."

개다래나무?

난생처음 들어보는 이름에다가 친분이 없는 사람과 이렇게 마주 서 있자니 어떻게 반응을 해 줘야 할지 몰라 곤란해할 때였다.

"주문하신 커피 나왔습니다!"

때마침 서다래가 주문한 커피가 나오는 바람에 그녀는 재빨리 여러 개의 캐리어를 낑낑거리면서 들었다.

이은호가 서다래의 옆에 서며 조심스레 말했다.

"도와 드릴까요?"

"말씀은 감사한데 괜찮아요, 그럼."

서다래가 찬바람이 쌩하고 불 정도로 캐리어를 들고 엘리베이터를 향해 빠른 걸음으로 가 버렸다.

이은호는 힘겹게 걸어가는 서다래의 뒷모습을 바라보며 당장이라도 따라가서 도와주고 싶은 마음이 굴뚝같았지만, 그랬다간 정말로 이상한 사람으로 오해받을까 봐 참을 수밖에 없었다.

'서다래라…….'

사실 서다래와 마주치고 난 뒤 그녀의 인상이 너무 강해 다시 보고 싶단 생각에 이 카페에서 무작정 기다리고 있는 중이었다.

누군가를 이렇게 오랫동안 기다려본 적이 없을 정도로 오랜 시간을 기다리다가 겨우 마주치게 된 것인데 이은호는 또 그녀에게 별난 행동을 하고 만 것 같았다.

아무리 생각해도 서다래라는 이름을 듣자마자 웃지 말았어야 했는데 정말 그도 모르게 웃음이 나오고 말았다.

'후우.'

이상하게 자꾸만 떠오르는 서다래에게 조금 더 다가가고 싶은데 날이 선 고양이처럼 자신을 경계하는 그녀에게 가까워질 방법이 없었다.

'이 근처에 카페라도 하나 차려야 되나?'

말도 안 되는 생각을 하며 이은호는 스스로를 향해 자조적으로 웃었다.

분가라 불리는 고양이과의 후계자 이은호.

그는 겉과 속이 다르다는 평가를 받으며 항상 웃고 있어도 남들이 불편해했고, 공손하게 존댓말을 써도 그 말을 듣고 기뻐하는 사람이 없었다.

누구보다 가식적인 가면을 자유자재로 얼굴에 쓸 수 있는 그였음에도 불구하고 이상하게 만난 지 얼마 되지 않는 서다래란 여자에겐 그게 힘들었다.

그녀에게서 느껴지는 그 묘한 향기가 이은호를 계속해서 자극했으니까.

*   *   *

벌컥.

이사실로 들어온 차윤성이 사무실에서 자신을 기다리고 있는 한 남자의 익숙한 뒷모습에 깜짝 놀라며 말했다.

"외삼촌?"

뒷짐을 진 채 창밖을 바라보며 서 있던 남자가 차윤성의 목소리에 뒤를 돌아봤다.

중후한 매력이 느껴지는 그는 부드러운 인상을 가진 중년의 미남자였다. 역시 차윤성의 외삼촌이라는 말이 나올 정도로 얼굴에 닮은 부분도 조금 있을뿐더러 젊었을 적 여자 꽤나 울렸을 법한 미남이었다.

그가 바로 K토이의 사장 조창섭이었다.

"이제 오는 게냐?"

"여긴 어쩐 일이세요?"

"어쩐 일은. 잘생긴 우리 조카 얼굴도 한 번 볼 겸 들렀다. 요새 매일 출근한다던데 혹시 심경의 변화라도 생긴 거냐?"

차윤성의 입장으로는 예나 지금이나 별로 달라진 게 없는 것 같은데 이상하게 회사에는 그렇게 소문이 나 있었다. 이사님이 요즘 매일 출근하는 게 이상하다고 말이다.

하지만 조창섭이 묻는 심경의 변화는 그런 단순한 의미가 아니었다. 차윤성도 그 사실을 잘 알고 있었기 때문에 깍듯이 대답했다.

"심경의 변화라뇨. 그런 거 없습니다. 더군다나 외삼촌이 바라시는 그런 변화는 더욱더 없고요."

단칼에 잘라 내버리는 듯한 대답에 조창섭이 답답하다는 듯이 다시 말했다.

"녀석, 정말 이대로 후계자 자리를 포기할 셈이야?"

"말했잖아요. 제가 원하는 싸움이 아니라고. 지금이라도 양보하고 그만할 수 있다면 다 어머니께 드리고 그만하고 싶습니다."

"후계자 자리에서 밀려나는 순간 윤성이 넌 살아남지 못할 게다. 네가 그만한다는 의미가 곧 죽는다는 뜻이라는 것쯤은 너도 알고 있지 않느냐?"

"잘 알고 있습니다. 그렇기 때문에 이렇게 지긋지긋한 싸움, 어쩔 수 없이 이어가고 있는 거고요."

조창섭은 어두운 얼굴로 차윤성을 바라봤다.

그가 생각하기엔 아무리 봐도 후계 다툼에서 밀려나는 순간 차윤성은 죽는다. 그 여자는 절대로 차윤성을 살려 두지 않을 테니까.

자신을 걱정스럽게 바라보는 외삼촌의 시선을 느끼고 차윤성이 다시 부드럽게 말을 이었다.

"그렇게 걱정스럽게 쳐다보실 필요 없습니다. 저는 후계자도 안 할 거고, 죽지도 않을 거니까요."

늘 입버릇처럼 해오던 저 말을 조창섭은 오늘도 또 들어야했다.

조창섭이 보기엔 그런 방법이 세상에 존재할 리 없었다. 아마 그 여자를 모른다면 누군가 그런 희망찬 소리를 할지도 몰랐지만, 그 여자를 아는 자라면 누구도 저런 말을 할 순 없을 것이다.

그런데 누구보다 그 여자를 잘 아는 차윤성이 하는 말이었기에 조창섭으로서도 말릴 수가 없었다. 누가 말린다고 그 말을 들을 차윤성도 아니었고 말이다.

'하여간 저 고집은 누굴 닮았는지……'

원한다면 무엇이라도 내주고 싶은 하나뿐인 조카가 이렇게 황소고집이라 아무것도 손쓰지 못하고 그가 위험한 것을 바라만 봐야 하는 조창섭도 속이 타들어 갈 지경이었다.

자루 속에 든 송곳은 감출 수 없다는 속담이 있다.

차윤성도 마찬가지다.

그 스스로는 아직 인지하지 못하고 있었지만 그의 빼어남이 결국엔 그를 후계자로 이끌거나 더 위험에 빠지게 만들 게 분명했다.

"그렇게까지 후계자 자리를 거부하는 이유가 도대체 뭐냐? 노파심에 하는 말이지만, 네가 이토록 후계자를 거부하는 이유가 설마……."

조창섭의 말이 다 끝나기도 전에 차윤성이 더 이상 듣고 싶지 않다는 듯 말을 가로막았다.

"아닙니다. 외삼촌이 생각하시는 그런 이유."

더 이상 이런 대화를 하고 싶지 않다는 뉘앙스를 팍팍 풍기는 차윤성을 바라보며 조창섭은 알게 모르게 속으로 한숨을 내쉴 수밖에 없었다.

"그래, 네 말대로 이루어진다고 치자. 그럼 뭐 하고 싶은 것이라도 있는 게냐?"

"고민 중이긴 한데 생각해 둔 게 하나 있긴 합니다."

차윤성은 스스로 생각하기에도 뭔가 우스운지, 막상 말하려고 하니 쑥스러운 웃음이 입가에 지어졌다.

사실 지금까지는 살아남기 바빠 모든 일이 다 끝난 후의 일까지는 잘 생각해 보지 못했다. 늘 막연하게만 생각했던 일인데 최근에 흥미가 생기는 일이 하나 있었다.

"나중에는 요리사나 해 볼까 합니다. 외삼촌은 모르시겠지만 이 조카의 요리 실력이 나쁘지 않거든요."

"안 어울린다! K그룹의 차기 회장 자리를 걷어차고 고작 요리사나 하겠다면서 뭐가 그리 좋아서 실실 웃는 게야?"

말은 이렇게 하면서도 조창섭은 내심 차윤성이 요리를 잘한다는 말에 놀라고 있었다. 한 번도 그가 요리를 하는 모습을 본 적이 없었기 때문이다.

"그런데 그렇게 요리를 잘하는 녀석이 외삼촌한테 직접 만든 요리 한 번 대접한 적이 없는 게냐?"

"나중에 기회 봐서 해드릴게요. 외삼촌도 알다시피 제가 요새 좀 바쁩니다."

차윤성이 바쁘다는 말에 조창섭의 표정에 그늘이 졌다. 총회를 앞두고 그가 얼마나 위험한지 잘 알고 있기 때문이었다.

"정녕 이 외삼촌이 도와 줄 일은 없는 게냐?"

"외삼촌은 나서지 않는 게 절 도와주시는 겁니다."

"지금 널 죽이려고 사방에서 혈안인데 이렇게 손 놓고 있다가 정말 네가 총회 전에 크게 다치기라도 할까 봐 걱정이다."

조창섭의 말에 차윤성은 그저 말없이 웃을 뿐이었다.

사실 외삼촌의 말대로 그의 힘을 빌린다면 지금처럼 잠 못 이루며 습격을 받을 일이야 줄겠지만 그렇게 서로 힘겨루기에 들어갈수록 후계자 다툼에서 멀어지긴커녕 오히려 가까워졌다.

차윤성 혼자의 힘으로만 버티다가 사라져야만 후계자 자리에

서 밀려났을 때 아무도 피해를 받지 않았다. 나중에라도 외삼촌에게 피해를 줄 순 없는 노릇이었기에 차윤성은 그의 호의를 받을 순 없었다.

"저도 제 나름대로 생각이 있으니 지금은 이대로 그냥 두세요."

조창섭이 걱정스럽게 차윤성의 어깨에 손을 올리며 말했다.

"혹시 모르니 지욱이라도 꼭 데리고 다니거라. 네가 잘못되면 내가 나중에 하늘에서 누나를 볼 면목이 없구나."

조창섭은 차윤성을 바라보며 그의 친어머니이자 자신의 누나의 얼굴을 떠올렸다.

그를 낳다가 죽었기 때문에 차윤성은 단 한 번도 본 적 없는 얼굴이겠지만 조창섭에게는 바로 어제 만난 것처럼 눈에 선했다.

특히나 오렌지빛 눈동자는 수인족 중에서도 아주 희귀한 색이었다. 그 아름다운 빛깔의 눈동자는 그의 친어머니를 쏙 빼닮은 것이었다.

조창섭은 그 눈동자를 들여다보며 한 번은 어쩔 수 없이 누나를 잃었지만 이대로 조카마저 잃을 수는 없다고 그렇게 다짐했다.

*   *   *

서다래는 퇴근하자마자 곧바로 집에 들어와야 했다.

그 이유는 바로 동생 서다영이 아직까지 그녀의 집에서 움직이고 있지 않았기 때문이었다.

"언니, 윤성이 정말 친구가 데리고 간 거 맞지? 혹시 현관문이 열려 있다거나 해서 잃어버린 건 아니지?"

서다영은 혹시나 개를 잃어버리고 자신을 안심시키기 위해 거짓말을 하고 있을까 봐 서다래에게 몇 번이나 같은 질문을 했다.

"그렇다니까. 친구가 데려갔다고 몇 번을 말해."

"아니, 조금 이상해서 그렇지. 밥 먹고 와 보니까 개가 사라졌지, 그런데 그게 친구가 와서 데려간 거라고 하지. 뭔가 좀……."

"괜히 추리소설 쓰지 말고, 얼른 짐 싸."

"나 안 내려 간다니까?"

"당장 내려가."

단호한 서다래의 말에 서다영이 상처를 받았는지 순간 표정이 어둡게 변했다.

서다영이 잔뜩 시무룩해진 목소리로 말했다.

"언니마저 나한테 왜 이래?"

"다영아, 언니 좀 봐 봐."

서다래는 고개를 푹 수그리고 있는 서다영의 손을 잡고 그녀의 눈높이에 맞춰서 몸을 숙였다. 그러자 두 사람의 시선이 허공에서 마주칠 수 있었다.

"네 말이 무슨 말인지 알아. 나한테 말하지 못한 일들도 많이 있을 거라고 생각하고, 솔직히 지금 네가 얼마나 힘든지 나는 이해가 돼."

사실 어젯밤 잠들기 전까지 서다영과 대화를 나누면서 동생이 어떤 점을 힘들어하는지 많은 부분을 이해할 수 있었다.

서다래의 집은 가난했다.

부유하지 않은 가정환경인데도 어느새 아버지까지 몸이 편찮아지시면서 일을 쉬게 되었다. 어머니가 혼자서 일하면서 집을 꾸려나가는데 얼마나 힘든 부분이 많겠는가.

서다래가 대학을 다니는 동안 둘째인 서다영이 집안일을 많이 돕게 됐고, 그러는 동안 외모에 관심이 많을 나이에 꾸미지도 못하고 친구와 어울릴 시간도 점점 더 없어진 것이다.

좋은 학원을 다니며 공부하는 친구들 성적을 따라가는 것도 빠듯한데 점점 신경 쓸 것도 많아지고 친구들 사이에서 소외를 당하기 시작하니 혼자 버티기 힘든 것이었다.

아버지가 쓰러지신 건 서다래가 대학에 가고 난 다음이었지만 서다래는 동생이 어떤 마음인지 많은 부분을 이해할 수 있을 것만 같았다. 첫째 딸로서 어렸을 때부터 집안일을 많이 도왔기 때문에 그녀도 그 나이에 비슷한 고민을 했기 때문이다.

"하지만 지금 당장 편하자고 이런 선택을 하는 건 옳지 않아. 그건 너도 속으로는 알고 있잖아?"

"언니가 몰라서 그래. 내가 그동안 얼마나 숨이 막혔는데."

서다영은 어느 순간 눈물이 그렁그렁 고여서는 훌쩍거리며 울고 있었다.

서다래는 동생의 우는 모습에 마음이 아파서 그녀를 양손으로 끌어안았다. 꼬옥 끌어안은 동생의 어깨는 이상하게도 한없이 작게 느껴졌다.

점점 집안 형편이 어려워지면서 동생인 서다영을 대학에 보낼수 있을지도 확실치 않게 됐다.

더군다나 이미 서울에서 대학을 다니는 서다래조차도 지금의 자신과 형편이 크게 다르지 않다는 게 희망이 더 없어 보였던 모양이었다.

"다영아, 언니가 약속할게. 돈 많이 모아서 어떻게든 너 대학보내 줄 테니까 언니 믿고 지금은 집으로 내려가. 나중에 너 대학에 합격하면 그때 언니랑 같이 살자, 응?"

"흐으윽, 언니."

서다영은 서다래의 품 안에서 펑펑 울었다.

그런 동생의 모습을 보면서 서다래는 자신도 모르게 같이 울고 말았다.

그렇게 두 자매는 서로를 붙잡고 그 자리에서 하염없이 울었다.

7.
함부로 건드리지 마

서다래는 거울에 비친 퉁퉁 부은 눈가를 손으로 문질거렸다.

서다영과 부둥켜안고 오랜 시간을 운 탓에 오늘 출근을 하자 사무실 사람들이 어제 무슨 일 있었냐고 물어봤을 정도로 얼굴이 엉망이었다.

어젯밤도 한참을 우는 바람에 생각보다 시간이 늦어져서 서둘러 나가느라 고생을 해야 했다. 간신히 기차 시간에 맞춰서 서다영을 보내고 나니 돌아오는 길에 이상하게도 시원섭섭했다.

서다영이 자취집에 있을 때는 빨리 보내야 한다고만 생각했는데, 막상 집으로 보내고 나니 힘들게 서울까지 올라온 동생한테 아무것도 해 준 게 없이 내려 보낸 것 같아서 마음이 좋지 않았다.

틱.

서다래는 이런저런 생각에 잠긴 채 엘리베이터 지하 1층 버튼을 눌렀다.

이제는 익숙해진 커피 심부름을 하기 위해서였다. 점심시간이 지나고 졸음이 서서히 밀려올 때 즈음이면 항상 지하 1층에 있는 카페에 가서 커피를 사오는 게 그녀의 업무 중 하나였다.

"어서 오세요!"

이젠 제법 단골손님이 되어 버린 카페에 들어서자 점원의 밝은 인사와 함께 어제와 똑같은 자리에 앉아 있는 한 남자가 눈에 들어왔다.

'아!'

그는 바로 어제도 이곳에서 마주쳤던 이은호였다.

긴 다리를 한쪽으로 꼬고 앉아 있는 이은호는 편안하게 앉은 모습조차도 이상하게 아주 잘 정돈된 느낌이 들었다.

연한 갈색 머리카락에 부드러운 이미지를 가진 그는 마치 당장이라도 커피 광고에 출연해도 어색함이 없을 정도로 근사했다.

수군수군.

카페를 지나가는 여직원들이 유리창 너머로 그를 훔쳐보느라 여념이 없었다. 뿐만 아니라 평소에 테이크아웃을 많이 해가는 카페인데도 오늘따라 손님이 많다 싶었더니 이은호의 주변에 앉아서 얼굴을 붉히고 있는 여자가 한둘이 아니었다.

외모야 눈에 보이는 것처럼 끝내주게 잘 생겼지만 서다래는 고개를 절레절레 저을 수밖에 없었다.

첫 만남과 두 번째 만남.

두 번 다 서다래의 상식으로는 전혀 이해할 수 없는 남자이기 때문이다. 솔직하게 말하면 조금 똘끼가 있어 보인달까.

서다래는 '설마 오늘도 말을 걸어오겠어?'라는 생각과 함께 카운터로 가서 커피를 주문하기 시작했다.

"아메리카노 다섯 잔이랑 카페모카 두 잔이랑⋯⋯."

사무실 사람들의 입맛에 따라 주문을 하느라 이것저것 커피 종류를 말하고 난 뒤 커피가 나올 때까지 잠시 자리에 앉아 기다리려고 할 때였다.

"서다래 씨."

막 의자에 앉으려고 할 때 정말로 이은호가 다가와서 그녀의 이름을 불렀다.

설마 했던 일이 정말로 벌어지자 서다래는 '이 사람이 나한테 왜 이러는 거지?'라고 의문이 들 수밖에 없었다.

그런데 그가 내뱉은 말은 정말 예상 밖이었다.

"무슨 일 있었어요?"

무척이나 친한 사람이 안부를 묻듯이 잔뜩 걱정스러운 표정으로 그녀를 내려다보는 얼굴에, 서다래는 순간 자신에게 왜 그런 말을 하는지 의미를 모르겠어서 그를 쳐다볼 수밖에 없었다.

그러다가 문득 지금 그녀의 두 눈이 통통 부었다는 사실을 기억해내고 서다래는 한 손으로 자신도 모르게 눈 부위를 가렸다.

"아! 눈이…… 아무것도 아니에요."

만난 지 얼마나 됐다고 설마 눈이 부은 것을 보고 이렇게 걱정스럽게 물어볼 줄은 꿈에도 몰랐다. 이은호라는 남자는 항상 자신이 생각지도 못한 행동을 한다는 생각이 들었다.

"손수건을 찬물에 적셔서 눈 주위에 대고 있으면 지금보다 괜찮아질 겁니다. 괜찮으시다면 이거라도 쓰실래요?"

잠시 머뭇거리던 이은호가 반듯하게 접혀진 손수건을 서다래에게 내밀었다.

서다래는 그 손수건을 한 번 보곤 그것을 건네는 이은호의 얼굴을 다시 쳐다봤다.

오늘따라 이상하게도 서다래가 무슨 말을 할지 잔뜩 긴장한 채 자신을 내려다보고 있는 이은호의 눈빛을 보고 있자니 왠지 웃음이 새어 나올 것 같았다.

마치 상자 속에 버려져 있는 고양이같이 애처로운 눈동자가 순간 귀엽게 느껴져 서다래가 결국 작게 웃고 말 때였다.

"풋."

서다래의 웃음에 초조하게 그녀를 바라보던 이은호의 표정이 순식간에 밝아졌다. 하지만 서다래는 언제 웃었냐는 듯이 다시 표정을 굳히며 이은호를 향해 사무적으로 말했다.

"마음은 감사하지만 괜찮아요."

그때였다.

"주문하신 커피 나왔습니다!"

서다래가 자신이 주문한 커피들이 나오는 모습을 보고 앉아 있던 자리에서 일어났다.

"그럼 이만."

나지막이 이은호를 향해 인사를 건네며 카운터로 걸어갔다.

지금까지 이은호와 몇 번을 짧게 마주쳤지만 늘 이렇게 금방 헤어졌기 때문에 오늘도 당연히 그럴 거라고 생각했었다.

그런데 오늘은 달랐다.

갑자기 이은호가 다급하게 서다래의 뒤를 쫓아오면서 말했다.

"오늘은 제가 돕겠습니다."

"아, 아니 괜찮…… 앗!"

도와주려는 이은호와 거부하려는 서다래가 옥신각신하는 새에 커피 한 잔이 쏟아지고 말았다.

주르륵.

천만다행으로 뜨거운 커피는 아니었지만 서다래의 하얀 옷에 시꺼먼 커피가 물들며 얼룩이 지고 있었다.

이은호는 서둘러 냅킨을 여러 장 집어서 서다래에게 건넸다.

"정말 미안합니다. 이상하게 자꾸 서다래 씨 앞에만 서면 실수를 하네요."

"아니에요. 사고인데 어쩔 수 없죠."

서다래는 씁쓸하게 입맛을 다셨지만 정말 사고였기에 이은호를 탓할 생각은 없었다.

서다래가 냅킨으로 대충 옷을 닦고 있을 때였다. 이은호는 그런 서다래를 내려다보다가 나지막한 목소리로 말했다.

"이건 명백히 제 잘못이니 만회할 기회를 주세요."

"네?"

"오늘 회사 끝나고 잠깐 시간 내주실 수 있나요?"

"에?"

서다래는 당황한 얼굴로 이은호를 올려다볼 수밖에 없었다.

막무가내로 우겨대는 이은호 덕분에 얼떨결에 회사가 끝나면 그와 만나기로 약속을 해 버렸다.

커피가 쏟아지긴 했지만 비싼 옷도 아니고 굳이 이렇게까지 변상을 해 줄 필요는 없었기 때문에 사무실로 올라오는 서다래의 표정은 조금 떨떠름할 수밖에 없었다.

그때였다.

딩!

엘리베이터 문이 열리자 불그스름하게 얼굴을 붉힌 몇몇 여자 사원들이 내려가는 엘리베이터를 기다리며 서 있었다.

그 여자 사원들 중에는 서다래도 얼굴을 아는 소유진이 껴있었기 때문에 그녀가 인사를 건넸다.

"안녕하세요."

"어머, 다래 씨! 지금 지하 1층에서 커피 사오는 길이야?"

잔뜩 흥분한 것 같은 목소리로 소유진이 묻자 옆에 같이 서 있던 다른 여자 사원들도 자연스레 서다래를 향해 시선을 옮겼다.

그런데 그 시선들이 뭔가 잔뜩 기대하는 것 같아서 서다래가 의아한 표정을 지으며 다시 물었다.

"아, 네. 무슨 일 있어요?"

"글쎄! 지금 지하 1층 카페에 K통신 본부장이 와있다고 난리가 났어. 생긴 게 연예인 뺨친다는데 혹시 오면서 다래 씨도 봤어?"

"K통신의 보, 본부장님이요?"

"그렇다니까."

"아뇨, 저는 못 본 것 같은데⋯⋯."

"어쩜, 다래 씨는 운도 없지. 난 지금 내려가서 슬쩍 보고 오려고."

소유진의 말에 다른 여자 사원 한 명이 표정이 어두워지며 말했다.

"설마 벌써 가버린 거 아니야?"

그녀들이 호들갑을 떨며 엘리베이터를 타는 모습을 바라보던 서다래가 문득 머릿속에 떠오른 생각에 혹시나 싶어 물었다.

"저, 그런데 혹시 그 본부장님 성함이 어떻게 되는지 아세요?"

"갑자기 그건 왜 물어?"

"아니, 그냥 궁금해서⋯⋯."

때마침 엘리베이터 문이 막 닫히려고 하자 소유진이 좁아지는 엘리베이터 문 사이로 서다래를 향해 큰 목소리로 외쳤다.

"이은호 본부장님이셔!"

"이, 이은호요?"

탁.

그렇게 엘리베이터 문이 닫히고 그녀들은 지하 1층으로 내려가 버렸다.

그 자리에는 서다래만 덩그러니 남아서 깜짝 놀란 눈으로 이미 닫혀버린 엘리베이터 문을 쳐다볼 수밖에 없었다.

"하, 하하…… 말도 안 돼."

서다래는 말이 안 된다는 생각이 머릿속에 강하게 들었지만, 생각해볼수록 소유진이 말한 본부장과 이은호가 정황상 딱 맞아떨어졌다.

더군다나 이름도 똑같으니 오해일 확률은 없다시피 했다.

"아, 왜 하필……."

서다래는 양손에 들고 있는 커피 때문에 움직이지도 못하고 그 자리에서 고개만 푹 수그릴 수밖에 없었다.

세상에 무슨 복을 타고 난 건지 차윤성부터 시작해서 이은호까지 말도 안 되게 잘생긴 남자들이 주변에 꼬이고 있었다.

물론 그건 더없이 좋은 일일 수도 있었지만, 문제는 대학교를 졸업하고 난 다음에도 이 K토이에서 가늘고 길게 근무하고 싶은 서다래에게 이 존재들이 그리 달갑지만은 않다는 사실이었다.

서다래는 방금 전 아무 생각 없이 회사 정문 앞에서 이은호와 만나기로 한 약속을 떠올리며 눈앞이 캄캄해질 수밖에 없었다.

"……설마 별일이라도 생기겠어?"

잠시 후 소유진과 함께 지하 1층 카페로 내려갔던 여자 사원들이 씩씩거리며 사무실로 돌아왔다.

그 이유는 첫째로 이은호의 얼굴을 못 봐서이고, 둘째로 이은호가 K토이에 근무하는 어떤 여자 사원에게 말을 걸었다는 소문이 파다하게 퍼져서였다.

"이은호 본부장님이 말 걸었다는 그 행운아는 어떤 여자일까?"

"아마 지금쯤 행복에 겨워하고 있겠지?"

"아, 그 행복을 내가 망가트려놓고 싶다."

삼삼오오 모여 커피를 마시면서 나누는 살벌한 대화에 서다래는 등 뒤로 소름이 오싹 돋았다.

그런 대화를 듣고 나자 혹시라도 퇴근 후에 이은호와 정문에서 만나는 걸 누군가 볼까 봐 서다래는 더욱더 골머리를 앓을 수밖에 없었다.

나른한 오후였기에 퇴근 시간이 그리 길게 남지 않은 상태였다. 하지만 서다래에게만큼은 그 시간이 총알처럼 지나갔다.

"수고하셨습니다."

그렇게 마땅히 뾰족한 수를 생각해내지 못한 채 퇴근을 하고 말았다.

그냥 도망갈까 하는 마음도 있었지만 최근에 K토이에서 많이 마주쳤던 이은호다. 만에 하나라도 바람맞히고 난 다음에 회사에서 또 만나게 되면 뭐라고 변명을 한단 말인가.

무엇보다 이미 만나기로 약속했는데 바람맞힌다는 사실도 마음에 걸렸다.

"하아."

이까짓 옷이 뭐라고.

서다래는 쏟아진 커피로 인해 까맣게 얼룩진 옷을 원망스럽게 쳐다볼 뿐이었다.

터벅터벅.

무거운 발걸음으로 로비에 도착하자 밝은 표정으로 서 있는 이은호가 저 멀리서부터 눈에 들어왔다. 워낙 훤칠하게 생긴 남자다 보니 수많은 사람들 속에 묻혀 있어도 한눈에 알아볼 수 있었다.

마음속으로 어떻게 해야 하나 천만번은 갈등했지만 결국 '에라 모르겠다!' 생각하고 눈을 딱 감을 수밖에 없었다.

서다래는 셔츠 깃을 한껏 세우고 구부정한 자세로 몸을 숙이며 최대한 얼굴을 가리기 위해 노력했다.

서다래가 로비 바깥으로 나가자 이은호가 그녀를 발견하고 다가오기 시작했다.

"서다……."

"쉿!"

서다래가 자신의 이름을 부르려는 이은호를 향해 눈짓으로 하지 말라는 신호를 보내며 손가락을 세워 입에 갖다 댔다.

다행히도 이은호가 서다래의 신호를 알아들은 건지 가까이 다가오려던 걸음을 멈춘 채 그녀의 이름을 끝까지 부르지도 않았다.

눈치가 빠른 사람이라서 얼마나 다행인지 몰랐다.

만약 이은호가 신호를 못 알아듣고 그녀의 이름을 부르기라도 한다면 그대로 줄행랑을 칠 생각도 했었다.

터벅터벅.

저벅저벅.

그렇게 한참을 서다래가 앞서서 걷고 뒤따라 이은호가 쫓아오기 시작했다.

회사에서 꽤 멀리까지 가고 난 다음에야 서다래는 구부정하게 숙이고 있던 허리를 펼 수 있었다.

'하아! 천만다행이다.'

이제는 안전한 것 같다는 생각에 서다래가 속으로 깊은 안도의 한숨을 내쉴 때였다.

"재미있네요."

어느새 다가온 건지 가깝게 들리는 목소리에 고개를 돌려보니 이은호가 바로 뒤편에 서 있었다.

"나중에 한 번 더 할까요?"

햇빛을 역광으로 받으며 개구쟁이처럼 웃는 모습이 너무 해맑아 보여서 서다래는 잠시 이은호를 쳐다볼 수밖에 없었다.

이은호가 그녀를 데리고 간 곳은 어느 한 백화점이었다.

안에 들어서기 무섭게 기다랗게 늘어진 휘황찬란한 옷들과 액세서리에 서다래는 자신도 모르게 시선을 빼앗겼다.

K토이에 첫 출근 했을 때, 소유진이 입은 옷을 보고 정말 예쁘다고 생각을 했는데 여기에는 그보다 더 스타일이 좋은 옷들도 많았다.

옷뿐만이 아니라 지나다니는 사람들도 하나같이 전부 세련되고 멋스러워서 눈을 뗄 수가 없었다.

멍하니 구경하고 있는 서다래를 보며 이은호가 물었다.

"혹시 마음에 드는 거 있어요?"

"아, 아뇨! 제 옷은 이렇게 비싼 게 아닌데요."

"제 실수로 옷을 그렇게 만들었으니 더 좋은 걸로 사드리고 싶어요. 그래서 이곳으로 온 거니 금액 상관없이 마음에 드는 걸로 골라보세요."

"정말 그러실 필요 없어요. 저는 세탁비만 주셔도 충분한데……."

"여기 한 번 들어가 볼까요?"

서다래의 말을 자르며 이은호가 먼저 매장 안으로 슥 들어가 버리는 바람에 뒤에서 난감해하던 서다래도 어쩔 수 없이 뒤따라 들어가게 됐다.

한눈에 봐도 엄청나게 고급스러운 분위기가 풍기는 매장이었다.

"어머, 어서 오세요!"

이은호의 얼굴을 보며 환하게 웃던 점원의 표정이 서다래의 허름한 옷차림을 보고 일순 미묘하게 변했다.

하지만 그건 한순간일 뿐이었다.

재빨리 영업용 스마일을 다시 얼굴에 그리며 점원이 친절하게
물었다.

"어떤 거 보시는 중이세요?"

"이 여성분께 어울리는 옷으로 골라주세요."

점원은 이은호의 말에 그의 뒤편에 어정쩡하게 서 있는 서다
래를 자세히 들여다보더니 여전히 미소 띤 얼굴로 말했다.

"이분은 워낙 몸매가 좋으셔서 뭘 입어도 잘 어울리시겠는데
요? 이리 한번 와보세요."

친절한 점원의 말에 따라 움직이던 서다래는 어느새 정신을
차리고 보니 옷을 몇 벌 들고는 탈의실로 들어가 있었다.

탈의실 안에 서서야 '내가 지금 뭐하는 거지?'라는 생각이 들었
지만 이미 양손에는 갈아입을 옷을 몇 벌이나 들고 온 상태였다.

능수능란한 점원의 말솜씨에 따르다보니 눈 깜짝할 새에 이
런 상황에 놓인 것이다.

'하아.'

잠시 고민하던 서다래는 가지고 온 옷을 한 벌도 안 입고 나
가기도 뭐해서 일단은 한 번만 갈아입고 거절하기로 마음을 먹
었다.

그렇게 서다래가 옷을 갈아입기 시작했다.

챠르륵.

그녀가 탈의실에서 나오자 점원의 비명에 가까운 소리가 들려왔다.

"어머, 어머! 정말 너무 잘 어울리세요!"

서다래는 과도한 칭찬에 어색하게 웃으며 전신 거울에 비친 자신의 모습을 보았다.

그녀가 입은 옷은 심플한 검은색 원피스로 몸에 딱 떨어지게 내려오면서 허벅지 반밖에 오지 않는 짧은 치마가 플레어스커트처럼 끝이 살짝 퍼져 있었다.

은근히 몸매를 드러내는 스타일의 옷이었기에 보는 각도에 따라 섹시한 느낌까지 받게 했다.

여름인데도 불구하고 검은색의 옷이 칙칙해 보이기는커녕 어두운 느낌 없이 오히려 무척이나 고급스럽게 느껴졌다.

서다래도 거울 속의 자기 자신을 바라보며 깜짝 놀랄 수밖에 없었다.

지금 이 상태만으로도 그녀답지 않아 보이는데 여기서 헤어와 메이크업까지 한다면 완전히 다른 사람일 것 같다는 생각마저 들었다.

그때였다.

"정말 잘 어울립니다."

어느새 다가온 건지 거울 뒤편으로 이은호의 모습이 비쳐졌다. 그의 얼굴에도 아주 만족스러운 표정이 지어져 있었다.

사실 서다래가 탈의실에서 나오는 순간 제일 놀란 것은 바로 이은호였다.

수수하게 꾸미고 다녔던 지금까지와 판이하게 다른 느낌이기 때문이다. 이런 옷을 입고 바깥으로 나간다면 지나가는 모든 남자들이 다들 한 번쯤 그녀를 돌아볼 정도로 무척이나 아름다웠다.

점원이 재빨리 서다래의 옆에 서서 옷매무새를 정리해 주며 말했다.

"정말 입바른 말이 아니고 이 옷은 아가씨를 위해서 만들어진 것만 같아요. 다른 옷들도 한 번 입어보시고 오세요."

다른 옷도 입어보라는 점원의 말에 그제야 정신을 차린 서다래가 단호하게 말했다.

"아니에요. 제가 자주 입는 스타일이 아니라 구입해도 잘 안 입을 것 같네요. 일단 들어가서 제가 원래 입고 온 옷으로 갈아입고 나올게요."

"이런, 정말 너무 잘 어울리시는데……."

안타깝다는 듯이 말하는 점원의 말을 뒤로한 채 서다래가 서둘러 탈의실 안으로 들어가려고 할 때였다.

덥석.

이은호가 서다래의 손목을 잡는 바람에 그녀는 탈의실에 들어가지 못한 채 걸음을 멈출 수밖에 없었다.

"갑자기 왜……."

손목을 잡은 이은호의 행동에 서다래가 눈을 동그랗게 뜨고 그를 올려다 볼 때였다. 이은호 역시 시선은 그녀를 바라보며 점원을 향해 나지막한 목소리로 말했다.

"지금 입은 옷이랑 같이 고른 것들 전부 계산해 주세요."

"잠시만요."

서다래가 놀라서 이은호를 다급하게 부르자 그의 눈동자가 마치 왜 부르냐는 듯 그녀를 물끄러미 쳐다봤다.

"부담스러워요. 이러지 않으셔도 돼요."

이은호가 역시 아무런 말도 없자 서다래가 다시 말을 이어 나갔다.

"고작 옷에 커피 조금 흘렸다고 이렇게 비싼 옷들을 받을 수는 없어요."

"제가 해드리고 싶어서 드리는 겁니다. 잘못은 제가 저질렀으니 어떻게 변상할지도 제가 정하겠습니다. 사양하지 말아 주세요."

서다래도 여자다.

어떻게 이런 옷을 보고 갖고 싶지 않을 수가 있겠는가. 하지만 그녀는 이은호의 이런 호의가 정말 부담스러웠다.

"이런 거 너무 막무가내 아닌가요? 받는 사람 입장도 생각해 주세요."

"애초에 안 봤으면 모르겠지만 이렇게 잘 어울리는 걸 봤는데 어떻게 안 사줍니까? 저 점원분도 그러시잖아요, 서다래 씨를 위해 만든 옷 같다고요."

"그런 건……."

그런 건 딱 들어도 상술이 아니냐고 말하려는 찰나에 어느새 점원이 옆에 나타나서는 이은호를 향해 물었다.

"결제는 어떻게 해 드릴까요?"

무심코 고개를 돌려보니 이미 그녀가 처음에 입고 왔던 옷과 입으려고 가지고 들어갔던 모든 옷들이 포장되어 있었다.

이은호는 서다래의 손목을 잡고 있지 않은 다른 한 손으로 지갑을 꺼내더니 점원에게 지갑을 통째로 건네며 말했다.

"그 안에 있는 카드 아무 걸로나."

"알겠습니다, 고객님."

서다래는 옷을 안 받겠다고 매장 안에서 난동을 부릴 수도 없고 답답한 노릇이었다. 그러다가 아직까지 자신의 손목이 잡혀 있다는 사실을 알아채고 그녀가 말했다.

"일단 놓아주세요."

이은호는 아쉽다는 듯이 그녀를 잡고 있던 손을 서서히 놓아주었다.

순식간에 결제가 다 된 건지 점원이 이은호의 지갑과 함께 여러 개의 쇼핑백을 건네며 환하게 웃었다.

"감사합니다, 또 오세요!"

밝은 점원의 인사를 들으며 매장을 나서는데 서다래는 마치 도깨비에라도 홀린 기분이 들었다.

처음부터 옷을 한 번 입어본 게 잘못이었던 건지 그녀로서는 도무지 알 수가 없었다.

분명 무척이나 예쁜 옷들이기는 했으나 고작 몇 번 마주친 적 밖에 없는 남자가 덜컥 이렇게 비싼 옷을 사주는데 마음이 편할 리가 없었다.

　백화점 바깥으로 나올 때까지 두 사람은 단 한마디도 나누지 않았다.

　여전히 복잡한 서다래의 얼굴을 보며 이은호가 말했다.

　"그렇게 제 선물이 마음에 안 듭니까?"

　"말했잖아요, 고작 커피 한 번 쏟아진 것뿐인데 이런 선물 너무 부담스러워요."

　"그렇게 부담스러워하실 필요 없습니다. 사실 서다래 씨의 관심을 얻기 위해서라면 이보다 더 값비싼 것이라도 사드리고 싶은 게 지금 제 심정입니다."

　"그게 무슨……?"

　서다래는 마치 그녀에게 관심이 있다는 어투로 말을 하는 이은호를 놀란 눈으로 쳐다볼 수밖에 없었다.

　"정 부담스러우시면 대신에 저랑 데이트라도 한 번 해달라는 말입니다."

　부드러운 미소를 지으며 말을 하는 이은호는 어떤 여자라도 한눈에 반할 만큼 근사했다.

*　　*　　*

차윤성은 차를 타고 가고 있는 중이었다.

한쪽 팔꿈치를 세워 창가에 기댄 채로 무심코 고개를 옆으로 돌렸을 때였다.

'이은호?'

길거리 한복판에 서 있는 이은호를 발견하곤 그가 왜 저기에 서 있는지 의아한 생각이 들 때였다.

문득 그의 앞에 서 있는 여자를 보는 순간 차윤성은 차를 세울 수밖에 없었다.

끼익!

급브레이크를 밟는 바람에 뒤따라오던 놀란 차들이 경적을 울려대기 시작했다.

빠아앙!

빠앙!

귀 아픈 소리에 차윤성은 미간을 찌푸렸지만 그의 기분을 상하게 하는 건 꼭 이 시끄러운 소리만은 아니었다.

"갑자기 무슨 일입니까? 이러다 사고 나겠습니다, 도련님."

조수석에 앉은 강지욱이 아무런 대답이 없는 차윤성을 쳐다봤다.

그는 요즘 총회 때문에 위험에 많이 노출이 된 차윤성의 옆을 그림자처럼 붙어 다니는 중이었다.

"윤성 도련님?"

"지욱아, 운전은 네가 해야겠다."

"도련님!"

탁.

갑자기 운전석에서 내리는 차윤성을 강지욱이 불러봤지만 그를 말릴 수는 없었다.

차윤성은 빠른 걸음으로 서다래가 있는 곳을 향해 걸어가기 시작했다.

저벅저벅.

가뜩이나 수수하게 꾸미고 다녀도 자꾸 눈길이 가던 서다래다. 그런 그녀가 저런 옷을 입고 있으니 한순간 알아보지 못할 정도로 아름다웠다.

저렇게 예쁘게 꾸미고선 왜 이은호와 같이 있는 건지 이해가 되질 않았다.

어째서 이은호와 같이 있는 건지, 두 사람이 도대체 어떻게 알게 된 건지 궁금증이 들었지만…….

결론은 이 모든 게 하나도 마음에 들지 않는다는 사실이었다.

차윤성이 점차 그들에게 가까워질 때였다.

"그렇게 부담스러워하실 필요 없습니다. 사실 서다래 씨의 관심을 받기 위해서라면 더 값비싼 거라도 사드리고 싶은 게 지금 제 심정입니다."

"그게 무슨……?"

"정 부담스러우시면 대신에 저랑 데이트라도 한 번 해달라는 말입니다."

울컥.

이은호의 말을 들은 차윤성은 순간 참을 수 없이 화가 났다.

"서다래."

차윤성의 서늘하게 낮은 목소리가 귓가에 들리자 잠시 멍하니 이은호를 바라보던 서다래가 정신을 차리고 고개를 돌렸다.

이내 다가오는 차윤성을 발견하고선 두 눈을 크게 뜨고 그를 쳐다봤다.

"여기는 어떻게……?"

갑작스러운 차윤성의 등장에 놀란 것은 이은호도 마찬가지였다.

서다래의 이름을 어떻게 그가 아는지도 모르겠고, 평상시 냉정하기만 하던 차윤성의 살기 어린 시선도 당황스럽다. 이은호가 서다래를 향해 물었다.

"두 분이 아는 사이입니까?"

그의 질문에 서다래는 자신과 차윤성의 사이를 어떻게 말해야 할지 잠시 고민하다가, 평소 회사에서처럼 잘 모르는 사이로 해 두는 편이 나을 거라고 판단했다.

"저희 회사 이사님이세요."

사적으로 아는 사이는 아니라는 듯 적당한 선을 그어 두는 서다래의 발언에 잠시나마 놀랐던 이은호의 표정이 풀어지려는 찰나였다.

휘익!

어느새 다가온 차윤성이 입고 있던 재킷을 벗고선 서다래의 옷 위에 자신의 재킷을 덮어 버렸다.

"어엇?"

깜짝 놀란 서다래가 마치 무슨 짓이냐는 듯 차윤성을 올려다봤지만 그는 조금도 꿈쩍하지 않았다. 자신의 재킷으로 서다래를 마치 보쌈이라도 해갈 것처럼 꽁꽁 싸매더니 나지막한 목소리로 말했다.

"다른 사람들이 다 보잖아."

이것도 저것도 다 마음에 들지 않았지만 가장 마음에 들지 않는 건 역시 너무 짧은 그녀의 치마 길이였다.

그녀를 향한 차윤성의 태도에 이은호의 낯빛이 흐려졌다.

그가 아는 차윤성, 그는 결코 남을 위해 저런 행동을 할 위인이 아니었다. 하물며 그게 여자라면 더더욱.

지금까지 늘 그랬듯이 이은호는 순식간에 자신의 표정을 감췄지만, 여태까지 보지 못했던 차윤성의 태도에 묘한 불쾌감을 느꼈다.

이은호가 딱딱해진 목소리로 차윤성을 향해 말했다.

"놔주시죠. 서다래 씨가 곤란해 하지 않습니까?"

이은호의 말에 차윤성의 입가에 비릿한 웃음이 걸렸다.

"싫다면?"

차윤성의 도발에 깜짝 놀란 것은 중간에 끼어 있는 서다래였다.

"저, 저기요?"

잔뜩 당황한 서다래의 목소리가 들렸지만 차윤성이나 이은호나 둘 다 서로 한 치도 양보할 생각이 없어 보였다.

"서다래 씨는 지금 저와 대화를 나누는 중이었습니다."

"그래서? 그것과 내가 지금 서다래를 잡고 있는 게 무슨 상관이지?"

"말장난하자는 게 아닙니다, 첫째 도련님."

"말장난이라…… 난 네가 어떻게 서다래와 알게 됐는지 관심없어. 다만,"

차윤성이 보란 듯이 서다래를 감싸고 있던 재킷을 자신 쪽으로 당겼다.

스윽.

그러자 재킷 안에 꽁꽁 싸여 있던 서다래는 순간 중심을 잃고 차윤성 쪽으로 몸이 기울어졌다.

다가오는 그녀의 어깨를 차윤성이 한 손으로 감싸 줄 때였다.

'건드리지 마.'

차윤성의 강렬한 눈빛이 이은호를 겨냥한 채 명백히 경고를 날리고 있었다.

쫘악.

이은호는 그 모습에 자신도 모르게 분에 차서 어금니를 깨물고 말았다.

평소라면 이대로 물러서고도 남았을 이은호였지만 이상하게도 이번만큼은 오기가 생긴다.

타악!

이은호는 자신도 모르게 서다래의 어깨를 잡고 있는 차윤성의 팔을 붙잡으며 말했다.

"그 손 놓으라고 했습니다."

이은호의 뜻밖에 행동에 차윤성의 눈에도 순간 이채가 어렸다.

단 한 번도 제 이빨을 드러내지 않았던 이은호다.

그런 그가 처음으로 차윤성을 향해 똑바로 맞서고 있었다.

하지만 놀란 건 한순간일 뿐이었다.

차윤성은 자신을 붙잡은 손을 힐끔 보고는 짐짓 불쾌하다는 듯 미간을 좁히며 말했다.

"놔라."

마치 당장이라도 물어뜯어 죽여 버릴 것만 같은 서늘한 살기가 차윤성의 목소리에 묻어 나왔다.

굳이 차윤성이 입 밖으로 '죽여 버리기 전에.'라는 말을 붙이지 않아도 지금 이대로 있다간 금방이라도 큰 사단이 벌어질 거란 건 불 보듯 뻔한 일이었다.

그때 차윤성에게 어깨를 잡혀 있던 서다래가 더 이상 못 참겠다는 듯 말했다.

"지금 도대체 뭐하시는 거예요?"

차윤성과 이은호가 아는 사이일 거라고는 생각해 보지도 못했는데, 나누는 대화를 듣고 있자니 둘은 예전부터 알고 있었던 모양이다.

이대로 손 놓고 있다간 더 이상 안 될 것 같아 서다래가 황급히 둘을 말리려고 할 때였다.

"두 분 도련님이 여기서 뭐하시는 겁니까?"

모습을 드러낸 것은 인근에 차를 주차하고 차윤성을 찾아 나선 강지욱이었다.

강지욱은 단번에 두 사람 사이에서 흐르는 심상치 않은 분위기를 읽어 내고 나지막한 목소리로 말했다.

"무슨 일인지 모르겠으나 두 분 다 그만하십시오. 보는 눈들이 많습니다."

강지욱의 말에 서다래가 무심코 시선을 돌려보니 지나가는 사람들이 모두 이곳을 힐끔거리며 쳐다보고 있었다.

아무래도 혼자만 있어도 사람들의 주목을 받는 남자들이 두 명이나 이렇게 같이 서 있게 되니 더욱 시선이 쏠릴 수밖에 없었다.

이미 험악해진 분위기가 쉽게 풀어질 것 같지 않았으나 다행히도 이은호가 먼저 차윤성의 팔을 붙잡고 있던 손을 놓았다.

스윽.

그럼에도 여전히 차윤성은 죽일 듯이 이은호를 바라보고 있었다. 그가 자신을 막아선 행동을 용서할 수 없었기 때문이다.

조금도 풀리지 않은 차윤성의 감정을 눈치채고 강지욱이 다시 입을 열었다.

"윤성 도련님."

그의 이름을 한 번 더 부름으로써 이 자리는 일단 벗어나자는 의미를 담아 말한 것이었다.

강지욱이 재차 그의 이름을 부르며 말리지 않아도 차윤성 역시 이렇게 사람이 많은 장소에서, 그것도 서다래를 옆에 둔 채로 이은호와 힘겨루기를 할 생각은 없었다.

불쾌한 감정을 간신히 억누르고 있을 때였다.

"서다래 씨, 오늘은 어쩔 수 없이 이만 가 봐야겠습니다. 다음에 만났을 때 오늘 제가 한 말의 대답 들려주세요."

어느새 입가에 가식적인 미소를 지으며 서다래를 향해 말을 하는 이은호를 보자 차윤성의 미간이 다시 삽시간에 구겨졌다.

지금 이은호가 말하는 대답이란 차윤성이 오기 전에 서다래에게 데이트를 해 달라고 청했던 그 말에 대한 대답이 분명했다.

그리고 그 말인즉, 차윤성을 향한 명백한 도전이나 다름이 없었다.

차윤성은 이은호를 향해 분명히 경고를 날렸고, 그가 경고를 알아듣지 못했을 리가 없었다. 그럼에도 이런 말을 내뱉었다는 건…….

차윤성이 차가운 목소리로 이은호를 향해 말했다.

"너…… 이렇게 봐주는 건 오늘뿐이다."

차윤성은 하루가 지났음에도 불구하고 어제 이은호와 만났던 일을 떠올리면서 자신도 모르게 미간을 찌푸렸다.

"쯧."

어제 이은호에게는 둘이 어떻게 알게 됐는지 관심이 없다고 말했지만 사실 차윤성은 궁금했다. 전혀 접점이 없는 서다래와 이은호가 어떻게 알고 지낼 수 있는지 도통 이해가 가지 않았다.

어제 그렇게 이은호가 먼저 가 버리자 자연스럽게 차윤성이 서다래를 집까지 데려다주게 되었다.

자신의 차는 웬만하면 다른 사람에게 맡기지 않는 차윤성이었지만 방금 사고가 날 뻔했다는 잔소리가 귀찮아서 강지욱에게 차 키를 건넸다.

서다래의 집에 도착할 때까지 뒷좌석에 함께 자리한 두 사람 사이엔 묘하게 서먹서먹한 분위기가 감돌았다. 서로 간에 한마디도 주고받지 않은 채 그렇게 그녀의 집으로 갔고 그대로 헤어진 게 전부였다.

갑작스러운 상황에 놀랐는지, 서다래가 조금은 멍한 표정으로 앉아 생각에 잠겨 있었기 때문에 차윤성이 더 말을 걸지 못한 이유도 있었다.

차윤성이 차 안에 앉아 있던 서다래의 얼굴을 떠올리고 있을 때였다.

"……사님, 차윤성 이사님?"

누군가 자신을 부르는 소리에 깊은 생각에 잠겨 있던 차윤성이 소리가 들리는 방향으로 고개를 돌렸다. 그러자 차윤성과 눈이 마주친 한 남자가 조심스럽게 다시 입을 열었다.

"방금 제가 한 말 들으셨습니까?"

고개를 돌려보니 자신을 애타게 부르던 그 남자뿐만이 아니라 회의실 안에 모인 모든 사람들의 시선이 차윤성을 향하고 있었다.

그들의 시선을 한 몸에 받으면서도 차윤성은 아무렇지 않게 입을 열었다.

"무슨 말이요?"

"오늘 부지 매입 건으로 이사님이 지방으로 출장을 가시기로 한 날이지 않습니까?"

지금까지 잊고 있던 사실이지만 차윤성이 마치 알고 있었다는 듯 고개를 한 번 끄덕이자 그가 다시 말을 이었다.

"부지 매입에 있어선 김형찬 대리만 한 인물이 없으니 같이 가시면 도움이 되실……."

그의 말이 채 다 끝나기도 전에 차윤성이 말했다.

"서다래요."

"네?"

"전략기획팀 서다래 사원과 함께 가겠습니다."

차윤성의 말에 회의장 내부가 일순 침묵이 감돌았다. 이런 중대한 일에 전혀 경험도 없는 일개 사원을 데리고 간다니. 더군다나 서다래라면 알바생에 가까운 임시 사원이 아닌가.

하지만 차윤성은 그런 회의실 분위기는 전혀 아랑곳하지 않고 자신만의 생각에 잠겼다.

자신이 없는 회사에 그녀 혼자만을 두고 가는 게 이상하게도 싫었다.

　차윤성 자신이 자리를 비운 새에 이은호가 그녀를 찾을지도 모른다는 생각 때문이다.

　'감히 데이트라니.'

　평소와 똑같이 사무실에서 근무를 하고 있던 서다래는 갑작스러운 통보에 깜짝 놀라고 말았다.

　"저보고 오늘 출장을 가라고요?"

　"네, 갑작스럽겠지만 다래 씨가 수고 좀 해 줘야겠어요. 오늘 회의에서 그렇게 결정이 났다네요."

　"이, 이렇게 갑자기요?"

　"어차피 당일치기로 다녀오는 거니 부담 없잖아요. 시간은…… 지금 바로 출발해야 맞겠네요. 회사의 높은 분과 함께 가는 거니 기다리시지 않게 바로 나가 보세요."

　갑작스러운 통보에 서다래는 기가 막힐 수밖에 없었지만 그녀에게 회사는 까라면 까야 하는 곳이었다.

　서둘러 사무실 사람들에게 인사를 하고 간단하게 짐을 챙겨서 나오니 기다렸다는 듯이 한 남자가 모습을 드러냈다.

　바로 차윤성이었다.

　주변의 눈을 의식하며 서다래가 작은 목소리로 인사를 건넸다.

　"안……녕하세요."

어제의 일이 차윤성 또한 내심 신경이 쓰였는지 엘리베이터 버튼을 누르며 괜스레 서둘렀다.

"바로 내려가자."

너무나도 짧은 그 한마디에 서다래가 놀란 눈으로 그를 올려다볼 수밖에 없었다.

"설마 저랑 출장 간다는 회사의 높은 분이……?"

"나야. 설마 몰랐어?"

"너무 갑작스럽게 정해진 일이라 몰랐어요."

"당연히 나라고 생각할 줄 알았는데."

너무나도 당연하다는 듯이 말하는 차윤성의 말에 그렇게 왜 그런 생각을 못했는지 서다래는 스스로를 원망해야 했다.

서다래에게 지금 당장 출장을 가라고 통보했을 때 일부러 사무실 안에서 차윤성이라는 이름을 말하지 않은 것이 분명했다.

만약에 그가 이사님과 같이 가는 출장이라고 말했다면 서로 가겠다고 여자 사원들이 폭동을 일으킬지도 모르는 노릇이었기 때문이다.

엘리베이터를 기다리던 서다래의 시선이 앞에 서 있는 차윤성의 뒷모습으로 향했다. 그의 넓은 등을 보고 있자니 어제 일이 생각나면서 괜스레 머리가 복잡해졌다.

탁!

이제 조금은 익숙해진 차윤성의 차에 올라탈 때까지 서다래는 말 한마디 하지 못했다. 그녀에겐 어제부터 이상하게 차윤성을 보면 입이 떨어지지 않는 이유가 있었다.

서다래가 불편한 얼굴로 앉아 있자 차윤성도 내심 신경이 쓰일 수밖에 없었다.

사실 어제 갑자기 서다래를 자기 쪽으로 끌어당기질 않나. 안다시피 어깨를 잡지 않나. 그녀로서는 많이 놀란 게 당연한 일이었다.

마음에 걸리는 게 있으니 도둑이 제 발 저린다는 말처럼 차윤성은 더 그녀의 행동을 주의 깊게 살필 수밖에 없었다.

잠시 고민하던 차윤성이 나지막하게 말을 할 때였다.

"어제는……."

"저, 궁금한 게 있는데."

거의 동시에 꺼내다시피 한 말에 차윤성이 천천히 차에 시동을 걸며 말했다.

"먼저 말해."

"그럼 먼저 말할게요. 이상한 질문이라고 생각하지 말고 잘 듣고 대답해 줘요."

뭔가 시작부터 거창한 질문에 차윤성은 괜스레 긴장을 한 채로 고개를 끄덕거렸다. 분명 어제 그가 한 행동에 대해 물을 것이 뻔했기 때문이다.

그런데 서다래의 입에서 나온 말은 전혀 예상치 못했던 것이었다.

"수인족이라는 거요, 혹시 사람을 홀리는 재주가 있어요?"

"뭐?"

"있잖아요, 그 왜 도깨비나 구미호처럼……."

서다래의 말도 안 되는 질문에 차윤성이 크게 웃음을 터뜨릴 수밖에 없었다.

"그게 무슨 말도 안 되는 소리야?"

"아, 아니면 말고요."

"그런 건 왜 물어보는데? 혹시 나한테 홀리기라도 한 거야?"

"아니요!"

서다래는 강한 부정의 의사를 큰 소리로 밝힌 채 은근슬쩍 양 손을 가슴 위에 올렸다.

두근두근.

바로 이 미친 듯이 뛰어대는 심장 때문이었다.

어제 차윤성한테 어깨를 잡힌 다음부터 이상하게 가슴이 두근거리는 통에 그와 제대로 대화를 나눌 수조차 없었다.

제발 이 두근거림이 멈춰주기만을 바라는 수밖에 없었다.

*　　*　　*

차윤성의 차가 지하 주차장을 빠져나가는 그 순간 어둠 속에서 몸을 감추고 있던 무리들이 모습을 드러냈다.

그 서너 명의 무리 중에 얼굴에 칼자국이 길게 난 한 명의 남자가 누군가에게 전화를 걸기 시작했다.

뚜르르— 뚜르르—

무미건조한 통화음이 흐르다가 누군가가 전화를 받을 때였다.

달칵.

전화를 건 그가 먼저 낮은 목소리로 보고를 했다.

"예상대로 차윤성은 강지욱 없이 혼자 움직였습니다. 그런데 예상치 못한 인간 여자 한 명이 차윤성과 함께 가게 됐는데 어떻게 처리할까요?"

─위험 요소를 군이 남겨 둘 필요 없지 않겠어? 괜히 살려 뒀다가 귀찮아질 수도 있으니 같이 없애.

"알겠습니다!"

─이번 기회를 절대 놓쳐선 안 된다.

"그럴 일은 절대 없을 겁니다. 오늘을 대비해 만반의 준비를 해 놓았으니까요."

─좋은 연락 기다리지.

그 말을 끝으로 전화가 끊어졌다. 휴대폰을 품으로 넣은 남자가 뒤편에 있는 이들을 향해 짧게 말했다.

"가자."

8.
관람차 제일 꼭대기에서

오늘따라 차 안에는 어색한 공기가 흘렀다.

그럴 수밖에 없는 게 서다래는 빠르게 뛰는 심장박동 때문에 어딘가 불편한 표정을 지은 채 앉아 있었고, 차윤성은 그녀의 기분을 살피고는 있지만 어제 이은호와 만났을 때 벌인 일 때문인지 말을 아끼고 있었다.

이렇게 둘이 각자의 생각에 잠겨 가다 보니 차 안은 자연스럽게 조용해질 수밖에 없었다. 묘한 침묵을 유지하며 차를 탄 지 어느 정도 시간이 지났을 무렵이었다.

말없이 운전을 하던 차윤성이 여전히 시선을 돌리지 않은 채 옆자리에 앉아 있는 서다래를 향해 말했다.

"점심은 먹었어?"

"대충 먹었어요."

얼버무리는 듯한 서다래의 대답에 차윤성이 퉁명스럽게 다시 물었다.

"먹었으면 먹은 거고, 아니면 아닌 거지. 대충은 대체 무슨 뜻이야?"

"그게……."

서다래가 막 입을 열려고 할 때였다.

꼬르륵!

갑자기 그녀의 뱃속에서 천둥이라도 치는 것처럼 큰 소리가 울려 퍼졌다. 순간 서다래조차도 깜짝 놀라 자신의 배를 움켜쥘 수밖에 없었다. 그와 동시에 차윤성이 이 소리를 듣진 않았을까 하는 생각이 들었다.

지금 배에서 난 소리를 그가 듣지 않았기를 바라며 일말의 희망을 가지고 그의 옆모습을 곁눈질할 때였다.

"대충 먹었다는 게 무슨 뜻인지 알겠네."

화르륵.

차윤성의 말에 왠지 모를 창피함이 물밀 듯 밀려오며 서다래의 얼굴이 시뻘겋게 변했다. 서다래는 자신도 모르게 어느새 양손을 들고 손사래까지 치며 강하게 부인했다.

"아, 아니에요!"

"뭐가 아니란 거야?"

"배고픈 거 아니라고요. 조금이지만 점심 먹고 나왔어요."

그녀의 말에 정면을 바라보고 있던 차윤성이 고개를 돌렸다.

스윽.

햇빛에 비쳐 보석같이 빛나는 아름다운 오렌지빛 눈동자가 서다래를 똑바로 바라보자 이상하게 그녀의 가슴이 다시 크게 뛰기 시작했다.

두근두근.

'조금 진정이 되는 것 같더니 갑자기 또 왜…….'

당황한 서다래가 손사래 치던 손을 재빨리 내려 팔짱을 꼈다. 심장 부근을 가리기 위해서였다.

뱃속에서 나던 꼬르륵 소리가 들린 것처럼 이 시끄럽게 뛰는 심장 소리도 그에게 들릴 것만 같았기 때문이다.

눈이 마주치자 금세 불편한 표정을 짓는 서다래를 의아하게 바라보다가 차윤성이 나지막한 목소리로 말했다.

"어쨌든 조금밖에 안 먹었다는 거잖아. 뭐라도 더 먹고 가자."

차윤성이 보기에 서다래는 늘 조금밖에 먹지 않았다. 그래서 언제부터인가 그녀와 같이 식사할 때면 조금 더 많이 먹었으면 좋겠다는 생각이 들었다.

평소에 서다래가 얼마나 간단히 식사를 해결하는지 며칠 같이 지내본 차윤성이 누구보다 잘 알기 때문이기도 했다.

사실 그런 마음 때문에 서다래에게 점심 식사를 했냐고 묻기도 전에 조금 더 시간이 걸리더라도 뭔가를 먹일 수 있게 돌아서 가는 중이었다.

서다래는 전혀 몰랐지만 말이다.

"여기서 어떻게 먹어요?"

고속도로 한복판에서 뭔가를 먹고 가자는 차윤성의 말에 서다래가 고개를 갸웃거렸다.

순간 서다래의 머릿속에 차윤성이 출발하기 전에 간단히 먹을 거라도 차에 사놓은 건가 생각이 들 때였다.

때마침 그녀의 눈에 휴게소가 얼마 남지 않았다는 표지판이 눈에 들어왔다.

'휴게소? 휴게소!'

서울에서 그리 멀지 않은 곳으로 가는 것이었기에 휴게소에 들를 거라고는 전혀 생각하지 않았었다. 원래 고속버스를 타면 2시간 이하의 거리는 휴게소에 들르지 않았기 때문이다.

버스가 아닌 차를 타고 이렇게 멀리 가본 경험이 없던 서다래는 당연히 그렇게 생각하고 있던 터라 깜짝 놀랄 수밖에 없었다.

"우리 휴게소에 들르는 거예요?"

"응. 잠깐 들러서 밥도 먹고 좀 쉬었다가 가자."

휴게소에 들른다는 생각에 잠시 표정이 밝아졌던 서다래가 갑자기 떠오른 생각에 다시 어둡게 변했다.

서다래는 차윤성의 눈치를 살피며 조심스럽게 다시 물었다.

"그런데 저희가 놀러온 것도 아니고, 일 때문에 이렇게 나온 건데 휴게소에 들러서 쉬고 가고 그래도 되는 거예요? 약속 시간도 그렇게 많이 남지 않은 것 같은데."

"시간 충분한데 무슨 상관이야. 그리고 내가 누구인지 잊었어?"

"네?"

"이 정도 내 마음대로 한다고 해서 누구도 뭐라고 할 사람 없으니 신경 쓰지 마."

사실 차윤성은 옆 좌석에 탄 사람이 서다래가 아니었다면 굳이 휴게소에 들르는 번거로움을 감수하진 않았을 것이다. 하지만 그 사실을 있는 그대로 말할 수가 없어서 순간 둘러대고 말았다.

그렇게 두 사람이 탄 차는 곧이어 휴게소에 도착했다.

끼익!

차를 세우자 서다래가 기다렸다는 듯이 조수석의 문을 열며 말했다.

"그쪽은 뭐 먹을래요?"

"그건 왜?"

"혼자 얼른 갔다 오는 게 빠를 것 같아서요."

"그럴 필요 뭐 있어. 같이 가."

그가 메뉴만 말하면 당장이라도 튀어나갈 것 같은 서다래 때문에 차윤성은 먼저 선수를 쳐서 차에서 내려버렸다.

탁!

차윤성이 바깥으로 나가자 혼자서만 내리려던 계획이 실패한 서다래가 아쉬운 표정으로 뒤이어 내렸다.

"간단하게 사서 차 타고 가면서 먹어도 되잖아요? 차 안에서 기다리면 금방 사오려고 했는데."

"편하게 먹고 가면 되지. 그럴 필요가 뭐 있어?"

"하지만……."

우물쭈물하는 서다래를 보고 있자니 차윤성은 그녀가 뭣 때문에 망설이는지 자연스럽게 눈치챌 수 있었다.

신경 쓰지 말라고 말했지만 그녀는 휴게소에 들러서 쉬는 게 영 마음이 불편한 모양이었다. 누가 보는 것도 아니고 본인이 말하지 않으면 아무도 알 수 없을 텐데도 서다래는 가끔 이렇게 우직한 면이 있었다.

차윤성이 서다래를 바라보며 말했다.

"신경 쓰지 말라고 했지? 만약에라도 다른 사람이 물어보면 내가 납치해서 어쩔 수 없었다고 해."

"뭐라고요? 어떻게 그렇게 말해요?"

"왜? 사실로 만들어줘?"

저벅저벅.

순식간에 차 반대편에 서 있던 차윤성이 긴 다리를 이용해 휘적휘적 걸어왔다. 당당한 걸음걸이로 눈 깜짝할 사이에 거리를 좁히는 차윤성을 보며 서다래는 덜컥 겁이 났다.

"왜, 왜 이래요!"

"왜 이러긴. 너 납치해서 가려고 그러지."

"무슨 소리……!"

서다래가 더 이상 뭐라고 대꾸하기도 전에 차윤성이 허리를 숙였다.

그의 어깨가 닿는다고 생각하는 찰나 순식간에 서다래의 몸이 붕하고 허공에 떠올랐다.

"앗!"

차윤성의 한쪽 어깨에 걸쳐진 채 업힌 서다래는 정말로 보쌈이라도 당하는 것처럼 대롱대롱 매달려 있었다.

다행히 주차장 쪽이라 근처에 사람이 없었지만 누군가 볼지도 몰랐다. 순식간에 얼굴이 붉게 물든 서다래가 다급하게 외쳤다.

"내, 내려줘요!"

"몰라서 그래? 납치라는 거 자체가 상대방의 동의를 구하고 하는 게 아니야."

"이러다 정말 누가 봐요! 진짜 이러고 음식 코너까지 갈 셈이에요?"

"난 상관없는데?"

차윤성은 정말로 누가 봐도 상관없다는 듯 그녀를 한쪽 어깨에 짊어진 채로 걸음을 옮기기 시작했다. 안정적인 그의 걸음걸이는 서다래를 업었음에도 불구하고 조금의 지친 기색조차 느껴지지 않았다.

정말 그가 걷기 시작하자 당황한 서다래가 아까보다도 더 조급하게 입을 열었다.

"아, 알았어요. 그쪽이 말하는 대로 뭐든 다 할 테니까 제발 여기서 내려줘요!"

차윤성은 자신도 모르는 새에 어느새 입가에 미소를 그리고 있었다.

그는 정말이지 이 상태로 어디를 간다 해도 상관이 없었다. 오히려 날씨가 너무 좋아서 이대로 어딘가 놀러가 버리고 싶은 마음도 들었다.

바둥바둥.

서다래가 그의 어깨 위에서 꿈틀거리며 부끄러운 건지 작아진 목소리로 재차 입을 열었다.

"……빨리요."

서다래의 목소리에 차윤성은 걸음을 멈추고 다른 한 손으로 얼굴을 가릴 수밖에 없었다.

그의 어깨가 잔잔히 떨리는 게 느껴져서 서다래가 순간 '뭐지?' 하고 깜짝 놀랄 때였다. 곧이어 그가 큭큭하고 낮게 웃는 소리가 들려오자 서다래의 얼굴이 더없이 벌겋게 변했다.

"뭐, 뭐예요? 갑자기 왜 웃어요?"

스윽.

차윤성은 대답하지 않은 채 허리를 숙여서 서다래를 바닥에 내려주었다. 그러자 서다래의 발이 다시 땅에 닿았다.

업힌 상태에서 벗어난 서다래가 차윤성의 얼굴을 쳐다보기 위해 얼굴을 들어 올렸다.

납치한답시고 정말 이렇게 업고 가는 차윤성이 황당하기도 하고 화가 나기도 하고 부끄럽기도 한 감정이 뒤섞여서 따지려던 참이었다.

"……!"

하지만 고개를 들고 차윤성의 얼굴을 바라봤을 때 서다래는 일순 할 말을 잃었다.

차윤성은 햇빛을 등진 채 새하얀 이빨을 드러내곤 크게 웃고 있었다. 이렇게 환하게 웃는 얼굴은 처음 보는 것만 같았다.

서다래가 눈을 동그랗게 뜬 채로 잠시 멍하니 그를 쳐다보고 있을 때였다.

슥슥.

서다래가 방심한 틈을 타 차윤성의 긴 손가락이 순식간에 그녀의 머리카락을 쓰다듬고 사라졌다.

그 예상치 못한 행동에 너무나도 당황한 서다래는 입이 벌어졌다. 그녀가 버벅거리는 입술을 간신히 움직이며 말했다.

"뭐, 뭐, 지금 나한테 뭐한 거예요?"

차윤성의 입가에는 아까의 환한 웃음의 여운이 아직까지 남아 있었다. 그가 미소를 머금은 채 나지막한 목소리로 말했다.

"귀여워서."

귀, 귀여워? 내가?

여전히 서다래가 멍하게 입을 벌리고 있을 때였다.

차윤성이 그녀를 두고 먼저 한 걸음을 앞으로 내디디며 말했다.

"가자. 네가 먹고 싶은 거 뭐든 다 사 줄게. 이 안에서 파는 거 다 먹어볼래?"

진심인지 농담인지 구분이 안 되는 차윤성의 말에 서다래는 어안이 벙벙했다. 하지만 이상하게도 얼굴이 타는 것처럼 뜨겁게 느껴졌다.

"하, 함부로 만지지 마요!"

서다래는 슬그머니 손을 들어 차윤성이 쓰다듬어서 헝클어진 머리를 다시 한 번 매만졌다.

분명 다른 누군가가 했다면 기분이 나빴을지도 모르는 행동이었지만, 이상하게도 차윤성은 달랐다. 불편한 것도 아니고 친한 친구의 가벼운 스킨십도 아닌 묘하게 간지러운 느낌.

세차게 뛰는 심장이 그는 뭔가 다르다는 걸 말해 주고 있었다.

'귀엽다고? 내가?'

더 붉어질 수 없을 정도로 빨개진 얼굴로 서다래는 입을 조개처럼 다문 채 부지런히 앞을 향해 걸었다.

"먹고 싶은 게 고작 감자야?"

차윤성이 기가 차다는 듯이 의자에 앉아서 서다래가 먹는 모습을 바라보며 말했다.

말없이 따라오던 서다래가 식당가에 도착하자마자 휴게소에 오면 꼭 먹고 싶었던 게 있었다며 앞서 가더니 손에 들고 온 게 달랑 통감자 하나였다.

양이 많은 것도 아니고 그렇다고 몸에 엄청 좋아보이지도 않는 통감자가 차윤성의 눈에 찰 리 없었다.

그런 그의 속마음도 모르고 서다래는 볼이 빵빵하게 부풀 정도로 감자를 입안에 잔뜩 넣고 오물거리며 말했다.

"그쪽은 감자 싫어해요?"

"그건 아닌데. 감자 맛이 다 거기서 거기 아닌가? 뭐 특별한 게 있다고 이게 그렇게 먹고 싶었던 거야?"

"완전 달라요. 그쪽은 휴게소 감자 한 번도 먹어본 적 없죠?"

"원래 군것질 잘 안 해."

"안 먹어봤으니까 그런 말하는 거예요. 이번 기회에 먹어 봐요. 난 휴게소 통감자 먹고 맛없다는 사람 한 번도 못 봤거든요."

"그래 봤자 감자잖아."

차윤성이 시큰둥하게 대답하자 서다래가 말없이 사용하지 않은 긴 이쑤시개로 통감자 하나를 콕 집었다.

차윤성이 그런 그녀의 행동을 지켜보다 재차 잔소리를 하려는 순간이었다. 낌새를 눈치챈 서다래가 재빨리 이쑤시개로 집은 통감자 하나를 차윤성의 입술을 향해 들이밀었다.

그렇게 얼떨결에 차윤성은 그녀가 준 감자 하나를 받아먹어 버렸다. 차윤성에게 감자 하나를 손수 먹이곤 서다래가 초롱초롱 빛나는 눈빛을 띠며 물었다.

"어때요? 맛있죠?"

입안에 감자를 넣은 차윤성은 슬쩍 고개를 돌렸다. 그의 귓가가 어느샌가 붉게 물들어 있었다.

차윤성은 그답지 않게 작은 목소리로 말했다.

"뭐, 그렇게 대단한 맛은 아닌데…… 괜찮네."

　　　　*　　*　　*

　서다래가 내심 걱정하던 것과는 달리 약속 시간에는 늦지 않게 도착할 수 있었다.

　이곳에 온 목적이 K토이에서 추진하는 부지매입건 때문이라는 사실은 알고 있었지만, 사실 서다래는 그런 방면으로는 완전히 문외한이나 다름없었다.

　가만히 앉아서 차윤성과 전문가가 나누는 대화를 조용히 듣고 있었지만, 사실 어려운 단어가 많아서 이해가 안 되는 부분이 많았다.

　꽤 긴 시간 대화를 나누고 실제로 매입하려는 부지를 직접 눈으로 보기도 했다. 그러는 동안 느낀 점이 하나 있다면 생각 이상으로 차윤성이 유능하다는 것이었다.

　여기에서 본 그는 회사에서 들려오던 평판과는 전혀 다른 모습이었다.

　이런 분야에 대해 미숙한 서다래가 단언할 수는 없었지만 차윤성과 상담을 해 주는 전문가조차도 그와 대화를 나누면서 몇 번이나 당황하고 놀라는 기색이었다.

　"힘들진 않았어?"

　일을 마치고 나오면서 차윤성이 서다래를 향해 말을 건넸다.

　서다래는 말없이 고개를 좌우로 흔들었다.

　일하는 건데 조금 힘든 건 상관없었다.

다만 생각보다 그녀가 할 수 있는 일이 너무 없어서 조금은 의기소침해졌을 뿐이었다.

"생각보다 시간이 너무 늦어졌네."

다행히 아직 해가 떨어지지는 않은 상태였지만 곧 해가 질 것이다. 서울에 도착할 때 즈음이면 예상보다 시간이 꽤 늦을지도 몰랐다.

두 사람이 주차한 곳을 향해 발걸음을 재촉하며 걸을 때였다.

서다래가 문득 떠오른 생각에 차윤성을 바라보며 물었다.

"혹시 전화 한 통화만 빌릴 수 있을까요?"

"내 휴대폰은 배터리가 없어서 완전히 꺼진 지 오래야."

"하긴, 아직까지 켜져 있을 리가 없겠네요. 그쪽은 회사에서 나오자마자 배터리가 없다고 했었으니까요."

"그런데 갑자기 휴대폰은 왜? 너도 배터리 없어?"

"네. 저도 아까 확인해 보니까 휴대폰이 꺼져 있더라고요."

급하게 온 출장이다 보니 여유분으로 보조 배터리를 챙겨올 정신이 없었다.

차윤성이 말했다.

"급히 연락할 데라도 있는 거야?"

"아니에요. 급한 건 아닌데 오늘 엄마랑 통화하기로 한 게 있어서요. 서울에 도착하면 시간이 너무 늦을 것 같아서 그냥 물어본 거예요."

그때 마침 차윤성의 눈에 편의점이 들어왔다. 그가 턱짓으로 편의점을 가리키며 물었다.

"잠깐 충전하고 갈래?"

"그래도 돼요?"

"안 될 게 뭐있어. 오래 걸리는 것도 아닌데 잠깐 들렀다 가자."

한 이삼십 분만 충전하면 되었기에 두 사람은 가벼운 마음으로 편의점에 들어가서 각자의 배터리를 맡기고 나왔다.

다시 바깥으로 나오면서 차윤성이 물었다.

"그동안 뭐라도 먹을래?"

그 질문에 서다래가 황당하다는 듯이 그를 올려다보며 말했다.

"제가 하루 종일 배고파 보여요?"

"휴게소에서 감자밖에 안 먹었잖아. 기다리면서 저녁이나 먹을까 싶어서."

"감자밖에라니요, 감자가 얼마나 배부른데요. 저는 아직 배 안 고파요. 아! 혹시 그쪽이 배고픈 거예요?"

"아니, 너 배고플까 봐 물어본 거야."

차윤성은 이상하게 서다래만 보면 뭔가를 먹이고 싶었다. 사실 서다래가 많이 먹는 타입도 아니었기에 벌써 배가 고플 리는 없었다.

어차피 주차한 곳으로 가던 길이었기에 차윤성이 크게 고민하지 않고 그럼 차에 가서 기다려야 되나 생각이 들 때였다.

무심코 고개를 돌려 서다래를 바라보자 그녀는 어딘가 넋을 잃고 쳐다보고 있었다. 의아하게 생각한 차윤성이 그녀의 시선이 가는 곳을 바라봤다.

거기에는 일반 건물들 사이에 삐죽 튀어나온 관람차가 보였다.

서울의 큰 놀이공원처럼 커다란 크기는 아니었지만 적당한 크기였기에 눈앞의 관람차도 타게 된다면 제법 기분이 날 것만 같았다.

관람차에서 눈을 못 떼는 서다래를 잠시 보다가 차윤성이 말했다.

"저거 타고 싶어?"

"아, 아니요. 이런 데 관람차가 있는 게 신기해서 그냥 봤어요."

서다래는 고개를 절레절레 저으면서 아니라고 말했지만 차윤성은 이미 그녀의 속마음을 알아차릴 수 있었다.

예전에 막걸리를 먹으면서 야경이 좋다고 했던 그녀다. 관람차를 좋아할 거라는 건 너무나도 당연한 일이었다.

"가자. 타고 싶으면 타면 되지. 뭘 그렇게 망설이는 거야?"

너무나도 흔쾌히 관람차가 있는 방향으로 몸을 돌리는 차윤성을 바라보며 서다래는 괜스레 깜짝 놀라고 말았다.

'어떻게 알았지?'라는 생각이 머릿속에 강하게 들었지만, 정말로 관람차를 타러 갈 거라는 생각을 안 했기 때문에 그의 뒤를 곧바로 따라가지 못한 채 망설이며 서 있었다.

"저는 정말 괜찮……."

"서다래. 전부터 느낀 거지만 왜 자꾸 괜찮다고만 하는 거야?"

차윤성의 말에 순간 서다래는 할 말을 잃었다.

사실 누가 그러라고 시킨 건 아니지만 서다래는 어렸을 때부터 동생들에게 양보하고 갖고 싶은 걸 참는 게 너무나도 익숙했다.

지금도 그랬다.

가뜩이나 휴대폰을 충전하게 돼서 시간이 지체됐는데 관람차까지 타게 되면 더 늦어질지도 모른다.

그렇게 되면 서울에 그만큼 늦게 도착하게 될 테고 하루 종일 운전한 차윤성을 더 피곤하게 만들지도 모른다는 생각이 들었기 때문이다.

"서다래, 솔직하게 말해도 괜찮아. 설령 네가 뭔가를 해 달라고 말해도 내가 아니라고 생각하면 난 거절할 거야. 그러니까 괜히 너 혼자 고민하고 판단해서 먼저 괜찮다고 선수 치지 마. 알겠어?"

마치 그녀가 생각하고 있는 걸 꿰뚫어 본 것 같은 차윤성의 말에 서다래는 또 한 번 놀라고 말았다. 하지만 차윤성이 아무리 솔직하게 말해 보라고 해도 그녀가 한순간에 바뀔 수 있는 건 아니었다.

쉽게 발걸음을 떼지 못하며 여전히 망설이는 서다래를 잠시 바라보다가 차윤성이 나지막이 말했다.

"따라와. 나 저 관람차 타고 싶어졌거든. 그러니까 네가 같이 가줘야겠어."

차윤성의 말을 듣고 서다래는 정말이지 황당해졌다. 그가 그녀를 데리고 가기 위해 거짓말을 하는 게 너무 뻔했기 때문이다.

말도 안 되는 소리 말라고 반박하고 싶었지만 차윤성이 그녀를 쳐다보는 시선이 너무 따뜻해서 서다래는 그 부드러운 시선에 잠시 할 말을 잃었다.

말없이 그를 쳐다보고 있자 차윤성이 더 이상 기다리지 못하겠다는 듯 입을 열었다.

"빨리 안 오면 또 납치한다?"

서다래는 어처구니가 없어서 픕하고 웃음을 터뜨리고 말았다.

"납치범이라도 될 생각이에요?"

"안 될 거 없지. 나처럼 매력적인 납치범이라면 인기 많긴 하겠네."

"납치가 불법이라는 사실만 알아둬요."

"그건 내가 알아서 할 테니. 넌 두 발로 걸어서 관람차를 타고 싶으면 지금 따라와야 할 거야."

억지도 이런 억지가 없다고 생각이 들었지만 차윤성이 이렇게 행동하는 이유가 그녀를 위해서라는 사실을 잘 알고 있었다.

서다래는 어쩔 수 없이 차윤성이 서 있는 관람차가 있는 방향을 향해 한 걸음을 내디뎠다.

뚜벅.

그녀가 한 발자국 다가오는 모습을 보며 차윤성은 소리 없이 웃음 지었다.

"가자."

차윤성의 낮은 목소리를 들으며 서다래는 언제부터 그가 저렇게 멋진 미소를 짓게 됐는지 궁금해졌다.

두근두근.

그의 부드러운 웃음에 서다래의 가슴이 다시 방망이질 치기 시작했다.

작은 놀이공원처럼 꾸민 이곳은 놀이기구 몇 개가 전부였다. 관람차를 타려면 좀 기다려야 될 거라는 예상과 달리 사람이 별로 없어서 휑했다.

덕분에 차윤성과 서다래는 오래 기다리지 않아 관람차를 탈 수 있었다.

관람차 안에 앉기 전까지는 아무런 내색도 하지 않던 서다래였지만, 막상 자리에 앉아서 커다란 창문을 통해 바깥을 바라보자 그녀도 모르게 눈을 빛냈다.

붉게 물든 하늘을 바라보며 서다래는 정말로 감격하고 말았다.

"어쩌다 보니 이런 황금시간에 관람차를 탔네요. 막 해가 지려는 순간이라 하늘이 정말 예뻐요."

사느라 바쁘다보니 평상시에는 하늘 한 번 올려다보기가 힘들다. 그래서 이럴 때 우연히 하늘을 바라보게 되면 이상하게 감동스러운 느낌이 들곤 했다.

지금이 그랬다.

서다래는 정말로 관람차를 타러 오길 잘했다는 생각이 들었다.

"나도 관람차 좋아해. 어렸을 때 높은 곳을 좋아해서 아버지랑 자주 타러 왔었지."

"그렇군요. 저도 가족들이랑 같이 자주 왔었어요. 이렇게 높은 곳에서 보면 불빛이 보석처럼 반짝반짝 빛나잖아요? 제일 처음에 여기서 야경이란 걸 보고 얼마나 감격했는지 몰라요."

차윤성은 창밖을 내려다보고 있는 서다래가 오늘따라 유달리 더 예뻐 보인다고 생각했다. 노을빛에 물든 불그스름한 얼굴과 반짝이는 눈동자가 쉽게 뇌리에서 잊히지 않을 것만 같았다.

"서다래."

낮은 목소리로 그녀를 부르니 서다래가 창밖을 바라보던 시선을 돌려 그를 쳐다봤다.

지금 차윤성은 이 별거 아닌 장면이 이상하게 좋았다. 자신이 그녀의 이름을 부르고 그녀가 이렇게 돌아보는 이 상황이 말이다.

스윽.

차윤성이 자신도 모르는 새에 서다래를 향해 손을 뻗었다.

그의 긴 손가락이 서다래에게 닿으려고 할 때였다.

카가가가가강.

덜커덩!

공사장에서나 들릴 법한 커다란 굉음이 들렸다.

너무나도 커다란 소리에 차윤성을 쳐다보고 있던 서다래가 깜짝 놀라서 움츠러들었다.

"이게 무슨 소리죠?"

바로 옆에서 들리는 것처럼 생생한 소리였기에 서다래는 혹시나 하는 마음에 관람차 주변을 살필 수밖에 없었다.

"설마 관람차가 고장 난 건 아니겠죠?"

서다래는 농담처럼 장난스럽게 건넨 말이었지만, 차윤성은 그녀와 다르게 순식간에 표정이 딱딱하게 굳었다.

예감이 좋지 않았다.

벌떡.

차윤성이 자리에서 일어서서 관람차 아래쪽을 살피기 시작했다.

심각한 그의 표정 때문에 가뜩이나 불안한 마음이 들었던 서다래는 완전히 얼어버리고 말았다.

그녀가 그를 향해 재차 물었다.

"무, 무슨 일 있는 건 아니죠? 저희 지금 관람차 제일 꼭대기까지 올라왔다고요."

하필이면 가장 높은 지점을 향해 가던 중이었다.

차윤성이 아무 말이 없자 혹시나 하는 생각에 서다래가 다시 표정을 풀며 말했다.

"혹시 지금 저 놀리는 거 아니죠? 장난치지 말아요."

대꾸도 하지 않은 채 관람차 아래를 살피던 차윤성이 그제야 서다래를 향해 고개를 돌리며 낮은 목소리로 말했다.

"하나만 묻자. 너 고소공포증 있어?"

"그걸 갑자기 지금 왜 묻는 건데요?"

"아니, 다시 질문할게. 다이빙이나 번지점프 해본 적 있어?"

"없어요! 그렇게 위험한 거 무서워서 못 해요. 갑자기 왜 그러는데요? 진짜 관람차가 고장 난 거 같아요?"

차윤성은 서다래의 질문에 쉽사리 대답을 못 하고 입술만 달싹거리다가 나지막한 목소리로 말했다.

"차라리 고장 난 거면 좋겠는데…… 불행히도 그게 아닐 것 같아."

말을 하는 차윤성의 눈동자는 복잡했다.

원래 수인족 자체가 인간에게 모습을 드러내는 걸 금지했기 때문에 상대적으로 차윤성도 인간이 있는 곳에서 습격을 받은 일이 적었다.

하지만 많지 않았을 뿐 전혀 없었던 것은 아니다.

지금 설마 누군가가 자신을 노리고 나타나리라곤 생각하고 싶지 않았지만 차윤성의 날카로운 예감은 위험하다고 계속 경고를 하고 있었다.

차윤성은 알게 모르게 미간을 찌푸렸다.

'하필이면 이런 때에…….'

다른 때면 몰라도 서다래와 함께 있을 때는 정말이지 곤란했다.

아무 문제 없길 바라는 차윤성의 마음과 달리 다시 커다란 굉음이 울려 퍼졌다.

끼기기긱!

이번엔 소리와 함께 관람차 안이 크게 휘청거렸다.

"으앗!"

균형을 못 잡는 서다래를 차윤성이 재빨리 한 손으로 잡아챘다.

그 순간이었다.

차윤성의 짐승 같은 감각에 지독히도 강한 살기가 감지됐다.

아니길 바랐지만 역시나 이런 일들이 우연히 일어날 리가 없었다.

지금 이곳에 자신을 노리고 나타난 자들이 있다.

당장 눈앞에 나타나지는 않았지만 보이지 않는 곳에 몇 명이 숨어서 그들을 지켜보고 있을지 모르는 상황이다.

이렇게 높고 좁은 곳은 절대적으로 불리하다.

무엇보다 서다래를 위해서라도 아래로 내려가는 게 나았다.

마음이 복잡했지만 더 이상 망설일 시간이 없었다.

차윤성이 서다래의 손을 잡아채서 자신의 목에 두르게 했다.
그리고 다시 손을 뻗어서 관람차의 문을 움켜잡았다.

끼이이이이!

그저 관람차의 문을 연다고만 생각했는데 차윤성의 손에 두꺼운 철문이 장난감처럼 뜯어져나갔다.

차윤성이 그녀를 향해 나지막한 목소리로 말했다.

"꽉 잡아."

〈다음 권에 계속〉

번외 1.
첫눈에 반하다

어두운 밤.

한밤중이라 바깥은 깜깜했지만 반대로 이은호가 있는 집안은 온통 불이 켜져 있어서 밝았다.

이은호는 깍지를 낀 손으로 뒷머리를 받치고 누워서 환한 불빛이 쏟아지는 천장을 멍하니 바라보고 있었다. 그가 오랜 시간 침대에서 뒤척거리기만 할 뿐. 잠을 이루지 못한 이유는 단 하나였다.

'그 여자…… 도대체 뭐지?'

오늘 차윤성을 만나기 위해 찾아갔던 K토이에서 우연히 마주친 여자. 엘리베이터에서 잠깐 본 그 여자가 이상하게도 머릿속에서 떠나질 않는다.

엘리베이터 문이 열리고 누군지도 모르는 정체불명의 그녀가 들어서는 순간 이은호는 믿을 수 없게도 심장이 멎을 뻔했다.

그녀에게서 풍기던 치명적일 정도로 달콤한 향기.

그 유혹적인 향기는 이은호의 이성을 한순간에 날려 버릴 만큼 강렬했다.

손만 뻗으면 닿을 좁은 엘리베이터 공간에서 당장이라도 그녀를 향해 다가서고 싶은 걸 참아내느라 얼마나 노력했는지 모른다.

긴 생머리에 하얀 얼굴.

놀란 눈으로 자신을 올려다보던 눈동자.

처음 눈이 마주쳤던 그 짧은 순간을 새기기라도 한 것처럼 이름조차 모르는 그녀의 모습이 선명하게 머릿속에 떠올랐다.

자꾸만 떠오르는 그녀의 잔상 때문에 참다못한 이은호는 누워 있던 몸을 일으켰다.

벌떡!

답답했다. 납득할 수가 없었다.

누군지 알지도 못하는 여자와 한 번 마주쳤을 뿐인데 이렇게 강렬한 인상이 남을 수 있는 건가?

"이거야 원. 누가 보면 내가 첫눈에 반하기라도 한 줄……."

무심코 혼잣말을 중얼거리던 이은호가 말을 멈췄다. 그리고 스스로가 내뱉은 단어가 우습다는 듯이 자조적으로 웃었다.

이은호는 첫눈에 반한다는 말을 믿지 않았다.

그것은 상대방의 외모나 분위기가 자신의 타입이라는 것일 뿐. 처음 본 상대에게 마음을 빼앗겨봤자 그리 깊지 않은 감정일 게 뻔했다. 분명 그렇게 생각하며 비웃던 게 엊그저께 같은데……

그런데 이상하게도 그의 가슴이 술렁거렸다.

"하아, 뭐냐고…… 대체."

아무리 부정하려고 해도 잠깐 스치듯이 본 그 여자의 이름이 궁금했다. 그녀가 누군지, 그때 손에 가득 들고 있던 커피는 무엇인지 알고 싶었다.

그녀에게서 풍겨오던 향기 때문일까?

정답이 없는 고민이 끊임없이 머릿속에 떠오르며 자꾸 그녀의 얼굴이 아른거렸다.

이은호는 스스로도 도무지 납득이 안 되는 이 감정에 고개를 흔들다가 문득 커다란 창문밖에 깔려 있는 짙은 어둠을 봤다.

평상시라면 이 시간까지 깨어 있을 리가 없는 이은호였다. 그는 이렇게 밤이 깊어지기 전에 가능하면 일찍 잠자리에 들었으니까.

평소답지 않은 밤이라는 사실은 분명했다.

문제는 자꾸만 떠오르는 그녀의 모습에 앞으로도 꽤나 오랜 시간을 잠들지 못할 것 같다는 것이다.

"……환장하겠군."

정확히 이름을 붙일 수 없는 무언가.

단순한 호감을 넘어선 그 어떤 감정이 지금 그의 안에 존재하고 있었다.

*　　　*　　　*

손을 뻗으면 닿을 거리에 그녀가 서 있었다.

오롯이 그를 위해 만들어진 마약처럼 향긋한 체취에 자신도 모르게 숨을 깊숙이 들이마셨다. 그러자 자신의 숨소리 때문인지 얼마 안가 놀란 눈으로 바라보는 그녀의 하얀 얼굴이 보였다.

화악!

그 눈동자와 마주치는 순간 자신도 모르게 덥석 그녀를 안아 버리고 말았다.

품 안에 안겨오는 작고 부드러운 몸체.

그녀의 위험할 정도로 달콤한 향기를 가까이에서 맡자 상상 이상의 만족감이 온몸을 휩쓸고 지나갔다.

"누, 누구세요? 뭐하는 거예요!"

한걸음 뒤로 물러서며 피하려고 버둥대는 그녀의 몸을 더욱 힘주어 껴안으며 이은호가 조금은 쉰 듯이 낮아진 목소리로 말했다.

"이대로 잠시만요."

뭔지 모르지만, 부족했다.

뭔가 아주 많이 모자라서 그녀를 안고 있는 양손을 풀어 주고 싶지 않다는 간절한 마음이 들 정도였다.

이은호가 나지막이 다시 말을 이었다.

"조금만 더요, 아직은…… 나한테서 떨어지지 마요."

번쩍!

이은호가 감고 있던 두 눈을 힘껏 떴다.

정신을 차리고 보니 익숙한 자신의 방 안의 풍경이 보였다. 동시에 침대에 누워 있는 자신의 모습을 깨닫자 순간 기가 찼다.

"하."

꿈이었다.

그런데 생생했다.

이름도 모르는 그 여자를 품 안에 안은 감촉이 너무나도 현실같이 느껴졌다. 뿐만 아니라 믿기 어렵게도 그것이 꿈이란 걸 깨닫는 순간 가장 먼저 밀려온 감정이 아쉬움이라는 거다.

마치 어제 그녀를 처음 본 순간 이렇게 껴안아버리고 싶은 충동이 들었다는 사실을 부정할 수 없게끔 다시 한 번 일깨워주는 것 같았다.

그녀를 놓고 싶지 않다는 간절함.

꿈이라고 해도 그것은 진심이었다.

이은호가 거칠게 자신의 머리카락을 쓸어 넘기며 중얼거렸다.

"나…… 제정신이 아니야."

그렇게 잠에서 깨어난 뒤, 오전시간은 정신없이 흘러갔다.

이은호는 지금까지 시간이 어떻게 흘러갔는지 모르겠다는 생각이 들었다. 조금만 방심하면 불쑥불쑥 나타나는 그녀의 잔상에 상당히 당혹스러웠다.

지금도 머릿속에 떠오르는 그녀의 모습에 이은호가 잠시 생각에 잠겨 있을 때였다.

"본부장님, 제발 이번 한 번만 봐주십시오!"

누군가의 간절한 목소리가 그의 상념을 깨웠다.

슥.

몽롱했던 이은호의 눈동자가 목소리가 들린 방향으로 느릿하게 움직였다.

그 자리에는 어제 이은호가 직접 거래를 끊은 중소기업의 사장이 서 있었다.

땀범벅인 그의 얼굴에는 지금 상황이 얼마나 절실한지 여실히 드러나 있었다. 그러나 그의 절실한 표정과 정반대로 이은호는 무감각한 눈빛으로 그를 바라보며 생각했다.

'오늘 내가 이런 약속이 있었던가?'

그 생각이 떠오름과 동시에 본부장실의 문이 거칠게 열렸다.

벌컥!

경비원들과 함께 비서가 안으로 들어왔다.

"사장님, 여기서 이러시면 안 돼요! 얼른 나가세요."

비서의 화난 목소리를 듣자 힘들게 여기까지 들어온 그의 얼굴이 순식간에 어둡게 변했다.

휘익!

재빨리 경비원들이 그의 양팔을 한쪽씩 붙잡으며 이 자리에서 끌어내려고 할 때였다.

그가 다급한 목소리로 이은호를 향해 사정했다.

"제, 제발 한 번만 더 기회를 주십시오. 딸아이가 아파 병원비 때문에 어쩔 수 없이 한 행동입니다. 이렇게 하루아침에 거래를 끊으시면 저 정말……."

경비원의 손에 질질 끌려가는 와중에도 애처로운 표정을 지으며 간절하게 말하는 그를 보자 이은호가 나지막한 목소리로 말했다.

"그만, 놔드리세요."

그의 말을 들은 경비원들이 주춤거리며 당장 자리에서 끌어내려던 행동을 멈췄다.

하지만 그를 양쪽에서 붙잡고 있던 팔을 놓지는 않았다. 혹시라도 그가 무슨 짓을 할지도 모른다는 생각 때문이었다.

그렇게 경비원들에게 붙잡힌 채로 서 있는 그를 똑바로 바라보며 이은호가 낮지도 또는 높지도 않은 무미건조한 목소리로 말했다.

"사정은 잘 알고 있습니다. 따님이 암 진단을 받으셨으니 급하게 돈이 필요하셨겠지요."

"맞아요, 그런 겁니다. 그래서 제가 정말 어쩔 수 없이 한 행동이지, 나쁜 마음을 먹고 그런 건 절대로 아닙니다."

당장 눈물이라도 떨어트릴 것 같이 처절한 표정을 짓고 있는 그를 바라보며 이은호는 부드럽게 웃어 보였다. 그러곤 다시 말을 이었다.

"압니다. 사정을 전혀 이해하지 못하는 건 아니에요. 하지만 아시다시피 저희가 자선 사업가는 아니죠. 불량품을 한 번이라도 납품한 이상, 더는 저희와의 거래를 이어갈 수는 없습니다."

"아, 알지만 정말 이번 한 번만 눈감아주시면 안 될까요? 이렇게 부탁드립니다. 앞으로 다시는 이런 일 없을 겁니다. 믿어 주십시오!"

"이미 신뢰관계는 깨졌습니다. 이렇게 찾아오셔서도 저희 회사와 다시 거래를 하게 될 일은 없을 겁니다. 개개인의 사정을 다 봐드리기가 어려운 점 이해하시리라 생각합니다."

정중하게 거절하는 이은호의 모습이 왠지 모르게 지독히도 차갑게 느껴졌다.

그가 하는 말에 틀린 점은 없었다.

하지만 상대는 감정적으로 호소를 하고 있는 상황인데, 이은호는 지나치게 사무적이었다.

그래서일까?

차라리 아무리 사정이 딱해도 어떻게 불량품을 납품할 수 있냐며 화를 냈다면 이토록 차갑게 보이지는 않았을지 모른다.

그는 조금이라도 안쓰러운 감정을 가지고 거절하는 것이 아니었다. 아무리 부드러운 얼굴로 포장을 하고 있어도 그 숨겨진 속마음까지 전부 가리지는 못한다.

이은호, 그는 냉정했다.

한 치의 흔들림도 없는 눈동자로 편안하게 이야기를 하고 있는 것이 오히려 상대를 더욱 조여 왔다.

말로 딱 꼬집어 설명할 수는 없었지만, 이 자리에 서 있는 모두의 머릿속에는 이은호에게 아무리 사정을 해도 상황이 달라지지 않을 거라는 사실을 예상할 수 있었다.

그렇게 본부장실에는 잠시 침묵이 흘렀다.

여전히 애처로운 눈빛으로 이은호를 바라보던 중소기업 사장은 어깨를 축 늘어트리고 제 발로 사무실 밖을 나갔다.

그 뒤를 경비원들이 쫓아갔다.

처음과 달라진 점은 억지로 끌려 나간 게 아니었기 때문에 앞으로 그가 다시 이은호에게 와서 사정하는 일이 없을 거라는 것이었다.

꿀꺽.

그 자리에는 비서만이 남아서 이은호의 눈치를 살피고 있었다.

그녀가 조심스럽게 먼저 입을 열었다.

"죄송합니다, 본부장님. 앞으로는 이런 일이 발생하지 않도록 주의하겠습니다."

"아무렴요. 다행히 이번에는 저 혼자였지만, 만약에 사무실에

첫눈에 반하다 313

다른 손님이라도 있었다면 썩 보기 좋은 광경은 아니었을 겁니다."

심하게 꾸짖는 목소리는 아니었지만, 이은호와 같이 몇 개월 근무를 한 비서는 그의 말뜻을 금방 알아차릴 수 있었다.

등 뒤에 식은땀이 흐르는 것만 같았다.

남들이 보면 과민반응이라 할지도 모르지만, 그건 이은호를 모르기 때문에 할 수 있는 말이었다.

이은호, 그는 웃는 얼굴로도 비수를 꽂을 수 있는 그런 남자였다.

"정말 죄송합니다."

"본인이 말한 것처럼 앞으로는 더 주의해 주세요. 그만 나가 봐요."

이은호의 말에 비서가 허리를 깊숙이 숙이곤 걸음을 옮겼다.

그녀가 막 사무실을 나가려는 찰나였다.

"잠깐만요."

"네?"

"오늘 제 스케줄이 어떻게 되죠?"

"점심 식사 하시고 난 뒤에 회의가……."

"일정을 미루면 안 될 정도로 급한 업무는 없는 걸로 아는데 맞습니까?"

"네, 네! 시간을 다투는 촉박한 일은 없습니다. 원하신다면 다른 날로 미뤄도 상관없는 스케줄들입니다."

"전부 뒤로 미뤄주세요. 볼일이 있어서 자리를 비울 테니 급한 일은 전화로 주시고요."

"알겠습니다, 본부장님."

그 대답을 끝으로 비서는 본부장실을 나갔다.

오늘은 이은호에게 특별할 것 없는 평범한 하루였다. 하지만 지금까지의 평범했던 일상과 달리 오늘은 이따금씩 심장을 옥죄는 느낌이 들었다.

그 이유를 그는 잘 알고 있었다.

K토이 엘리베이터에서 마주쳤던 여자.

머릿속을 자꾸 떠돌아다니는 그녀의 정체를 확인하기 위해 이은호는 결국 움직이기로 마음을 먹었다.

아직 어떤 이름을 붙여야 할지 모르는 감정이었다.

처음 느껴보는 종류의 감정. 하나 확실한 건 심하게 거슬린다는 사실이다.

한 번도 이런 적이 없었고, 스스로도 자신답지 않다고 생각했지만……

다시 한 번, 보고 싶었다.

그러면 무언가 해답이 나올 것만 같았다.

곧이어 이은호가 사무실을 나가는 모습을 바라보며 비서는 괜스레 놀랐던 가슴을 쓸어내렸다.

'저 인간은 정말 바늘로 찔러도 피 한 방울 안 나올 거야.'

규정이 그렇다는 건 알고 있었지만, 오늘 무단침입한 중소기업 사장은 정말 사정이 딱했다. 그런데 눈 하나 깜짝하지 않고 대하는 이은호를 보고 있자니 어떤 의미에선 대단하기까지 했다.

속마음을 알 수 없는 지독히도 차가운 남자.

이것은 이은호를 아는 사람이라면 누구나 하는 말이었다.

* * *

기억력이 좋은 이은호는 어렵지 않게 그때 그녀가 들고 있던 커피의 상호를 떠올릴 수 있었다.

K토이 근처에 있는 커피숍이겠지 짐작했는데, 역시나 그 건물 지하에 위치하고 있었다.

스윽.

이은호는 그녀가 커피를 샀던 커피숍 구석에 자리를 잡고 앉았다.

딱 한 번 마주쳤던 게 전부였기에 그녀에 대해 아는 거라곤 아무것도 없었다.

이름이 뭔지, 어느 부서에서 일하는지. 정말 K토이에서 근무하는 직원인지조차도.

그렇기 때문에 이렇게 무작정 기다리는 것 이외엔 그녀를 다시 만날 방법이 없었다.

이은호가 아는 거라곤, 미칠 듯이 달콤한 향기와 그녀의 하얀 얼굴 생김새 뿐.

사람을 시키면 어떻게든 찾아낼 수 있겠지만, 직접 다시 한 번 확인하고 싶은 마음이 있었다. 대체 그녀의 어떤 부분이 이토록 뇌리에 남아 자신을 괴롭히는지 알고 싶었다.

그렇게 한 시간이 흘렀다.

잠깐 화장실을 다녀올 때도 혹시나 그녀가 그 사이 커피숍에 들렀다가 갈까 봐 마음이 조마조마했다. 그와 동시에 대체 여기서 뭐하는 건지 모르겠단 생각이 들어 가슴이 답답해졌다.

그녀를 기다린 지 두 시간이 지났다.

딱히 약속이 되어 있는 것도 아니고, 그녀가 다시 이 커피숍에 나타날 거라는 보장도 없다.

이런 쓸데없는 일로 시간을 소모할 만큼 이은호는 한가로운 사람도 아니었다.

애초에 이런 일로 움직일 만큼 감정적인 사람도 분명 아니었다. 오히려 남들의 감정에 공감하는 능력이 부족하다면 모를까.

조금은 짜증이 났다.

여기서 뭐하는 건지 모르겠단 생각이 들었다.

그렇게 시간이 계속 흘러, 이은호가 이 커피숍에 도착한지 세 시간이 지났다.

그동안 그가 마신 커피는 두 잔이 넘어갔다.

스윽.

이은호는 자신의 머리를 거칠게 쓸어 넘기며, 쓸데없이 시간만 낭비했단 생각이 들었다.

어느 정도 각오를 하고 온 것이지만 이렇게 무작정 기다리는 것이 생각보다 쉽지 않았다. 시간이 갈수록 점점 가슴이 답답했다.

그런데 정말 희한한 것은······

당장 앉은 자리에서 일어나서 나가려고 하는 이성과 달리 마음이 자꾸만 조금만 더, 조금만 더 기다려보자 외치고 있다는 것이다.

그동안 기다린 시간이 아까워서 그런 거라고 스스로를 납득시켰지만, 누군가를 이렇게 오랫동안 기다려본 적은 처음인 것 같았다.

'대체 그 여자가 뭐라고.'

정말이지 자신의 감정이지만, 이해할 수가 없었다.

이은호가 앉은 자리에서 살짝 고개를 흔들며 여전히 머릿속을 어지럽히는 그녀의 기억을 지우려 했다.

지치지도 않는 건지, 머릿속에선 그녀를 처음 만난 그 순간만 끊임없이 반복 재생되고 있었다.

이젠 오기였다.

처음 만난 순간부터 그를 괴롭히던 그녀의 모습을 다시 한 번 눈으로 확인해 봐야겠다.

스스로에게 별 같잖지도 않은 핑계를 대며, 그녀를 하염없이 기다리고 있을 때였다.

"......!"

정말 그녀가 나타났다.

긴 생머리에 하얀 얼굴.

깔끔하고 단정한 옷을 입고 있는 그녀는 수수했지만, 이은호에게는 단번에 시선을 빼앗길 만큼 아름답게 느껴졌다.

두근.

그녀의 모습을 눈에 담자 거짓말처럼 가슴이 뛰었다.

이해할 수 없다고 생각했다.

분명 조금도 납득할 수 없었던 감정이었다.

그런데 수많은 사람들 중에서 오로지 그녀만이 눈에 들어왔다.

이 순간을 말로 표현할 수가 없었다.

흑백의 세상 속에서 그녀 혼자만 색채를 가진 것처럼 살아 숨쉬는 느낌.

처음으로 이 감정이 납득이 되었다.

그녀가 커피숍 카운터에 서서 주문을 하자 이은호는 자신도 모르게 자리에서 벌떡 일어나 그녀를 향해 다가갔다.

"앗!"

기척도 없이 너무 바짝 다가갔던 건지 고개를 돌린 그녀가 놀란 눈으로 자신을 쳐다봤다. 그리고 금세 고개를 살짝 숙이며 말했다.

"죄송해요. 바로 뒤에 서 계셔서서 깜짝 놀랐네요."

분명 엘리베이터에서도 들었던 목소리인데, 우습게도 다시 들으니 더 감미롭게 느껴졌다.

이은호는 이상하리만치 설레는 마음을 진정시키며 말했다.

"괜찮습니다."

자신을 경계하는 것처럼 보이는 그녀를 향해 이은호가 먼저 말을 걸었다.

"저번에도 저랑 한 번 마주쳤었는데 혹시 기억하세요? 이 회사 다니시나 봐요?"

"아, 네."

"저는 이은호라고 합니다. 그쪽은 이름이 어떻게 되시죠?"

"저요?"

잠시 머뭇거리던 그녀가 조그만 목소리로 다시 말을 이었다.

"서다래입니다."

그녀의 이름을 듣자마자 이은호는 자신도 모르게 웃음이 터져 나왔다.

고양이들이 좋아하는 개다래나무.

수인족 중에 고양이과로 분류되는 이은호의 이성을 마비시킬 정도로 달콤한 향기를 풍기는 서다래.

그녀에게 참으로 잘 어울리는 이름이었다.

오랜 시간 기다린 것에 비해 허무할 정도로 짧은 만남이었지만, 이은호는 그녀를 기다린 이 시간이 후회되지는 않았다.

이 만남으로 그녀의 이름을 알게 되었으니까.

덕분에 이은호는 자신을 괴롭히던 머릿속의 잔상에게 이름을 붙여줄 수 있게 되었다.

서다래.

그게 바로 그녀의 이름이었다.

K토이에서 근무한다는 사실도 알았으니 다시 볼 수 있을 것이다.

어쩌면 그는 정말 첫눈에 반한 것인지도 몰랐다.

그 증거로 그녀를 처음 만나고 난 뒤부터 아무것도 하지 못한 채 이 커피숍에까지 오고야 말았으니까.

저벅 저벅.

이은호는 K토이 건물을 나오면서 자신도 모르게 조용하게 중얼거렸다.

"……서다래."

그의 입가에 옅은 미소가 그려졌다.

고작 두 번밖에 만나지 않은 여자였지만, 정말 그가 그녀에게 반한 거라면……

언젠가 기회가 된다면 말하고 싶었다.

서다래, 그녀를 처음 본 순간부터 매일 그녀의 환상에 시달렸다고.

그런데 끊임없이 떠오르던 그 환상보다 실제로 다시 만났을 때 그녀가 천만 배는 더 좋았다고 말이다.

그래서 이 감정을 부정할 수가 없었다고.

"다래 씨."

다시 한 번 낮게 중얼거리며, 차갑기 그지없던 이은호가 진심으로 작게 웃고 있었다.

번외 2.
너와 만나다

쏴아아—

엄청나게 쏟아지는 빗줄기를 맞으며 차윤성은 쉴 새 없이 달리고 있었다. 그 이유는 바로 그를 뒤쫓는 추격자들을 따돌리기 위해서였다.

'젠장.'

차윤성이 나지막이 속으로 욕지걸이를 내뱉었다.

많은 인원들이 그를 쫓고 있었지만, 평소라면 이렇게까지 궁지에 몰리진 않았을 거다.

방심하고 있던 사이에 당한 공격이 치명적이었다.

아주 잠깐의 방심이 차윤성의 몸에 깊숙한 상처를 만들었다. 문제는 점점 힘이 빠지고 열이 나는 걸 보니 그냥 단순한 상처가 아닌 듯했다.

'마취제인가? 아니면 독?'

이미 몇 번 당한 경험이 있기 때문에 어렵지 않게 유추해낼 수 있었지만, 그 정답이 무엇이든 간에 결코 좋은 일은 아니었다.

타다다다닥!

지치지도 않는지, 그림자처럼 끈질기게 쫓아오는 추격자들을 한 번 흘겨보며 차윤성은 이를 악 깨물었다.

저들은 자신의 숨이 멈출 때까지 포기하지 않고 쫓아올 것이다.

저들을 물리친다면 또 다른 누군가가.

아무리 없애도 끊임없이 차윤성의 목숨을 노리고 달려들 터였다. 그 반복되는 굴레가 오늘따라 숨이 막힐 정도로 답답하게 느껴졌다.

'내가, 후계자 따위 욕심내지 않겠다잖아!'

K그룹 차기회장 자리를 놓고 다투는 세력다툼.

차윤성은 정말이지 후계자 자리에 대해 일말의 관심도 없었다.

얼마 전, 어머니를 만나서 그의 이런 심경을 그대로 표현했는데도 불구하고 변함없이 자신을 죽이기 위해 추격자들이 쫓아오고 있었다.

차윤성은 머릿속에 떠오른 어머니의 모습에 눈을 질끈 감았다.

그는 정말이지 묻고 싶었다.

도대체 어떻게 해야 멈추시겠습니까.

어머니를 만나고 아주 잠깐이나마 평범하게 지낼 수 있지 않을까 기대했다.

하지만 그건 헛된 바람이었다.

뒤쫓아 오는 추격자들을 보고 있자니 잠시나마 그런 기대를 가졌던 차윤성을 비웃는 것만 같았다.

그들의 모습은 마치 네가 어떻게 해도 도망갈 곳은 없으니 이제 그만 포기하고 사라지라며 그에게 말하는 듯했다.

타닥, 탁!

차윤성은 그저 어두운 표정으로 이 자리에서 벗어나고 싶다는 듯이 몸을 움직일 뿐이었다. 그의 빠른 발걸음에 웅덩이에 고여 있던 빗물이 튀어 올랐다.

그는 오늘따라 너무나도 지쳤다.

"하아."

차윤성의 입에서 거친 숨소리가 새어 나왔다.

뒤쫓아 오는 자들을 간신히 따돌렸지만, 얼마나 시간을 벌었을지는 알 수 없었다.

하나 확실한 건, 도시 한복판에 피 흘리는 남자가 돌아다니는 게 매우 눈에 띈다는 사실이다. 그리고 이런 그의 모습을 보고 누군가가 신고라도 한다면 바로 그들에게 위치가 발각되고 말 것이다.

잠시라도 평범한 인간들의 눈을 속이기 위해선 방법은 하나

뿐이었다.

그리 내키진 않았지만, 이미 여기까지 도망치느라 모든 기력을 다 쓴 상태였다.

그에게 지금 다른 선택지는 없었다.

마음의 결정을 한 차윤성의 몸이 허물어지듯이 바닥으로 무너졌다.

털썩!

그와 동시에 그의 몸이 서서히 변하기 시작했다.

새하얀 피부에 회색털이 듬성듬성 솟아나는 것 같더니, 순식간에 매끄러운 살결이 흔적도 없이 사라지고 털로 뒤덮여버렸다.

어느 순간 그 자리에 있는 건 인간의 모습을 한 차윤성이 아닌 한 마리의 개였다.

그는 주변에 흐트러진 옷가지를 내버려 둔 채 비틀거리며 걸음을 옮겼다.

안전하지 않다.

조금이라도 더 도망가서 몸을 숨겨야 했다.

그렇게 마지막 남은 힘까지 짜내서 걷던 차윤성의 몸이 어느 한 골목에서 쓰러지고 말았다.

쿠웅!

바닥의 차가운 한기가 느껴졌다.

미동도 없이 쓰러진 차윤성의 위로 무지막지한 빗방울이 쏟아져 내렸다.

투욱, 툭.

얼굴로 떨어져 내리는 물기를 느끼며 차윤성은 정신을 잃었다.

아무리 그라고 해도 더 이상은 버텨 낼 수가 없었다.

참방.

누군가가 다가오는 발걸음 소리에 차윤성이 희미하게 정신을 차렸다. 그러자 깜짝 놀란 듯한 여자의 목소리가 들려왔다.

"사, 살아 있는 거야?"

그 목소리를 들으니 차윤성은 지금 자신의 앞에 서 있는 사람은 그를 쫓아오던 추격자들이 아니란 사실을 알아차릴 수 있었다.

스윽.

안간힘을 써서 간신히 눈을 뜨자 누군가의 희미한 형체가 보였다.

골목에 깔린 어둠 따위가 그의 시야를 가릴 수는 없었으나 지금은 눈에 보이는 모든 게 꿈처럼 몽롱했다.

비가 와서 우중충한 날씨, 어둠이 드리워진 골목.

마치 온 세상이 어 두침침한 회색 빛깔같이 느껴졌다.

그런데 우습게도 이 지독한 느낌이 그에게는 너무나도 친숙하다는 사실이었다.

그 사실이 서글퍼서 스스로를 향해 조소를 날릴 때였다.

문득 어둠 속에서 보이는 맑은 눈동자 하나가 시야에 들어왔다.

어렸을 적 가지고 놀던 유리구슬처럼 티 없이 맑은 눈동자가 그를 바라보고 있었다.

자신도 모르게 그 눈동자를 빤히 쳐다보고 있자 앞에 서 있는 그녀의 중얼거리는 듯한 작은 목소리가 들려왔다.

"······미안하지만 난 너를 도와줄 수 없어."

그 말을 들은 차윤성은 다시 한 번 속으로 웃고 말았다.

대답할 수 있다면, 말하고 싶었다.

'내가 도와 달라고 한 적 없잖아. 미안할 거 없으니 가.'

차윤성이 아는 세상은 그랬다.

무언가를 주면, 그만한 대가를 받는다.

아무것도 주지 않고 받아본 적은 한 번도 없었다.

애초에 도움이란 걸 바라지도 않았으니 마찬가지로 실망 할 것도 없었다.

오히려 그녀의 입장이 이해가 갔다.

차윤성 자신이라고 해도 이런 상태로 쓰러져 있는 누군가를 도와줄 생각은 없었다. 냉정하지만, 어찌 보면 이게 당연한 일이었다.

그리고, 역시나 발걸음 소리가 그에게서 멀어졌다.

타닥타닥.

원망 같은 그런 감상적인 감정은 들지 않았다.

이게 당연한 거였으니까.

차윤성이 혼자의 힘으로 몸을 일으키기 위해 발버둥 칠 때였다.

스윽.

어느새 다시 다가왔는지 희미한 형체는 다시 그의 앞에 서 있었다. 그러고는 도리어 그녀가 조금 울먹이는 목소리로 말을 했다.

"나라도 괜찮다면, 나랑 같이 갈래?"

아아.

차윤성에겐 처음 있는 일이었다.

아무런 대가없이 그에게 손을 내밀어 준 사람은 정말이지 처음이다.

자꾸만 감기는 눈을 억지로 부릅뜨며 생각했다.

넌 누구지?

조금만 얼굴을 보여 줘.

차윤성은 지금 자신의 앞에 서 있는 누군가의 모습이 궁금해졌다. 하지만 그의 노력과 달리 쏟아지는 빗물에도 차윤성의 눈은 자꾸만 감겨왔다.

점점 정신이 흐릿해지면서 차마 입 밖으로 내뱉지 못한 말이 그의 입가에서 흩어져갔다.

나라도 괜찮다면, 데리고 가 줘.

차윤성이 다시 눈을 떴을 때, 더 이상 빗물의 축축함은 느껴지지 않았다.

투둑 투둑.

대신 한밤중인지 어두운 창밖에는 여전히 비가 떨어지는 소리가 들려왔다.

'여긴 어디지?'

차윤성은 제자리에 누운 상태로 고개만 돌려 잠시 이곳을 살폈다.

아주 작디작은 집.

그곳 입구에 차윤성이 누워 있었다.

"윽."

무심코 상체를 일으키려던 차윤성이 갑자기 느껴지는 고통에 움직임을 멈췄다.

상처 부위에는 어설프지만 붕대가 감겨져 있었다.

그것을 확인한 차윤성의 오렌지빛 눈동자가 어지럽게 변했다.

꿈이라 생각했다.

누군가와 빗길에서 마주쳤던 것도.

그리고 미숙하지만, 따뜻하게 그의 상처를 치료해 주던 손길도.

하지만 이렇게 생판 모르는 곳에 와있는 걸 보면 그 기억들은 실제로 있었던 일인 게 틀림없었다.

때마침 그의 귓가에 들려오는 숨소리가 있었다.

새근새근.

누군가가 곤히 잠든 숨소리.

어느새 인간의 모습으로 변한 차윤성은 거실 한편에 놓여 있는 담요로 대충 자신의 몸을 가린 채 자리에서 일어났다. 그리고 상처부위를 한 손으로 감싸 쥐며 숨소리가 들리는 방 안으로 향했다.

　끼익.

　반쯤 열려 있던 방문을 열자 침대 위에는 몸을 웅크리고 누워 있는 여자가 있었다.

　집안에 불이 전부 꺼진 상태였지만 차윤성의 눈에는 모든 것이 똑똑하게 보였다.

　가녀린 작은 어깨와 깨끗하고 하얀 피부.

　감고 있는 두 눈의 속눈썹은 풍성했고, 오똑한 코에 도톰한 입술이 상상이상으로 고왔다. 어둠 속에서 보았던 그 맑은 눈동자를 보지는 못했으나 차윤성은 단번에 알아차릴 수 있었다.

　그녀였다.

　자신을 구해 준 생명의 은인.

　이상하게도 그녀를 눈에 담자 가슴 한구석이 찌르르하게 울리는 것만 같았다.

　이상한 기분이었다.

　바깥에는 여전히 비가 쏟아지고 있었지만……

　추격자들에게 쫓길 때 느껴지던 불쾌한 기분은 더 이상 들지 않았다. 분명 그때는 당장이라도 나락에 떨어져 버릴 것만 같았는데.

"나만 오늘이 최악인 줄 알았는데…… 너도 오늘 최악이었던
것 같네. 그치?"

무의식중에 들었던 그녀의 말이 떠올랐다.

분명히 차윤성에게 오늘 하루는 최악이란 단어가 손색없을
정도로 잘 어울리는 날이었다.

하지만 지금은 아니다.

그 최악이나 다름없던 하루를 눈앞에 이 인간여자가 바꾸어
놓았다. 누군가에게 도움을 받았다는 것 외에는 아무것도 변하
는 것이 없음에도 그랬다.

이상하게도 기분이 썩 나쁘지 않았다.

오히려 여기는 안전하다는 생각이 들어서일까.

아주 오래간만에 온몸이 나른하게 느껴지기까지 했다.

지금까지 지독한 불면증에 시달렸단 사실을 믿을 수 없을 정
도로 졸음이 밀려들었지만, 다시 눈을 붙이기 전 차윤성은 알아
두어야 할 것이 있었다.

스윽.

그는 그녀의 머리맡에 놓아져 있는 다이어리를 슬쩍 펼쳐보았
다.

"서다래?"

간단하게 그녀가 다니는 대학교와 이름을 확인한 차윤성이

나지막이 중얼거렸다.

"며칠간만 신세 좀 질게."

이제 와서 그녀가 싫다고 거부해도 어쩔 수가 없었다.

그녀가 그를 주웠으니까.

막무가내라 할지 모르겠으나 그녀는 그를 잠시 책임져야 할 의무가 있었다.

"물에 빠진 놈 구해놨더니 보따리 뺏어간다고 하소연해도 하는 수 없어. 난 이런 게 처음이니까."

처음으로 그에게 아무런 대가없이 손을 내밀어 준 사람이다. 그러니까 이왕 내민 손, 조금 더 잡아줘도 괜찮잖아.

염치없다 탓해도 할 수 없었다. 그는 이 생소한 관계에 조금 더 기대고 싶어졌다.

지금의 그가 믿을 만한 사람은 많지 않았다.

그 몇 안 되는 사람 중에 서다래라는 인간여자가 포함이 되어버린 걸 어떻게 할 수는 없었다.

"상처가 다 나을 때까지 만이야. 은혜는 잊지 않고 갚을 테니까."

서다래는 듣지도 못할 말을 혼자 통보하듯이 말하며 차윤성은 잠시 그녀를 내려다봤다. 그러고는 이내 다시 바깥으로 나가기 위해 몸을 돌릴 때였다.

"으음."

누워 있던 서다래가 몸을 뒤척거리며 옅은 신음을 흘렸다.

멈칫.

그 소리에 차윤성의 시선이 다시 서다래를 향했다.

잠시 관찰하듯이 그녀를 바라보던 차윤성이 망설이다가 조심스럽게 손을 뻗었다. 그러곤 그녀가 걷어 낸 이불을 다시 덮어주었다.

슥.

남들에겐 어떨지 모르겠으나 차윤성에겐 오늘 그녀가 준 호의는 지금까지 받아본 적 없었던 이례적인 일이었다.

아마 빗속에서 그를 있는 힘껏 안아 주던 따스한 온기가 꽤나 오랫동안 기억에 남을 것 같았다.

후두둑, 후두둑.

바깥은 여전히 차윤성이 싫어했던 빗소리로 가득했지만, 잠든 그녀의 모습을 바라보고 있으니 어쩌면 오늘 하루가 그저 나쁘지 않은 게 아니라 조금 특별하게 변했는지도 모르겠단 생각이 들었다.

그래서일까.

그녀가 듣지 못한다는 사실을 잘 알고 있었지만, 차윤성은 다시 한 번 나지막이 말했다.

"……고마워."

잠든 그녀를 바라보던 차윤성은 자신도 모르게 눈매를 가늘게 휘며 소리 없이 웃었다.

이하린 작가의 『맹수주의보』

세상에서 가장 달콤한 맹수를 길들이다!

"나한테서 도망가지 마."

KakaoPage 맹수주의보를 모바일로 만나보세요

단글